LE TRES A
série

D1346940

# LES CHARMES DE LA VERTU

DU MÊME AUTEUR

*TUE LA MORT* suivi de *DEHORS / DEDANS*, Actes Sud-Papiers, 1996.

Ouvrage traduit avec le concours de l'ILE
(Fonds d'aide à la traduction), Dublin, Irlande.

Titre original :
*The Seduction of Morality*
Editeur original :
Little, Brown & Company, Londres
© Tom Murphy, 1994

Illustration de couverture :
Félix Vallotton, *Le Bain au soir d'été* (détail), 1892
Kunsthaus, Zurich

# Tom Murphy

# LES CHARMES DE LA VERTU

roman traduit de l'anglais (Irlande)
par Guillemette Belleteste

ACTES SUD
HUBERT
NYSSEN
EDITEUR

# I

## LE PASSÉ

Vera avait trois ans à l'arrivée de Tom quand on l'expédia à la campagne chez Mom, sa grand-mère maternelle, la veuve. Il n'était pas rare que l'on mît les enfants en nourrice à l'époque. Et, dans le cas qui nous occupe, Mom possédait une ferme.

Bien qu'on eût loué la plus grande partie des terres en pâturages, l'ouvrage ne manquait guère. Il y avait madame la vache à traire, une baratte et parfois un cochon que Mom tuait pour le mettre au saloir. Vera recevait la vessie en cadeau, sorte de ballon avant la lettre. Et puis il y avait des poules et des canards et le jardin potager qui faisait aussi office de verger, avec quelques pommiers penchés, un chat qu'on appelait Voleur et saint Pierre, un coq qui coursait les poules pour leur donner l'envie de pondre. Le voisin le plus proche habitait à un quart de mile plus haut sur la route et le village était à deux miles au-delà.

Mom avait une autre activité et Vera l'accompagnait parfois dans ses déplacements. Elle était sage-femme. Vera l'observait dans la pratique de son ministère. Les pieds qui s'agitaient, le va-et-vient de l'ample corps, les mains qui tissaient l'espace juste avant la décision, les yeux qui ne semblaient pas avoir même l'ombre d'un

7

cillement avant l'arrivée du nouveau-né. Puis tout s'immobilisait en un instant d'admiration inquiète, et elle déclarait enfin : "Nous y voilà ! Nus que nous sommes en venant au monde !"

Elle rasait et toilettait les morts, les déshabillait, les rhabillait. La même agitation de pieds, la même intensité jusqu'à l'immobilité et, une fois l'affaire terminée, la contemplation admirative, sévère.

Et quand Vera se dévêtait et qu'elle se tenait debout, les deux pieds dans la bassine posée par terre dans la cuisine pour se laver comme Mom le lui avait enseigné, elle retenait son souffle devant sa propre nudité. Mom, assise près de l'âtre, inclinait la tête, solennelle, toute compréhension et respect.

Les gens racontaient que Mom était d'humeur colère, voulant dire par là qu'elle n'était pas commode, il y en avait qui disaient aussi qu'elle était virulente, qu'elle rebutait les gens. Mais Vera et elle s'entendaient bien. Vera était une petite fille calme : ce qui faisait l'affaire de Mom. Peu lui importait le trajet à parcourir une fois par semaine pour rapporter le bidon de bière brune sans en verser une goutte, et la course jusqu'au buffet pour attraper la chope. Une fois que Mom en avait bu quelques-unes d'affilée, elle éclatait de rire et Vera renversait elle aussi la tête en arrière, toute à la gaieté d'entendre le rire de sa grand-mère et le sien emplir la chaumière. C'est que Mom également faisait bien l'affaire de Vera. Et quand il arrivait que Mom pleure et la serre tellement fort qu'elle en avait mal, Vera comprenait. Nus que nous étions en venant au monde.

Et puis, l'oncle Willie était rentré de San José. Il avait un œil de verre et trimballait partout son miroir avec lui. Vera fut fascinée. Malgré tout, étant le fils de Mom, sa présence même témoignait de ses prétentions à la ferme. Vingt-six acres, trois quarts d'arpents et dix-neuf perches. Et Vera fut rappelée chez elle.

Mais son regret de quitter Mom fut largement compensé par l'excitation du retour. Elle avait souvent pensé à la famille comme à un lieu idéal ou à un état de parfait bonheur ; la secrète culpabilité de ne pas en être digne comptait beaucoup pour elle ; grâce à sa mère et à son père, elle et son frère Tom avaient maintenant deux petites sœurs, elle allait enfin connaître le salut, connaître un sentiment d'appartenance. A vrai dire, cette idée la poursuivrait tout au long de son existence jusqu'à l'âge de trente-huit ans.

## II

## LA FAMILLE

Vera arriva de New York au volant d'une modeste cinq portes marron. Sa mère venait de mourir subitement. La taille et la couleur de la voiture avaient été choisies exprès : un clin d'œil au sens de l'économie, un geste par rapport aux convenances.

— Elle est à toi ? lui demanda sa plus jeune sœur, Mary Jane. Tu ne vas pas me dire que tu l'as ramenée avec toi depuis l'Amérique ?

— Non, c'est une voiture de location.

Tom se rengorgea en souriant.

— Sûr et certain que tu peux la garer dans la cour, Vera, dit-il, en jetant un regard alentour au cas où il n'y aurait eu personne sur la place animée. Là, sûr et certain qu'il lui arrivera rien.

La sœur du milieu, Marcia, examinait elle aussi la petite Renault d'un air anxieux. Puis, les yeux gonflés, elle se tourna vers Vera. "Tu ne la reverras plus jamais, elle est déjà en bière."

Après l'enterrement, la famille et les amis se retrouvèrent dans le hall et au bar pour les libations d'usage. Vera, qui n'avait aucun talent pour ce genre de réunions et restait facilement à l'écart, laissa à sa plus jeune sœur le soin d'accueillir les hôtes, ainsi qu'à son frère, à sa belle-sœur Caitriona et à Miss Rooney, la gérante. Marcia, la sœur du milieu, étant effondrée.

— Sûr et certain que tu te souviens de Mrs Brown et de Mrs Lawlor, Vera ? lui demanda son frère Tom qui, là-dessus, partit à la recherche des autres.

— Alors, vous êtes toujours là-bas, s'enquirent ces dames. Ce qui n'était ni une constatation ni une question.

— Oui.

— Ah.

— C'est à New York que vous êtes tout le temps, sans doute.

— Oui.

— Ah c'est donc ça.

Elle ne pigeait jamais rien à ce genre de conversation. Elle aurait préféré être en autre compagnie. Malgré ses sourires, elle manquait d'aisance en société. Elle en aurait presque envié l'état de Marcia. Elle chercha Mom des yeux mais ne vit sa grand-mère nulle part. Elle n'avait échangé que quelques mots avec elle auprès de la tombe. Et quand elle avait demandé à son ami Finbar Reilly d'entrer boire un verre avec elle après qu'il lui eut exprimé sa sympathie, il avait répondu : "A l'hôtel ? Tu rigoles, Vera ! Un type comme moi pris à traîner dans les parages se ferait coincer par les flics en moins de deux."

Elle aurait bien pris un autre verre.

— On dit que la vie est hors de prix là-bas.

— Oui.

— Mais vous vous en tirez quand même.

— Très bien.

Tom lui amena d'autres gens et l'encouragea par de discrets clins d'œil à leur faire bonne figure. Miss Rooney apporta un plateau de boissons, Caitriona, un autre.

Le père Billy était une véritable bénédiction. Il riait ou applaudissait pour un rien. Son pardessus noir cintré faisait ressortir ses larges épaules et son torse puissant. Et cette écharpe de soie blanche. Quel cadeau, ce type. Mais, par la suite, ils furent mêlés à un autre groupe.

— Est-ce qu'on a *vraiment* besoin des curés pour être sauvé ? lança le Grec, un des beaux-frères de Vera qui était juriste et couvert de diplômes.

— Je ne vois pas très bien ce que tu veux dire par là, mon petit Henry, dit le père Billy.

— Allez, Billy, soyez franc, dit le Grec qui dominait l'assemblée de sa haute taille.

— Je n'ai pas beaucoup de temps – ce n'est pas comme d'autres !

Et le père Billy dut partir – dommage pour Vera, car toute l'attention, elle le savait, allait bientôt se reporter sur elle.

— Mais alors, si vous n'êtes pas dans l'hôtellerie là-bas, qu'est-ce que vous faites ? demanda Mike Hammer dit le Marteau, commissaire-priseur de son état. Les petites villes ont toujours eu, à l'instar des enfants, le chic pour trouver des surnoms.

— Je suis call-girl, dit Vera.

Les rires fusèrent. La petite sauterie funéraire s'animait enfin. On ne la croyait pas.

Elle s'expliqua. "Putain, prostituée, quoi."

On admira son audace et on put voir au silence qui s'ensuivit avant que les rires reprennent de plus belle que l'idée était fort plaisante, bien que parfaitement invraisemblable. Enfin quoi ! Elle était d'ici ! Pensez donc ! de l'*Imperial Hotel* ! L'endroit même où avait lieu l'enterrement de sa mère.

— Vera est féministe, dit le Grec, c'est sa manière à elle de contester la place de la femme dans la société.

— L'homme est esclave, et la femme est l'esclave de l'esclave ! lança étourdiment le jeune notaire fraîchement arrivé en ville, sans trop savoir exactement ce qu'il entendait par là. Mais ça aussi passa sans histoire.

— Bougre ! dit Mike le Marteau.

Mais on voyait bien que, tous, ils reconsidéraient l'affaire. Ils avaient, sans aucun doute, fort mauvais esprit. Après tout, le bruit avait bien couru, il y a quelques années, que Mick Sweeney, celui de Dublin Road, s'exhibait dans des spectacles à Soho et il fallait bien dire que Vera, même si elle n'avait rien d'une créature, avait tout de même toujours eu un petit quelque chose de louche dans ses façons.

— Non, honnêtement, qu'est-ce que vous fabriquez là-bas ?

— Buvons un autre verre à la santé de la défunte, dit Vera. Allez !

A la fin de la soirée, Vera demanda à Miss Rooney, si, au lieu de dormir au numéro 14, la chambre qu'on lui avait préparée, elle ne pourrait pas s'installer dans son ancienne chambre du grenier.

"Je comprends", répondit Miss Rooney.

Le lendemain matin, on apprit que Vera recevrait en héritage l'*Imperial*, la maison de famille et tout le saint-frusquin, et qu'elle repartirait aux States l'après-midi même. De toute évidence, son frère, ses sœurs et leurs conjoints furent surpris, c'est le moins que l'on puisse dire, par la tournure que prenaient les événements. Ils en eurent le sifflet coupé. On décida d'avancer le déjeuner.

Vera savait, pour l'héritage. Depuis des années. Elle n'avait rien demandé, il lui avait été imposé. Son père avait failli mourir intestat et le désordre qui aurait pu résulter de cet état de choses avait été évité de justesse au dernier moment. En tout cas, la famille étant avertie de ce genre de danger avait reporté toute son attention sur l'oncle Brendan, de trois ans l'aîné du père de Vera et célibataire de surcroît. De peur de mourir soudainement, l'oncle était venu s'installer à l'hôtel et, peu de temps après, la mère de Vera avait réuni la famille autour de lui dans le salon à l'étage afin de répartir ses biens.

Tom reçut la maison de l'oncle sur la colline ; à Marcia qui venait d'épouser le Grec, l'avocat, échut le dancing *Shamrock* et à Mary Jane, le cinéma *Capitol* et le *Magnet* qui lui était attenant. Tout ce qui restait maintenant des biens immobiliers de l'oncle Brendan se résumait aux *Wool Stores*, entrepôts de laine en cessation d'activité, que l'on réserva à Vera. Vera s'était tenue à l'écart. La lippe pendante et les yeux larmoyants de l'oncle lui faisaient de la peine et, bien que sa mère l'eût empoignée aux épaules pour la pousser vers la table, Vera avait résisté et déclaré qu'elle ne voulait rien.

Tom reçut donc les *Wool Stores* par-dessus le marché.

Tous les bénéficiaires des largesses de l'oncle Brendan devinrent de ce fait les obligés de leur mère et contractèrent en privé des arrangements financiers avec elle. Aucun de ceux-ci n'ayant jamais été vraiment respectés et, en ce qui concerne Tom, pas le moindre penny des neuf cents livres de supplément qui correspondaient aux *Wool Stores* n'ayant été redistribué, et parce que sa mère la trouvait très bête, un beau jour Vera fut brusquement traînée devant le notaire de famille et, sur un coup de sang, se vit léguer l'*Imperial* en bonne et due forme.

Si l'héritage de Vera se révéla une surprise pour eux, c'est à leur mère qu'il fallait le reprocher. Vera avait à l'époque témoigné de si peu d'intérêt pour la chose, ce qui n'avait d'ailleurs guère changé entre-temps, qu'il ne lui serait jamais venu à l'esprit d'en faire mention. Pourquoi sa mère s'était-elle abstenue de leur annoncer la nouvelle, cela reste entièrement du domaine de la spéculation. Elle était tombée dans l'alcoolisme et, en vérité, une chute dans l'escalier avait précipité sa fin. Les derniers temps, elle s'était mise à errer dans les couloirs la nuit, en ricanant des clients endormis qu'elle couvrait de quolibets, et avait sûrement oublié toute cette histoire, à moins que, toujours sous l'emprise de l'alcool, mais tenace dans sa rage elle ne s'en fût souvenue au point de partir dans la tombe dans un dernier hululement.

Caitriona, la femme de Tom, ses trois enfants et Declan, qui était l'époux de Mary Jane, vinrent dire au revoir à Vera. Ils ne resteraient pas pour le déjeuner. Il fallait qu'ils rentrent, dirent-ils. Aucune trace du Grec. Vera se réjouit qu'ils ne s'attardent pas. Elle interpréta le départ de sa belle-sœur et de son beau-frère comme une marque de tact ; ils ne souhaitaient pas être présents lors d'une situation qui avait été créée de toutes pièces pour lui permettre de passer la main concernant l'hôtel. Ne prenant jamais d'initiatives, elle s'attendait à ce que l'on évoquât l'affaire mais, au mieux, seules quelques allusions détournées y furent faites.

"Allons ! dit Tom, sur un ton de franche jovialité en se frottant les mains. Qu'on se détende un peu autour d'un bon repas, pour l'amour du ciel ! Pour ce qui est de moi, c'est tout vu ! J'me contrefiche de savoir qui tient c'te gargote, j'ai une de ces faims ! Tu t'assois où, Vera ? C'est moi qui paie, pas de discussions ! Plus de souci à se faire pour l'instant, Dieu merci, nous avons expédié notre mère comme il le fallait, c'est l'essentiel !"

Question études, la famille ne s'était guère distinguée et, de ce côté-là, Tom n'avait pas non plus décroché la timbale. Il avait raté à la fois son brevet et son diplôme de fin d'études et pendant un temps on crut qu'il serait obligé d'entrer dans la politique ou dans les ordres. Sur ce, à l'âge de vingt ans, il réussit son examen d'entrée à l'université. Mais, sur les conseils d'un guide inspiré, il renonça à poursuivre des études et profita de ce petit succès pour poser sa candidature dans l'administration, le service important peu. Bien que maigrement qualifié, il bénéficia du piston de deux secrétaires parlementaires et fut admis dans le secteur de l'industrie et du commerce. Il était maintenant l'homme des poids et mesures de la région.

Il s'empara du couteau à découper tout en sifflotant. "Un morceau de blanc pour toi, je parie, Vera !"

Il avait trente-quatre ans et habitait dans la maison perchée sur la colline qui surplombait la ville, avec sa femme Caitriona qu'il appelait Petit Trésor, et leurs trois enfants. Il était toujours propriétaire des *Wool Stores* et avait acquis pour moitié le *Sacré-Cœur*, une pension de famille, en partenariat avec son notaire : correct dans le genre établissement de deuxième catégorie, mais qui n'irait guère plus loin d'après ce qu'il voyait, si bien que, en temps opportun, il revendit sa part audit notaire. Il se mit à investir dans les valeurs de père de famille et dans le livret de Caisse d'épargne et spécula un peu dans les plates-formes de forage. Il n'y avait pas forcément de pétrole, mais sans elles comment aurait-on pu le prouver ? Il était membre respecté de diverses associations en ville, de nature commerciale, culturelle, religieuse et charitable. C'est lui qui s'était chargé de tout arranger pour l'enterrement de la mère, y compris de trouver la voiture qui était allée chercher Mom à la campagne les deux jours, et l'avait ramenée tout de suite après. Il rendait régulièrement visite à sa grand-mère et lui apportait des bonbons, la mettait en garde contre les escrocs et l'avertissait des inconvénients de louer ses terres plus de onze mois sur douze, en outre, il s'était arrangé, l'an passé, pour que la ferme lui revienne quand elle mourrait. Il acceptait volontiers un verre et jouait à l'occasion un air au piano. Il portait l'étoile blanche de son père qui faisait vraiment bien sur le revers de son costume du dimanche, en symbole d'une langue pure. En plus, il ne mentait jamais. C'est sur l'avis de l'un de ses conseillers spirituels, qu'il s'était mis à rédiger des notes à l'intention du Petit Trésor : plusieurs fois, récemment, en rentrant à la maison, il l'avait trouvée prostrée sous la radio dans la cuisine, l'œil rivé sur une tache par terre. Pour Vera, il était au courant depuis toujours ; il n'avait pas besoin de se rappeler les précédents de sa conduite, sa prétendue réserve, autrement comment aurait-elle réussi à se montrer plus habile que lui vis-à-vis de sa mère, à le déposséder de son patrimoine, lui, l'homme ? Ce qui ne voulait pas automatiquement dire qu'il faudrait la caresser à rebrousse-poil. Tout ça demandait réflexion ; il faudrait se méfier de Mary Jane et il espérait que Petit Trésor n'allait pas lui faire des ennuis pendant qu'il débrouillerait l'affaire. Il était fier de son sens moral, il s'en félicitait.

— Dites, c'est bien que l'évêque soit venu, non ? lança Mary Jane.

— Ha ha ! dit Tom, penché au-dessus de la table, l'enthousiasme figeant tous ses mouvements. C'était vraiment bien, oui, dit-il d'une voix enrouée. Tu l'as dit ! Puis se reprenant, Un peu, qu'il l'aimait. Aidan, sûr et certain ! L'évêque ! T'étais pas au courant, toi, Vera ? Mais alors, ce qui s'appelle un peu. Encore un de la Mayo Connection, sans doute. Il jeta un regard à la ronde pour voir si, arrivé à ce stade, on attendait de lui qu'il s'étende sur ladite filière.

— Tu nous passes les petits pois ? demanda Mary Jane.

— C'est vrai, ça, dit Tom, en passant les petits pois, si maman avait su que l'évêque Aidan serait là, elle aurait été ravie, elle aurait été vraiment aux anges !

— Est-ce que ça va, Marcy ? demanda Vera.

— Ah, et puis flûte ! répondit Marcia, ou peut-être avait-elle dit "c'est pas juste", en sanglotant dans sa serviette.

Avec des yeux encore grands comme des soucoupes, elle avait l'air traqué, à vrai dire. Elle était à nouveau enceinte du Grec, son avocat de mari, qui ne plaidait jamais et se levait rarement avant deux heures de l'après-midi, quant aux dancings, ils faisaient partie d'un passé révolu. Le *Shamrock* se posait là comme cadeau empoisonné ; même au prix du terrain, il était tellement mal situé qu'on avait fini par le louer à un pas-grand-chose pour presque rien.

Tom vit Vera jeter un coup d'œil à sa montre. Vera vit que Tom l'avait vue et elle lui adressa un sourire fautif. Tom se tourna vers Marcia.

— Ecoute Marcia ! dit-il avec sévérité. Tu m'écoutes ? Qu'est-ce que tu marmonnes encore dans mon dos, ce culot ! Enfin, bon sang, qu'est-ce qui te prend ? Tu m'écoutes ? Et comme elle inclinait la tête en signe d'assentiment, il poursuivit plus gentiment. De quel droit. Ah ! si je m'écoutais ! Tu sais bien qu'il ne faut pas pleurer sur ceux qui partent, ça fait des trous dans les ailes des anges. Ah, pour l'amour du ciel, tu le sais que maman est au paradis maintenant ? Les larmes lui montaient aux yeux et, s'adressant à son assiette, il ajouta : Cette femme était une sainte, véritablement.

— Tu nous passes la sauce ? lui demanda Mary Jane. Mary Jane était la petite dernière de la famille.

*Attends ton heure, la plus terrible des erreurs*
*serait de frapper et de ne pas atteindre ton but ;*
*Car à la main qui repousse l'oppression*
*il est inutile de frapper deux fois.*

Ce dicton de l'école lui plaisait parce qu'il collait assez bien avec une certaine logique dans les affaires. Une fois seulement, ayant agi avec précipitation, elle avait pratiquement frôlé la catastrophe. Elle avait failli épouser le Grec.

Au contraire de ses sœurs – Tom se situait dans la moyenne du point de vue taille – Mary Jane tenait de la famille de son père, et était donc haute comme trois pommes. Quand on sut en ville qu'entre elle et le Grec c'était devenu sérieux, quelqu'un fit la remarque "qu'on pouvait être sûr qu'elle serait trop petiote pour lui", et comme cela se produit sans doute dans toutes les petites villes, c'était devenu le leitmotiv. Il se trouve qu'elle était justement là quand la fameuse remarque avait circulé, un soir, dans le bar. Son père également. Buvant un verre d'eau à petites gorgées derrière son comptoir, comme à son habitude, l'œil fixé sur la place : le genre d'homme à mâcher sa nourriture treize fois avant d'avaler – réservé, quoi. "On peut être sûr qu'elle sera trop petiote pour lui !" Son père lui aussi avait entendu. Jamais elle ne l'avait vu en colère, non plus qu'il ne le fut alors. Il posa son verre, réfléchit, puis il sortit prestement de sous l'abattant du comptoir, se redressa et déclara d'un ton égal, "Tu crois qu'elle sera encore trop petiote pour lui, Murphy, avec un paquet de cinq mille livres sous chaque talon ?".

Il vira Murphy – et fit signe à tous les gens de la bande qui étaient avec lui de prendre la porte de l'*Imperial* si ça leur chantait – et définitivement encore. Puis il reprit sa place derrière le comptoir, leva son verre d'eau et, tandis qu'il le vidait, il tourna les yeux vers Mary Jane la menaçant du doigt. Elle venait de l'échapper belle.

Avisée, elle s'était débarrassée du *Capitol* au profit d'un émigré rentré au pays, et avait vendu le *Magnet* à un autochtone dans les dix-huit mois qui avaient suivi son entrée en jouissance légale. Le *Magnet* aurait certainement mieux marché si elle l'avait gardé, mais son médecin, qui recueillait ses confidences, lui avait dit "Au moins, vous n'aurez plus peur qu'on vous tonde la laine sur le dos".

Simultanément, elle fréquenta Declan Mansfield qui entretenait un sain mépris pour son état d'employé de banque. Il n'était pas bien grand non plus et, d'entrée de jeu, il la surnomma MJ. Elle lui décela une ferme ambition dans le regard et des dons de menuisier amateur vraiment au-dessus de la moyenne. Ils se marièrent, vécurent pendant un an dans le petit appartement situé au-dessus du pub *Crisham*, puis le rachetèrent après en avoir revendu la licence – il y avait vingt-huit autres pubs dans la ville – et le convertirent en supermarché. Declan se chargea lui-même d'une grande partie des transformations – et ils le rebaptisèrent *Daze and Nytes*, sur une idée du Grec qui d'ailleurs procéda à la cérémonie d'inauguration. "*Daze*, éclat du jour, dit-il, rêve fou dans l'œil du jeune Declan et *Nytes*, parce que je sais par expérience que Mary Jane est insomniaque", ce qui la mortifia sur le moment. Mais *Niet !* dit le Grec. Attendez, je reformule. *Daze and Nytes*, à cause du regard généreux et désintéressé dont le Zèle en personne a enveloppé ce jeune couple oublieux de soi et que ne rebute nullement la perspective d'heures interminables au service de la société *pro bono publico*", déclaration qui parut dans le journal.

Certaines fois, on ne pouvait pas ne pas aimer le Grec ; n'empêche qu'elle aurait eu honte, en ville, d'être comme Marcia transformée par ses soins tous les deux ans en éléphanteau.

Bien que n'étant pas assez riches pour s'offrir un enfant, Mary Jane et Declan prospéraient. Mais, ils avaient beau faire, le *Daze and Nytes* n'était guère plus grand qu'un mouchoir de poche et ceux de Dublin commençaient à prospecter. Si seulement ils avaient pu obtenir les *Wool Stores* de Tom sans éveiller sa méfiance... Ils s'entendaient comme larrons en foire et, main dans la main, il leur arrivait parfois d'aller de nuit en arpenter la devanture. Soixante-quinze pieds de long. Deux étages : quatre mille pieds carrés en tout. L'arrière donnait sur l'ancien abattoir : un parking tout indiqué. Ils en auraient pleuré : là, tout était là. Si seulement ils avaient pu les récupérer, les garder en réserve pendant deux ans jusqu'à ce qu'ils puissent les retaper – et ainsi, dans la foulée, empêcher la clique de Dublin de s'y installer ; qu'ils prospectent et manœuvrent donc tout leur soûl – pour revendre ensuite le *Daze and Nytes* à des gens du Nord qui ne savaient pas quoi faire de leur argent, ils auraient gagné le pompon. Mais, attends ton heure, car la plus grave des erreurs serait de frapper pour frapper en vain.

— Il n'y a pas moyen, mais vraiment pas moyen que tu restes quelques jours de plus ? Elle avait trente et un ans, deux mois de plus que Declan, jour pour jour.

— J'ai des engagements, dit Vera.

— Parce que, insista Marcia, tu serais vraiment la bienvenue.

— Oh ! lança Tom. Alors, finalement, tu l'as vu ton type d'hier ?

— Ah ! que c'est dommage, dit Mary Jane à Vera.

— Ton type, ton type, dit Tom, celui à la gabardine grise ! Dieu du ciel, il a presque une tête d'albinos, ma parole ! Alors, tu sais qui c'est maintenant ?

— Quand est-ce que tu reviens ? demanda Mary Jane.

— Je n'en sais rien, dit Vera confuse. Mais le temps passe. Il devenait de moins en moins probable que le problème de son héritage trouverait sa solution le jour même.

Elle espérait foncer chez Mom et passer une demi-heure là-bas. Il lui resterait encore presque cent miles de route à faire, avant de rendre la voiture et de se présenter à l'aéroport à six heures. Elle avait mal au crâne, la gueule de bois, à cause de la nuit précédente. Elle avait trouvé Mary Jane étrangement discrète, tout le contraire de ce qu'elle était d'habitude : impatiente, entreprenante. Quant à Marcia, ses interventions ne la faisaient apparaître que plus gauche, plus rouge et plus bouffie qu'elle ne l'était normalement, ensuite elle restait bouche bée, comme un petit enfant joufflu à une séance de cirque. Chaque fois qu'elle regardait Tom, il détournait les yeux, fournissant des flots renouvelés d'informations sur des gens qu'elle ne connaissait même pas et sur les complexités de leur filiation. Elle buvait trop quand elle se sentait mal à l'aise, elle espérait toutefois ne pas leur avoir causé trop d'embarras hier soir, à la veillée mortuaire.

Elle avait trente-sept ans et n'était que trop douloureusement consciente d'être l'aînée : le simple fait d'y penser ravivait son anxiété. De toute son existence, elle avait été incapable de montrer l'exemple, ce qu'elle savait être de sa responsabilité. Elle les aimait, mais depuis l'époque où elle était revenue de la campagne, après neuf ans et demi passés auprès de Mom, ils l'intimidaient. Et ils ne rataient pas une occasion de le faire.

Le jour de l'enterrement de leur père, sa mère les avait rassemblés dans le salon à l'étage dans lequel les effets personnels du défunt, ses petits objets familiers étaient exposés sur une table. Chacun d'eux fut invité à venir choisir quelque chose en souvenir. C'est Vera que l'on appela la première, à cette occasion. Elle fut énormément touchée de ce geste – elle repensait toujours avec émotion à cet honneur – et au fait que sa mère la mettait ainsi à l'épreuve tout en s'efforçant de lui apprendre à vivre mais, incapable de surmonter son manque de hardiesse, elle la regarda, les yeux emplis de gratitude et fit non de la tête. Tom choisit l'étoile blanche et la montre à guichet ; Marcia, qui venait après Tom par ordre d'âge, prit l'épingle de cravate, l'insigne des non-buveurs, les boutons de manchette, deux stylos, un paquet de pastilles Rennie et le chapelet ; Mary Jane, le portefeuille en cuir repoussé, soi-disant presque neuf. Vera demanda alors si elle pouvait prendre la pipe de son père.

Mais la contradiction règne au cœur de toute chose et Vera ne s'était pas toujours montrée aussi résignée. Un peu plus tôt, l'année où l'oncle Willie était mort, on avait prévenu les enfants qu'ils ne pourraient assister à son enterrement qui avait lieu à la campagne. Ce soir-là, en l'absence de ses parents, à l'aide d'un couteau, Vera extirpa de sa tirelire jusqu'au dernier penny, acheta des bonbons à Finbar Reilly qu'elle emmena voir un film au *Capitol.*

C'était de là que datait son intérêt secret et grandissant pour la Vertu. L'école du village qu'elle fréquentait quand elle habitait avec Mom avait été sans histoire comparée au couvent, en ville. Ici, on n'insistait pas tant sur le catéchisme que sur la Vertu. Dès la première année, elle fut plongée tout de go dedans. Pendant la retraite.

"Le diable est une personne, leur révéla le père rédemptoriste. En général une grande personne, un séducteur. Mais comme il est malin, il peut se cacher aussi bien sous les traits de n'importe quel gamin de dix ans et demi."

Le père rédemptoriste avait passé un certain temps sur le continent africain, mais la petite chapelle du couvent conférait un tel caractère d'intimité à ses insinuations qu'elle en induisait des émotions fâcheusement mélangées. La peur glacée du démon souriant vous écarquillait les yeux, la fournaise de l'angoisse vous alourdissait les paupières. Pire encore, les confessions se passaient dans la salle de classe ordinaire, en plein jour, là où il y avait le tableau noir et tout le reste. L'odeur de craie et d'encre était plus entêtante encore que celle de l'encens.

— Avez-vous un bon ami, mon enfant ? Il retint sa respiration devant son hésitation, forme de dérobade. La question était d'une gravité si brûlante qu'il fut incapable de la regarder. Avez-vous un bon ami ? chuchota-t-il dans son insigne maladresse.

— Tom, et elle mit sa main sur sa bouche, mais trop tard : c'était déjà dit. Une vraie bêtise de raconter que son frère était son petit ami mais c'est ce qu'elle avait répondu, une fois, à la même question posée par Mom.

— Comment ?

— Tom. Elle l'avait redit tout bas. Impossible de s'en empêcher. Le rédemptoriste faillit presque la dévisager mais y renonça et elle crut qu'il allait laisser tomber. Tom, redit-elle tout bas. En quelque sorte elle ne voulait pas décevoir le père.

— Alors, vous vous rencontrez ?

— Oui.

— Vous l'embrassez ?

— Oui.

— Il vous embrasse ?

— Oui.

— Comment ça ?

— Il m'embrasse.

— Souvent ?

— Aux anniversaires.

— Oui ?

— A Noël aussi.

— Passionnément ?

La tête grise, tondue ras, inclinée vers la poitrine, restait immobile, la bouche entrouverte, l'œil renversé rivé sur la carte d'Irlande du mur d'en face, les mains passées dans les fentes de sa soutane.

C'était absolument terrifiant en même temps que tout à fait émoustillant et elle ne cessait de murmurer oui et de hocher la tête. Fascinant.

— Comment vous dites ?

— Passionnément, sur la bouche ?

— Oui.

— La bouche ouverte ?

— Oui.

— Avec la langue ?

— Avec la quoi ?

— La bouche ouverte, avec la langue ?

— Oui.

— Y a-t-il des gestes indécents ?

— Oui.

— Au-dessus ou au-dessous de la ceinture ?

— Oui.

— Au-dessus ?

— Oui.

— Au-dessous ?

— Oui.

— Est-ce qu'il s'exhibe ?

— Oui.

— Répand-il sa semence ?

— Oui.

Oh oh oh ! Il eut un gémissement plaintif, caverneux, qu'on eût juré sorti des entrailles de la terre. Puis il déclara, peiné, "Certaines petites filles se sont déjà fait prendre au piège. Elles sont en enfer pour l'éternité, plongées toutes nues dans les flammes."

Ce fut peu de temps après ça, elle n'avait pas quatorze ans, que Vera commença à s'intéresser à Finbar Reilly du Punjab, plus exactement du Quartier neuf. Au cours de son aventure avec lui, les contradictions de sa passivité se révélèrent dans toute leur perversité, rebelles à tous conseils, objurgations et menaces.

"Bon, dit Vera, rassemblant son couteau et sa fourchette, les autres se penchèrent en avant les yeux fixés sur elle, alors voilà."

Il fallait qu'elle s'en aille, elle prenait du retard. Elle n'avait même plus le temps de rendre visite à Mom. Elle échangea quelques mots avec Miss Rooney qui lui remit un jeu de clés et elle ramassa son sac.

"Miss Rooney, dit Vera, s'occupera de tout jusqu'à ce que" – Allez ! Jusqu'à ce qu'ils aient tous récupéré de la mort de leur mère et recouvré leurs esprits.

Ils se rendirent dans la cour où était garée la petite voiture marron.

"Je t'écrirai", glissa Mary Jane à l'oreille de Vera en l'embrassant.

Tom ouvrit les battants du portail qu'il retint.

"Transmets toute mon affection à Mom", lui recommanda Vera.

Tom lui dit de ne pas se faire de bile. A propos, il connaissait un instituteur de Kilkenny qui avait épousé Evelyn, une des filles de Patrick Hession, qui enseignait les sciences au collège technique de Newcastle et qui ne jurait que par les Renault. Il lui promit de lui écrire, avec l'aide de Dieu et le plus tôt possible.

Marcia, qui n'était pas certaine de pouvoir se retenir de pleurer, avait préféré rester à l'intérieur, mais elle regardait par la fenêtre.

Vera fit le tour de la place avant de prendre son tournant. Finbar Reilly se tenait debout près du monument, comme elle s'y attendait, dans ses vêtements minables. Mais il était rasé et gominé au Bryl. Souriant, il lui fit un clin d'œil accompagné d'un salut. Il était fier de leur histoire d'amour d'il y a vingt ans. Elle quitta la place et s'engagea dans Dublin Road. Elle était ravie de rentrer, tout en regrettant de n'avoir pas pu bavarder un moment avec Mom. Elle regrettait aussi de n'avoir pas bu un verre avec Finbar. Si ça se trouve il était peut-être encore vierge. La prochaine fois…

III

## LETTRES DE LA MAISON

Cette fois, elle était au volant d'une Mercedes.
Elle était une femme d'extrêmes. Le côté direct,
sans complexe, de New York, la simplicité élé-
mentaire de la vie à la campagne avec Mom.
Mais comment s'accommoder du moyen terme
de la ville ?

Elle laissait derrière elle la banlieue de Dublin
et pénétrait maintenant dans la campagne. Mai
était là et pourtant le paysage demeurait con-
fus, se voulant tout à la fois. L'explosion des
frênes était latente et les pans de lumière en
diagonale dans tous les virages étaient aveu-
glants. Beaucoup trop changeant, trop théâtral
tout ça. Pourtant, la Mercedes se révélait un
véritable bijou : fonctionnel, pratique, l'engin
gris métallisé était bien à son affaire, s'y attelait
et, comme animé d'une volonté propre, il fendait le chaos. Elle se mit à féliciter la voiture
de son allant, ce qui la dérida et lui fit presque
oublier ses soucis. Tous les dix miles, ponc-
tuant son parcours, les petites villes qu'elle
devait traverser, celle à venir copie conforme
de la précédente, avec leur hôtel "Central",
"Grand", "Castle", "Royal", *"Imperial"*, qui lui
rappelaient chez elle, tous soupirs ravalés à la
pensée des siens. Elle doutait que la Mercedes
de location leur plût.

Il allait y avoir une vente aux enchères. Sur-
prenant. Mais c'était ce qu'ils avaient trouvé de
mieux à faire. Ils lui avaient dit qu'il ne lui serait
pas nécessaire de revenir pour l'occasion.
Bon, d'accord. Et puis l'étonnant, "P.-S. : Mom
décédée".

Elle avait reçu du courrier de tout le monde.
Enfin... pas de Marcia, à proprement parler, mais
en tout cas de Norman, l'aîné de Marcia et du
Grec. Toute une série de lettres.

Tom n'avait jamais vu un été indien comme
celui qu'ils avaient en ce moment, est-ce qu'il
faisait chaud à New York ? Les nerfs du Petit
Trésor lui jouaient encore des tours, elle se sentait prisonnière au foyer, mais c'était normal
quand on pensait à l'enseignement hautement
spécialisé qu'elle avait reçu et à son diplôme.
Le problème c'est que ça entraînait des réper-
cussions sur Martina qui était à l'âge difficile ;
on craignait que Joe ne soit dyslexique mais,
Dieu merci, Aisling était une vraie poupée. Puis
venait une suite d'informations sans rapport et de
nature locale. Toute la famille lui demandait alors,
Vera, raconte-nous comment tu vas.

Mary Jane se contentait de quelques lignes.
Tu reconnaîtrais à peine l'*Imperial* à la façon
dont il se dégrade, à un mois jour pour jour de
l'enterrement de leur mère. Declan lui-même
l'avait remarqué. Il était allé y faire un tour hier,
à trois heures de l'après-midi, pour trouver
Miss Rooney en pleine réception, en compagnie
de deux membres de sa famille, dans le salon de
l'étage. Elle s'y était rendue elle-même à quatre
heures, seulement pour constater que ces gens
s'incrustaient. Confidence mise à part, à ce stade,
est-ce qu'ils pouvaient faire quelque chose pour
Vera ? Avait-elle une idée à leur suggérer ?

"Chère tata Vera, je vais avoir onze ans dimanche prochain. Papa a bien été accueilli à son club des AA. J'espère que le bébé sera un garçon. Gros, gros baisers de Norman. P.-S. : et gros, gros baisers aussi de la part de maman."

Un hiver doux succéda à l'été indien et les lettres suivantes demandèrent des précisions climatiques à des fins de comparaison.

Tom s'était vu offrir une promotion, après tout il avait une famille à nourrir et tout le monde lui damait le pion, mais d'après lui, il n'allait certainement pas l'accepter. Qu'est-ce qu'elle en pensait ? Il aimait croire que l'humble petite bourgade de Grange était et serait toujours, quoi qu'il arrive, et si ça ne tenait qu'à lui, un endroit où il faisait bon vivre. Caitriona, son Petit Trésor, allait bien. C'était un vrai petit chef et tu aurais souri de la voir fière comme un petit banc, l'autre soir quand il avait sorti son diplôme pour le punaiser au mur. Tu te rends compte ? Il avait commandé un chevet de marbre blanc pour la tombe de son père et de sa mère, il se fichait du qu'en-dira-t-on, mais l'autre était désastreux. C'était lui l'héritier du nom, de toute façon, et c'était bien le moins qu'il puisse faire étant donné qu'il était le seul garçon. Et était-elle au courant que Mary Jane et Declan Mansfield possédaient un jeu de clés de l'hôtel ?

Mary Jane lui écrivit au sujet de l'annexe construite dans les années quarante par Turlough O'Driscoll, un entrepreneur qui mégotait sur tout que c'en était une véritable escroquerie – papa confiait souvent ses ennuis à Mary Jane quand elle était petite –, employant plus de sacs de ciment que le ciment qu'ils contenaient, une vieille astuce dans le bâtiment, de même que du bois de charpente à moitié pourri, rongé aux vers ; ça fuyait de partout. Il fallait voir ce que ça donnait maintenant, elle serait étonnée que ça tienne encore l'hiver. Miss Rooney régalait sa famille, ses amis et la moitié de la ville à l'hôtel ; Mary Jane aurait bien voulu voir, ma petite, le bilan à la fin de l'exercice, le 5 avril. Est-ce que Vera avait autorisé Tom, ou était-elle au courant que sa caravane stationnait en permanence dans la cour ? En confidence, Vera n'avait-elle pas envisagé de se faire représenter ?

Il était temps de parler sérieusement affaires. Vera savait-elle que des choses disparaissaient de l'hôtel ? Etait-ce pour en arriver là que le père de Tom avait redoré le nom des O'Toole ? La jolie petite glace dorée qui était sur le palier de l'entresol et la petite statue en argent de la Sainte Vierge, à l'extérieur de la chambre de sa mère, à laquelle elle tenait tant. Non, il y avait de quoi voir rouge. Et quand tu penses que les Mansfield vont maintenant dormir à l'hôtel, parce qu'il faut dire que lui, il connaissait tous les tenants et aboutissants de ce Declan Mansfield et du clan Mansfield, un nom qui lui brûlait carrément les lèvres. A franchement parler, il ne pouvait pas dire qu'il s'intéressait tant que ça à l'hôtel, mais assez tout de même, ce qui était bien normal, alors il lui proposait la chose suivante : on avait sûrement oublié que Petit Trésor avait de grandes compétences et qu'elle était titulaire d'un diplôme d'enseignement ménager, on ne pouvait pas en dire autant de Miss Rooney qui, manifestement, laissait l'affaire partir à vau-l'eau et par-dessus le marché se montrait insolente, ni de Mary Jane, en l'occurrence. Non mais sérieusement, est-ce qu'on l'avait oublié ? Ce qu'il lui proposait c'était d'installer Petit Trésor à l'hôtel, c'était quand même bien naturel, pour qu'ils le tiennent à eux deux à partir de maintenant. Dieu te garde, ton frère affectionné.

Puis Mary Jane. Vera savait-elle que des objets disparaissaient à la pelle de l'*Imperial*, et que le problème d'alcoolisme de sa belle-sœur, Caitriona O'Toole, n'était rien à côté de celui de son beau-frère le Grec ? Etait-elle au courant que son frère Tom avait essayé de virer Miss Rooney et qu'ils avaient réussi de justesse, Declan et elle, à la dissuader d'aller au tribunal des prud'hommes ? Non qu'elle trouvât quoi que ce soit de bien à Miss Rooney. Et au fait, on sert maintenant aux romanichels, à l'hôtel, et tu n'ignores pas à quoi ça mène. Honnêtement, elle, Mary Jane n'en fermait plus l'œil. Alors, Vera avait-elle réfléchi à l'idée de prendre quelqu'un pour la représenter, ou à défaut de la prendre elle, Mary Jane, avec Declan qui restait neutre dans toute cette histoire. Dis-nous ce qu'il faut faire. J'aimerais bien que tu répondes, Vera.

Le reproche de Mary Jane était fondé et Vera le savait. L'hôtel menaçait, en effet, de tomber en ruine ou de s'endetter si gravement au fil d'une gestion hasardeuse qu'une banque finirait par faire main basse dessus. Les membres de sa famille avaient des existences bien remplies, elle était la seule, une fois de plus, à manquer à tous ses devoirs et à leur créer des ennuis. Et ce n'était pas comme si elle avait été elle-même débordée, au contraire, il y avait du mou dans les affaires, que c'en était à peine croyable. Et voilà que Noël se pointait à l'horizon. Et puis ce n'était pas parce qu'elle détestait écrire qu'elle ne leur donnait pas de consignes, non. C'est vrai qu'elle n'aimait pas énormément mettre la main à la plume, mais dernièrement elle avait réfléchi à cette histoire d'hôtel. Le résultat, c'est qu'à force d'y penser, elle avait mal au crâne et qu'elle se sentait franchement mal dans sa peau, dans son appartement de la Dixième Avenue.

Le jour du déjeuner, oui, le lendemain de l'enterrement de sa mère, elle aurait bien signé n'importe quoi, sans condition, si l'un ou l'autre, ou même tous ensemble, ils lui avaient présenté un papier quelconque. Mais, c'était à ce moment-là. Maintenant, en y réfléchissant, ce geste magnanime n'aurait-il pas risqué d'être interprété comme une manœuvre de sa part pour s'attirer l'affection des siens en les obligeant à lui vouer une éternelle reconnaissance ?

Elle n'arrêtait pas d'y penser, d'en rajouter.

Peu après avoir fait l'acquisition du *Crisham* et entrepris de le transformer en *Daze and Nytes*, Vera étant revenue de New York, Mary Jane et Declan, très fiers, l'avaient emmenée faire le tour du propriétaire. Ne voulant pas immobiliser – laisser dormir, peut-être ? enfin, quelque chose comme ça – un certain pourcentage de leurs actifs, et ne souhaitant pas – ou au contraire souhaitant ? profiter des avantages d'un emprunt ou d'on ne sait quoi d'autre, ils avaient "mis les bouchées doubles" comme on dit et étaient très habilement parvenus à réunir les quatre-vingt-douze mille livres et demie qu'il leur avait fallu pour acheter le *Crisham* et, devant cette réflexion imprudente, Vera eut le sentiment que l'établissement de la place Cairn avait plus ou moins la même valeur que l'*Imperial Hotel*.

En réalité, dans l'idéal, ce qu'elle aurait aimé c'est que l'un ou l'autre, Tom, ou tous ensemble, lui disent, "Je le veux", ou "Nous le voulons, tiens, voilà quatre-vingt-dix milles livres". Ou "cinquante" ou "trente" ou "vingt mille". Plutôt, quatre-vingt-dix mille. Ce à quoi elle aurait répondu, donnez-m'en dix. Et dix mille, se disait-elle, régleraient l'affaire – transigeraient ! – à bonne hauteur. Après tout, les choses devenaient de plus en plus compliquées. Dix simplifieraient tout. Ils trouveraient même que, venant d'elle, ce geste serait très avisé commercialement parlant, et ça les impressionnerait.

Pourtant elle avait le sentiment de ne pas être totalement honnête vis-à-vis d'elle-même. Une certaine forme de mensonge était acceptable, même souhaitable quelquefois, mais se mentir à soi-même… Elle avait trente-sept ans, bientôt trente-huit, les affaires étaient catastrophiques, Noël approchait, dix mille livres lui auraient assuré un toit pendant cinq ans. Dix mille livres ? Elle ne se sentait aucun droit sur cette somme. Il n'y avait pas que ça, non seulement elle se conduisait en égoïste, mais elle réfléchissait, affolée, que l'écart se creuserait encore davantage entre elle et eux ; on prendrait ça comme une façon pour elle de se dédouaner vis-à-vis de la famille. Et ça c'était la dernière chose qu'elle désirait.

A la seule idée de réclamer dix mille livres à ses frère et sœurs, elle frémissait. Si par un heureux hasard il leur venait aux uns ou aux autres l'idée lumineuse de lui faire une offre, ça changerait tout. Allez ! Il faudrait encore attendre.

Elle reçut de Norman une carte de Noël qu'il avait confectionnée lui-même. On y voyait un soleil jaune qui se levait entre deux collines vertes. Les rayons jaunes qui se dressaient tout autour en éventail découpaient une travée dans un ciel bleu sombre qui semblait s'écarter de chaque côté de la chaude lumière. Les petites taches blanches étaient des moutons en train de paître sur les collines, les taches marron étaient des vaches ou des buissons. Tout en haut, les traits de crayon s'interrompaient pour laisser place à un encadré, dans lequel était inscrit le message, QUEL BEAU JOUR EN PERSPECTIVE ! en rouge. A l'intérieur il avait écrit, "A tata Vera. Joyeux Noël. J'espère que tu vas passer un bon Noël. Toujours pas de frère. Gros baisers de Norman. P.-S. : et gros baisers aussi de maman, papa, Belinda, Joan, Winnie et Mary Frances." Même quand elle sortait, Vera l'emportait avec elle dans sa poche.

La semaine de Noël, un type qu'elle connaissait de longue date vint en ville et l'appela au téléphone. Elle se rendit à l'hôtel. Son ami, le sénateur, était avec lui et elle passa un mauvais moment. Elle but énormément – elle dut boire énormément. En sortant de l'hôtel, elle acheta des timbres dans le hall, glissa neuf billets de cinquante dollars dans une enveloppe, sans mot d'accompagnement, et les posta à Norman. Elle envisagea de faire une halte quelque part sur le trajet de retour chez elle, mais à quoi bon ? Elle ne s'arrêta que pour acheter une bouteille, puis poursuivit sa route jusqu'à la Dixième Avenue.

"Il y a sûrement mieux que ça." Les paroles d'une chanson qui la faisait rire ; c'était ce que les copines qui faisaient le même métier se disaient quand tout allait mal. Un instant apaisée, elle prononça les mots en remuant silencieusement les lèvres.

"Chère Mom. Il fallait qu'elle écrive aux siens. Chère, chère Mom. Ma grand-mère chérie, comment vas-tu ? Ma chère, chère, chère Mom." La dernière fois qu'elle était revenue à la maison, elle aurait dû se garder du temps pour rendre visite à Mom au lieu d'assister à cette connerie de déjeuner de merde. Non, il ne fallait pas parler comme ça de sa famille. Cher Tom. Tom qui lui avait toujours fait un peu peur. Lui avait toujours fait peur. Sérieusement. Mais c'était pour votre bien qu'ils étaient comme ça, les frères. Cher Tom. Et chère Caitriona, et chère Martina et cher Joe, et cher – Oh ! Bon sang ! Comment s'appelle-t-il donc l'autre ? Cher Norman, comme elle est belle ta carte et si tu savais tout ce qu'elle représente pour moi ! Merde ! Cher Norman, Marcia – non, c'est le contraire. Chers Marcia, Henry, Norman, Belinda, Winnie, Joan, Mary Frances, Tom, Caitriona, Martina, Joe, Aisling, Mary Jane, Declan. Chère Mom – chère Mom – chère Mom – chère Mom – chère Mom !

"Oui, ce serait une bonne idée, ma petite Vera, se dit-elle tout haut, en se levant, de prendre de quoi écrire si tu dois te mettre à le faire et elle retomba sur sa chaise. Ça alors, me v'là bourrée et baisée à mort !" dit-elle. Deuxième tentative : "Mais la p'tite Vera, elle va pas se laisser abattre comme ça – hein ?" et cette fois elle réussit à se lever pour aller chercher un stylo à bille. "La p'tite Vera parle toute seule et pourquoi elle le ferait pas, bon Dieu, je vous d'mande, et bordel pourquoi pas ! Nukeunou-venonzomonde !"

Sur une étagère dans la cuisine, derrière le café et le sucre et les petits gâteaux – "J'te demande un peu, saloperies de petits gâteaux !". Il y avait un bocal marron dont le couvercle était scotché – "pour éviter de l'ouvrir par erreur" ! et qui contenait les cendres de son petit copain, Wally le Suédois. Mais qu'est-ce qu'une grande pute comme elle foutait là avec ces cendres ? A quoi ça rimait de garder des cendres, de les contempler, de les tenir en main ? Non ! Pas la peine de brailler. Est-ce qu'elles peuvent te donner de l'affection ces salopes de cendres ? "Non. Tout simplement. Non." Qu'est-ce qu'elle devait faire de Wally le Suédois ?

Ah non ! tu vas pas me dire que tu pleures maintenant, p'tite Vera ?

T'es nulle, Vera, complètement nulle, tu tiens à rien. Tu as jamais été bonne qu'à faire la foire.

"La foire, t'as bien dit la foire ? Merde alors ! De la vraie merde, oui ! Bouffe-la donc ! Des animaux qui baisent. Non !" Les animaux quand ils baisent ne tombent pas si bas. Ou alors, c'est qu'ils ont une raison. La nature donne aux animaux une bonne raison de se comporter comme ça, ce qui n'est pas le cas pour les humains.

"Ouais, ouais, c'est vrai que t'es nulle, t'as pas d'attaches, bon alors qu'est-ce que tu comptes faire pour arranger ça ? Laisse pas passer l'occasion. Vas-y. Non ? Oui ? T'en as les moyens. Non ?" Ça se fera tout seul. Je pensais que c'était ça que t'allais répondre.

Putain de foire, parlons-en. Putains d'animaux, putain de merde, putains de sénateurs, putains d'hôtels et de chambres à putain de baise, de qui qu'tu moques, putain de pute, nom d'une pute, putain d'hôtel, putain de famille.

La bouteille pratiquement terminée, à quelques variantes près, elle répéta la même chose qu'elle inscrivit sur les trois cartes de Noël : "Putain de merde que j'suis nulle. Faites-moi une putain d'offre. Gros baisers, Vera." Et aux aurores, elle les posta à l'intention de Tom, Marcia et Mary Jane. Elle n'eut pas de nouvelles d'eux de quelques mois.

La seule communication qu'elle reçut dans l'intervalle fut une carte couverte de taches de bière qui arriva vers la fin janvier ou au début de février. Ça lui remonta le moral, elle croyait qu'il l'avait oubliée. "Chère Vera, Joyeux Noël avec retard, et une très bonne année de la part de ton ancien amoureux, Finbar."

Elle approchait maintenant des abords de la ville. Des panneaux de *bed and breakfast* se balançaient en vain devant des maisons qui refusaient, avares, d'admettre par une quelconque forme d'éclairage que la nuit était là. Où descendre, bonne question. Elle n'y avait pas réfléchi jusque-là. L'hôtel était fermé. Elle n'avait guère envie de s'installer chez Tom, Marcia, ou Mary Jane. Oh ! pour de multiples raisons. Ils ignoraient son arrivée : c'en était déjà une bonne. Et puis, vraiment, elle n'avait aucune envie de les voir.

Le panneau indiquait "Grange", le nom de la ville, et en dessous, *"Fáilte"* – "Bienvenue". L'angoisse commençait à la gagner. Mais enfin pourquoi était-elle revenue ?

Spontanément, elle prit la première rue à gauche, abandonnant la voie principale qui l'aurait conduite au centre-ville et traversa le Quartier neuf. La construction de celui-ci remontait exactement à l'époque de sa naissance. Les rangées de pavillons jumeaux, avec leurs jardinets en façade qui ressemblaient pratiquement tous à des cours de chiffonniers. Un poney de couleur pie errait sans but le long de vieilles Ford déglinguées et de fourgonnettes Hiace, des bouts de verre et des ordures jonchaient la rue, des enfants s'écartèrent avec un haussement d'épaules désinvolte, refusant de se laisser impressionner par une Mercedes gris métallisé, de l'autre côté de la rue, un roquet aboya après un type qui promenait ses lévriers. Bien que la ville fût petite à tous égards – celle-ci ne comptait que six ou sept mille habitants – elle savait peu de chose de ce quartier sauf que, si elle avait pris la première à gauche – ou celle d'après ? –, à partir de la voie principale, elle se serait trouvée tout près de là où habitait Finbar.

Elle trouva la sortie du Quartier neuf et pénétra dans une partie de la ville de construction plus récente. Mais un solide sens de l'orientation la guidait. Elle évita la ville, pour rejoindre la campagne de l'autre côté. Sans le savoir, elle prenait la direction de chez Mom. "P.-S. : Mom, décédée."

La lettre de Tom, au contraire des précédentes, était tapée à la machine et l'en-tête "Ministère du Commerce et de l'Industrie" du papier officiel dont il se servait toujours avait été découpée aux ciseaux.

*Les Hauts de Bellevue*
*Cnoc Mhuire,*
*Grange*

*Le 15 mai 1974*

*Chère Vera,*

*Je t'écris pour t'avertir que Miss M. Rooney a quitté l'hôtel. Les raisons qu'elle a invoquées pour sa démission sont les suivantes : 1. Elle ne peut plus continuer à diriger un établissement censé appartenir à une absente. 2. Elle refuse de supporter plus longtemps des conseils qu'elle considère comme une ingérence de la part de toute personne liée au nom de O'Toole. Son attitude à mon égard a été extrêmement blessante et j'ai découvert depuis qu'elle s'était comportée de la même façon avec ta sœur Mrs Mary Jane Mansfield. Sa conduite s'est révélée ignoble et si tu ne comprends pas que je n'ai guère eu d'autre choix que d'accepter sa démission sur-le-champ, c'est bien dommage, Vera. Elle m'a ensuite réclamé le mois qui lui était dû plus une indemnité de trois semaines de vacances. Faisant de tout ceci une question d'honneur, je lui ai remis un chèque du montant total, sur mon compte personnel, et lui ai demandé un reçu qu'elle m'a donné.*

*J'ai eu ensuite un long entretien avec ta sœur, Mrs Mary Jane Mansfield, afin de discuter de ce qu'il convenait de faire. Nous manquerions à tous nos devoirs si nous omettions de te dire ce qui suit : je te demande – peux-tu répondre par oui ou par non – pourquoi il faudrait que je mette ma femme là-bas alors qu'elle a bien assez à faire à la maison ? Pourquoi faudrait-il qu'elle assure le service sans même, au bout du compte, avoir droit à un merci ? Pourquoi est-ce que je devrais continuer à compromettre ma situation pour m'occuper de tes affaires ? Tu sembles oublier que j'ai un poste à responsabilité auprès du gouvernement, auquel s'ajoute mon rôle de père qui s'efforce d'élever convenablement trois enfants. Et pourquoi ta sœur, Mrs Mary Jane Mansfield devrait-elle continuer, par pure bonté d'âme, à se faire du mouron pour ton bien et à passer des nuits blanches ? J'en connais un qui aimerait bien qu'on lui réponde à ce sujet.*

*Puisqu'il n'y avait pas moyen de faire autrement, je me suis donc rendu avec ta sœur, Mrs Mary Jane, à l'hôtel, le lendemain soir, pour discuter avec les membres du personnel restant. Après des négociations trop longues à rapporter ici, ils ont été payés et ont reçu chacun une semaine de congés payés et l'hôtel a donc été fermé à partir de la date du 24 février inclus.*

*Tous les comptes, reçus et affaires pendantes ont été déposés à l'étude de Me Tommy Martin et Associés, High Street, Grange.*

*Franchement, je ne vois pas à quoi tu joues, mais tes sœurs et moi nous aimerions bien savoir si tu n'as pas oublié ce que c'est que d'habiter dans une petite ville, ce dont nous sommes fiers. New York, bon je sais, c'est New York, mais, ici, un nom de famille ça veut encore dire quelque chose. Nous avons le sens des lieux. Nous avons le sens de nos responsabilités. Nous aspirons à devenir des exemples sans avoir à nous justifier auprès de qui que ce soit parce que, Vera, c'est notre désir le plus cher. Exactement comme nos père et mère, je pense qu'ici nous avons une idée de la voie à suivre en matière de moralité. Je ne dirais pas que nous sommes à cent pour cent sans défauts ni même que nous approchions ce chiffre mais en tout cas, c'est à cent pour cent que nous nous y efforçons. Si j'ai l'air de me vanter, tu peux sans hésiter inscrire mon nom tout en haut de la colonne "prétentieux". Ton choix de vie, ça te regarde, mais essaie de ne pas trop insister là-dessus avec nous. On sait ce qu'on a à faire, Vera. On sait ce qui est bien.*

*Je n'avais pas l'intention d'aborder le sujet du courrier qui est arrivé chez moi dans ma boîte aux lettres, à Noël, et dans celles de tes sœurs. Tu n'as certainement pas réalisé que ce n'était pas tellement malin de s'exprimer de cette façon dans des foyers innocents où vivent des enfants. Nous espérons sincèrement que ça ne se reproduira plus. En plus, tout ce que je peux dire c'est que ça nous a fait de la peine et que nous avons été choqués que tu puisses écrire des choses pareilles sur des cartes de Noël, nous ne l'avons pas compris, venant de ta part.*

*Par conséquent, dès hier je me suis renseigné sur le plan juridique et ceci en présence de ta sœur, Mrs Mary Jane Mansfield. (Au cas où ça t'intéresserait, ton autre sœur, Mrs Marcia Locke-Browne s'apprête à accoucher d'un moment à l'autre.) On nous a conseillé de mettre l'Imperial Hotel en vente pour toi. De sorte que la vente ne se fera pas de gré à gré, ou entre personnes privées par cession de biens, mais par enchères publiques. La vente aux enchères étant faite au vu et au su de tous est donc équitable. C'est l'avis qu'on te donne, et il est gratuit. Et c'est aussi celui que te donnent ton frère et tes sœurs. Si tu es d'accord – et nous espérons vivement que tu le seras – il t'est donc recommandé : 1. De façon à jouer le jeu, de ne traiter avec aucun membre de la famille, que ce soit Thomas O'Toole, Mrs Mary Jane Mansfield, ou Mrs Marcia Locke-Browne. 2. De traiter directement et exclusivement avec l'étude de M$^e$ Tommy Martin et Associés, High Street, Grange. Pour ce faire, il te suffit d'écrire ce qui suit : Cher monsieur Martin, je vous serais obligée de bien vouloir mettre en vente publique l'Imperial Hotel, situé sur la place, à Grange, en mes lieu et place. Et de signer. Il fera alors appel à un commissaire-priseur, etc. Inutile de revenir pour ça. Mais tout sera fait au grand jour.*

*Pour finir, je ne suis pas de ceux qui ferment leur porte, et permets-moi de te dire qu'après la vente, la mienne et celles de tes sœurs te resteront toujours ouvertes, comme toujours. J'espère que la présente te trouvera en bonne santé. Alors, de ma part et de celle de tes sœurs, toute notre affection et que Dieu te bénisse.*

*Ton frère attentionné,*
*Tom.*

*P.-S. Mom, décédée.*

## IV

## LA GRAND-MÈRE

Difficile d'imaginer qu'il y avait eu de la vie dans cette maison. Et pourtant... Des générations entières, cent cinquante ans de vie. De gens peu enclins au sourire, mais quand cela leur arrivait, les yeux des enfants brillaient, leur cœur tressaillait de joie comme si un grand mystère venait de leur être révélé.

Difficile d'imaginer qu'aussi récemment... Quand était-elle morte ? Quand les petits bruits que l'on entendait de l'autre pièce avaient-ils pris fin ? Les pincettes, le matin, qui raclaient les cendres, la bouilloire qu'on remplissait, qu'on suspendait au crochet, l'eau que l'on jetait en tapis dans la cour, le bruit du couvercle sur le chaudron, l'allant du couteau qui tranchait le pain, les pincettes à nouveau dans le feu, une dernière fois, le soir, pour rassembler les cendres. Quand s'étaient-ils arrêtés ? Comment était-elle morte ?

Moutons et agneaux se pressaient contre les flancs de la voiture, ceux-là mêmes qu'elle avait doublés un peu plus tôt sur la route ; derrière, l'homme en bottes de caoutchouc qui agitait les bras, exaspéré comme plus tôt par son vaillant troupeau ; le jeune chien noir et blanc, maintenant assagi, suivait dans le silence de la disgrâce. L'homme qui se retournait une fois de plus pour mettre le chien en garde avant de crier vers le lointain, à quelqu'un d'invisible de venir surveiller la route afin de faire virer les moutons dans un champ.

Les étoiles brillaient, il y avait une belle lune de mai, il y avait de la gelée blanche. L'indifférence de la maison. Le chaume lourd, sans vie, les fenêtres mates, qu'on aurait juré faites de quelque tissu noir, la porte close, muette, comme si elle l'avait barricadée de l'intérieur, puis avait roulé des pierres devant pour empêcher qu'on n'entre ; la tombe bien gardée, elle s'était déshabillée dans la cuisine, s'était lavée ; de la toilette sortie du papier brun, elle s'était revêtue ; la surprise d'une chevelure effondrée du chignon, qu'elle avait brossée ; puis elle avait pénétré dans la chambre, avait allumé les chandelles et s'était allongée sur la courtepointe, refusant que l'on vienne s'asseoir en cercle autour d'elle, mais décrétant que la vie de cette petite maison allait, devait, cesser avec elle.

Vera se sentait seule, sans amis. Elle était arrivée une demi-heure plus tôt et s'était garée, à moitié sur la route à moitié sur la pente d'herbe qui allait de la route jusqu'à la maison. Elle n'était pas descendue de voiture. A quoi bon ?

"Tu sais que tu es la meilleure au monde." "Reste ici, petite, il fait trop froid pour se lever." "Le soleil brille sur ma vieille cabane du Kentucky, c'est l'été, les Noirs sont en liesse." "Je ne t'oublierai pas, Vera."

Et pour autant que Vera s'en souvînt, il y avait eu une période de réticence au début, comme si Mom avait eu des préventions contre elle. Mais cela n'avait pas duré, et Vera avait été ramenée de l'autre pièce – "Elle est trop humide !" – dans celle de Mom, pour partager le grand lit.

"Reste ici, petite, il fait trop froid pour aller à l'école." Et elle revenait avec des tasses de thé et du pain de sa confection, et elles restaient là, ensemble. On sentait la tiédeur monter de son grand corps. "Tu seras aussi grande que moi, Vera, ma parole, c'est moi qui te le dis, avec les pieds que tu as !" La boule de cuivre que l'on dévissait de la colonne, au pied du lit, et dans laquelle on pouvait dissimuler des secrets. Et elles restaient là, couchées, muettes de contentement après le petit déjeuner, ou récitaient les tables de multiplication, ou des poèmes, ou chantaient jusqu'à temps qu'il faille, par consentement mutuel – Vera était toujours consultée –, se lever et mettre le repas en route pour toutes les deux.

"Je ne t'oublierai pas, Vera", c'était ce qu'elle avait dit le jour où sa mère était venue la chercher. Il y avait eu des mots ; sa mère avait perdu son sang-froid. Vera les avait observées en secret de l'autre pièce, sans bien comprendre ce qui se passait. Quelque chose à propos de l'oncle Willie qui était rentré de San José et que Mom avait pris chez elle, d'après ce qu'avait entendu dire la mère de Vera.

— Cette maison m'appartiendra-t-elle, oui ou non ?

— On verra, avait dit Mom, je ne suis pas encore morte.

Quelque chose à propos de l'oncle Willie qui n'était pas tout à fait un oncle.

— La petite est dans les parages, avait dit Mom en grondant, baisse le ton.

— C'est sans doute un gosse de violoneux, de couvreur, ou de rétameur ?

— Je suis autant sa mère que la tienne, répondit Mom.

Le visage de la mère de Vera, élargi, pratiquement collé contre celui de Mom :

— Du ruisseau qu'il sort, du ruisseau qu'il sort !

Le visage de Mom s'était rembruni, mais elle avait hoché solennellement la tête, oui.

— Vera rentre chez nous !

Mom hocha la tête, là aussi, avec gravité.

Et puis sa mère, dont la mine se décomposait, s'était détournée comme pour fondre en larmes, mais Vera avait retenu son souffle car elle savait qu'il y avait une suite à venir. Et elle avait raison. Voilà que sa mère pivotait sur elle-même, en fureur, pour se précipiter toutes griffes dehors sur Mom.

"Arrête !" Le poing tendu de Mom avait sonné creux contre la poitrine de sa mère.

Vera entra à ce moment-là en leur souriant.

"Arrête", dit de nouveau Mom, pour elle-même cette fois, et elle partit s'asseoir sur la caisse près de l'âtre.

Et l'oncle Willie qui était dehors dans l'appentis et qui ne cessait de lorgner son œil de verre dans la glace !

Mais tout était fini, maintenant. Les gestes rapides de sa mère, les talons qui claquaient sur le sol en ciment, les allées et venues avec le sac, les affaires de Vera jetées dedans. Mom, très raide près du foyer, le cou tendu, leur tournant le dos, les mains au repos. Elle avait sa dignité, ce que peu savaient ni même soupçonnaient, ce qui était dommage. Mais elle était profondément meurtrie. Et lorsque la mère de Vera fut dehors avec le sac, "Je m'en vais", dit Vera.

Mom inclina la tête lentement, dignement, mais ne se retourna pas, non plus qu'elle ne se leva.

Peut-être n'avait-elle pas bien entendu et Vera vint à côté d'elle, "Mom ?" pour qu'elle l'embrasse.

— Je m'en vais.

— Je ne t'oublierai pas, Vera, dit-elle, tordant le cou pour regarder au plafond.

Bien sûr, par la suite Vera avait tout compris. A propos de la ferme, et de la grossesse. Que sa grand-mère était tombée enceinte hors mariage, à l'époque d'un veuvage confirmé, que l'oncle Willie n'était que le demi-frère de sa mère et que sa mère avait des craintes pour la ferme.

Le jeune chien noir et blanc qu'elle avait vu un peu plus tôt s'approchait en décrivant des cercles sur la route, revenait au galop vers quelqu'un qui arrivait puis filait de nouveau vers l'avant. Oubliée l'ancienne humiliation à cause des moutons, il frétilla de la queue autour de la voiture, et inspecta l'accotement d'herbe devant la maison puis poursuivit son chemin. Une femme âgée, courbée, qui suivait, passa à son tour sans regarder, la tête tendue en avant sur un corps cassé. Au bout de quelques pas, elle revint en arrière.

"C'est toi, Vera ?"

C'était Mrs Conneeley qui habitait un quart de mile plus haut sur la route. Leurs deux maisons, la sienne et celle de Mom, étaient les seules dans cette partie de la route. Elle aussi était veuve : Mom avait fait la toilette mortuaire de son mari. Elle avait deux petits enfants, des garçons, à l'époque où, enfant, Vera lui rendait visite. Vera descendit la vitre du côté du passager.

"C'est toi, Vera ? Tu sais qu'on était en train de se dire qu'il se pourrait que ce soit toi ? Est-ce que c'est elle ? Paddy, qui était dehors avec les moutons, m'a dit que ce serait bien toi, alors je suis sortie juste au cas. Comment vas-tu, comment vas-tu ?"

Vera sortit et Mrs Conneeley la prit dans ses bras, puis lui saisit les mains qu'elle tint serrées entre les siennes.

"Pauvre Mom, pauvre femme, dit-elle. J'aurais préféré qu'on se rencontre dans d'autres circonstances. Mais tu sais que je suis contente de te voir. Ses yeux luisaient comme ceux d'un oiseau. Dis, tu vas bien venir chez moi prendre un thé. Allez, dis, dis, dis, dis dis !"

Vera se mit à rire – le son de son propre rire la surprit – devant tant de chaleur et elle se réjouit d'être incapable de refuser l'invitation.

"Je serai là-bas avant toi", dit Mrs Conneeley, refusant toute idée de conduite et déjà en route vers la maison, agitant le bras à plusieurs reprises comme une aile, faisant signe à Vera de la suivre en voiture.

L'ancienne maison des Conneeley tenait encore debout. Elle aussi blanchie à la chaux, avec son toit de chaume et fermée, comme celle de Mom. Une partie du mur de pierres sèches qui bordait le champ voisin avait disparu pour être remplacé par un autre, de pierre teintée, surmonté de grilles chantournées. Il y avait des allées cimentées : la plus large, pleine de boue, qui menait à une cour d'où montaient des bêlements de moutons, la plus étroite vers la maison, qui coupait en deux un genre de pelouse. La maison était, elle aussi, en pierre de couleur, un pavillon, avec des baies vitrées. La chaleur était étouffante à l'intérieur et des vêtements d'enfants séchaient sur la grille de la cuisinière Raeburn.

On avait dissuadé Mrs Conneeley de mettre une cheminée dans la pièce de devant. Mais ils avaient beau habiter la maison depuis 1967, elle regrettait encore l'âtre de son ancienne cuisine.

"Mais ici, au moins, quand on ouvre la porte à claire-voie du foyer, on peut cracher dedans."

Elle rit joyeusement et s'affaira à débarrasser les petits vêtements et à préparer le thé. Dans le dos de sa mère, Paddy salua d'un signe de tête, adressant un clin d'œil de connivence à Vera devant toute cette excitation. Il lui présenta sa femme. Ils avaient quatre enfants, tous de moins de huit ans. Ils allaient faire un tour au *Melody* avant la fermeture pour y boire quelques pintes. Le jeune chien, Starsky, tout fou, fut rappelé à l'intérieur avant le départ de Paddy et de sa femme, de peur qu'il ne suive la voiture.

Francis, l'autre fils, était marié en Angleterre où il tenait un pub. Il parlait de rentrer au pays. La vieille maison, avec le champ derrière, lui appartenait. Si on lui conservait le toit, on aurait plus de chances d'obtenir un permis pour en faire construire une neuve, enfin c'est ce qu'on racontait. C'était pourquoi ils ne l'avaient pas démolie.

"Bien vrai, ce que je suis contente de te voir, dit de nouveau Mrs Conneeley. Approche-toi donc du feu", ajouta-t-elle en se mouchant.

Elles prirent place auprès du Raeburn, dont la porte resta ouverte pour qu'on puisse voir brûler la tourbe.

— Ça fait du bon pain quand même, dit Mrs Conneeley, avec satisfaction, se souriant à elle-même. Grand Dieu, quelle bonne femme c'était à l'époque, finit-elle par dire. Impressionnante. Mais, remarque, elle n'avait pas tellement changé vers la fin. A part la vue, qui lui causait des misères. Ah Vera, quand la vue commence à baisser. Tu lui ressemblerais bien un peu, Dieu te bénisse. Je vois une ressemblance.

— Quel âge a-t-on inscrit sur le cercueil ? demanda Vera.

— On en parlait justement, dit Mrs Conneeley. Quatre-vingt-six ?

Vera réfléchit.

— Oui, ce doit être ça. Elle m'a raconté – Vera se mit à rire – que sa naissance avait précédé celle du siècle d'à peu près une douzaine d'années. Elle s'est mariée en mil neuf cent cinq, autour de ses dix-sept ans.

— Alors, c'est sûrement ça, dit Mrs Conneeley. Quatre-vingt-six.

Elle se félicita, comme Vera, que l'on ne se soit pas trompé dans l'inscription de la plaque. Puis contemplant la cuisinière, le front soucieux, absorbée par une pensée nouvelle :

— Et toi, tu dois avoir dans les… ? elle scrutait le visage de Vera. Trente-quatre ?

— Il me semble bien que la dernière fois que j'ai aperçu le chiffre 34, madame Conneeley, dit Vera, c'était au sommet d'un autobus.

Ces histoires d'âge les firent éclater de rire, Mrs Conneeley renversant la tête au bout de son dos raide puis, au souvenir de ses petits-enfants qui dormaient, elle posa un doigt sur ses lèvres.

— Je vais avoir trente-huit ans cette semaine, dit Vera et elle se remit à rire. Elle se sentait ivre dans toute cette chaleur amicale. Elle souriait sans cesse.

— Et moi, quel âge tu crois que j'aie ? demanda Mrs Conneeley. Allez, devine voir.

Vera aurait pensé aux alentours de quatre-vingts. Peut-être plus. Elle la voyait bien de la même génération que Mom. Avec ses cheveux clairsemés, ses yeux luisants d'oiseau. Elle évalua, d'après la silhouette déformée, le temps qui avait passé depuis que la femme assise en face d'elle était devenue veuve.

— Je n'en ai pas la moindre idée, dit-elle.

Mrs Conneeley avait soixante-quatre ans, elle était de la génération de sa mère et non de celle de Mom. Mais bien sûr quand on pensait qu'elle avait dû élever deux enfants et mener seule la ferme. Et ces seaux ! Vera se rappelait qu'elle avait toujours l'air d'en transporter, deux seaux qui pesaient de chaque côté de son corps voûté.

— Soixante-quatre, confirma Mrs Conneeley, fièrement.

Et Vera fut heureuse de partager cette fierté et d'être admise avec tant de naturel dans cette maisonnée où rires et bavardages étaient si faciles.

Elle repensait à Mom. Elle avait toujours cru qu'elle était vieille mais maintenant elle calculait que sa grand-mère était encore relativement jeune quand elle était venue habiter chez elle.

— J'ai vu des belles vaches dans le champ devant chez Mom, en passant en voiture, dit Vera, désireuse de poursuivre la conversation. A qui sont-elles ?

— A ton frère, dit Mrs Conneeley, se redressant un instant sur sa chaise, aussi droite que possible. Ça va faire deux mois qu'il les y a mises, dit-elle, puis elle attendit.

— Quand est-ce qu'elle est morte ? demanda Vera qui, aussitôt, sentit que tout s'effondrait au-dedans d'elle. Elle, qui avait vécu avec Mom, qui s'enorgueillissait secrètement de lui être comparée, ne savait même pas quand sa grand-mère était morte.

Mrs Conneeley ne parut pas s'apercevoir de sa confusion.

— La dernière semaine de février, dit-elle. Février, c'est le mauvais mois pour les morts.

Février. Vera pensait que ça s'était passé ce mois-ci, en mai, ou peut-être fin avril. Pourquoi ne lui avaient-ils pas écrit ou télégraphié la nouvelle ? A cause de ces maudites cartes de Noël, sans doute ?

Mais il y avait quelque chose d'autre qui n'allait pas. Les yeux d'oiseau de Mrs Conneeley débordaient de larmes, s'opacifiaient, et elle se forçait à sourire à Vera. "Et sûrement qu'elle aurait encore tenu dix ans de plus", dit-elle.

Le sourire s'effaça du visage de Vera.

"Ah, mon Dieu, Vera", dit-elle.

Vera retenait son souffle.

"Sûr qu'elle aurait encore tenu dix ans si quelqu'un l'avait trouvée."

Mrs Conneeley vit qu'elle attendait, anxieuse, mais elle ne pouvait plus s'arrêter maintenant. Impuissante, elle regardait Vera pour qu'elle comprenne, qu'elle l'autorise à continuer.

"J'aurais honte, dit-elle, qu'on puisse croire qu'on s'est conduits en mauvais voisins."

Vera acquiesça d'un signe de tête, ce qui était la dernière chose qu'elle aurait voulu faire.

"Elle était solide, tu sais. Mais je savais depuis longtemps qu'elle n'y voyait plus très bien. Tu t'en apercevais parce que, des fois, elle te reconnaissait pas, à moins que tu lui parles. Et je m'étais mise à aller la voir, j'avais demandé à Paddy qu'il s'arrête à chaque fois qu'il passait devant chez elle, ou bien je lui portais une petite goutte de soupe ou un fond de casserole. Comme ça. Parce que, malgré qu'elle ait eu sa fierté, indépendante comme elle était, elle était bonne, et parce qu'elle était toujours la première à t'aider quand t'avais besoin. Et ça, j'en sais quelque chose. Et Paddy faisait un saut pour l'emmener à la messe, le dimanche, et la ramener – ou du moins, il lui proposait, parce que, quelquefois, elle préférait aller à pied. Ou pour l'accompagner au village toucher sa retraite, le vendredi, et prendre un peu d'épicerie. Mais ton frère, ça lui plaisait pas. Oh ! je sais pas. Sans doute qu'il croyait qu'on en avait après la ferme. Ça arrive des fois."

Le ton de sa voix était doux, désespéré, comme si elle avait eu conscience de prier un Dieu insensible. Puis elle rejeta le dos en arrière pour redresser la tête dans un sursaut d'amour-propre, le visage se contorsionnant pour se défaire de son chagrin. Le regard farouche qui ne quittait pas Vera, comme si elle avait été une étrangère, ou une vieille ennemie.

"De combien de terre on a besoin, j'te demande ? dit-elle. Moi, je sais. Et les miens savent aussi. De combien de terre Mom Lally a besoin maintenant ? De combien de terre l'homme qui était mon mari a besoin ? Ou tous les autres, qu'ils soient morts ou vifs, d'ailleurs ?"

Un court instant de révolte, aussi vite venu que disparu, comme si elle avait parlé sans se rendre compte, le corps recroquevillé en avant pour continuer sa conversation avec le feu.

"Et puis ton frère est arrivé un soir que Paddy était là-bas avec elle. Et ton frère a suivi Paddy quand il a quitté la maison. Et il a dit à Paddy qu'il était sûr qu'il avait autre chose à faire qu'à rendre visite à des vieilles, et dis-en autant à ta mère, qu'il lui a dit. Qu'est-ce qu'on pouvait faire ? Paddy tremblait de tout son corps en me racontant ça. Qu'est-ce qu'on pouvait faire ?"

Mrs Conneeley inspira profondément, puis s'efforça de souffler silencieusement. Un enfant pleura un moment dans son sommeil, là-haut dans une des chambres.

"Pauvre Mom", reprit-elle pour elle-même en lançant quelques morceaux de tourbe sur le râtelier, l'œil rivé sur les étincelles.

Vera attendait, le visage crispé dans un simulacre de sourire. De nouveau Mrs Conneeley lui sourit avec effort. Vera hochait la tête.

"Je crois bien que c'était un mercredi, quand Paddy est rentré. Julia était là en train de nourrir le plus jeune. Je vois pas de fumée qui sort de chez Mom Lally, tu l'aurais pas vue, des fois, depuis dimanche ? qu'il a dit. On a laissé Julia et on y est allés tous les deux, pour voir en passant, et puis on a regardé à travers les carreaux. Mais on voyait mal à l'intérieur. J'ai crié son nom, tu sais. Et Paddy a essayé d'ouvrir la porte, mais le verrou était poussé. Tant pis, qu'il a dit, et je lui ai fait signe d'y aller."

Elle fondit en larmes, tout le visage en mouvement, le regard allant et venant du feu à Vera, ne sachant où se poser. Vera l'encourageait maintenant d'un vigoureux signe de tête.

"Oh, c'est qu'elle était morte, Vera ! Bien morte. Oh ! Vera."

Mrs Conneeley, la gorge nouée, et Vera qui attendait qu'elle poursuive.

"Elle était tombée. Elle est restée comme ça pendant quelques jours, tu sais. Elle était tombée dans le feu. Mais elle avait réussi à en sortir. Elle avait réussi, je sais pas comment, la pauvre femme, à se traîner. Sans parvenir à se relever. Qu'est-ce qu'on pouvait faire ? Ça nous ressemble pas d'être des mauvais voisins. Personne n'a envie de se conduire comme ça."

Elle pleurait amèrement, penchée en avant sur sa chaise, se cachant la figure d'une main, l'autre tendue en direction de Vera. Vera prit la main et la retint, presque absente. Elle était assise très droite, ruisselante de larmes. Les sourcils froncés, elle secouait la tête comme pour dire non. Mais rien à faire. Il y avait là quelque chose de profondément injuste. Rien à voir avec ces saletés de cartes de Noël de merde. Il y avait quelque chose de profondément injuste.

Mrs Conneeley la raccompagna au-dehors et elles se serrèrent la main.

— Tu es à l'hôtel ?

— Oui.

De nouveau, elle gara un instant la voiture devant chez Mom. Ç'aurait été irrespectueux – irrévérencieux – de se contenter de passer devant. Ah ! Dieu du ciel, quelle prière fallait-il dire au cœur d'une telle affliction ?

Après tout, elle aussi avait manqué à ses devoirs vis-à-vis de Mom. Avait-elle vraiment accepté si facilement que Tom s'occupe de Mom ? Tom ? Qui était Tom ? Mais n'était-elle pas elle-même naïve, idiote, fainéante, égoïste ? Si.

Enfant, quand elle était retournée vivre en ville et qu'elle entendait murmurer, "c'est qu'elle a moins de moralité qu'un chien, vous savez", elle récitait des Je vous salue Marie pour l'âme de Mom. Est-ce qu'ils parlaient comme ça d'elle parce qu'elle était veuve et qu'elle se soûlait une fois par semaine, parce qu'elle avait un enfant illégitime, ou parce qu'elle refusait de leur marquer un nom sur un bout de papier ? Et Vera avait calculé, ce soir-là, chez les Conneeley, que si Mom était née douze ans environ avant le siècle, s'était mariée à l'âge de dix-sept ans, en 1905, était devenue veuve en 1910, avait enterré l'oncle Willie dans sa trente-sixième année en 1951, c'est que son enfant naturel, l'oncle Willie, avait dû lui être fait en 1915 par le couvreur, le rétameur ou le violoneux : alors Mom, sa grand-mère, la veuve, avait vingt-sept ans à l'époque.

Le panneau dans la lumière des phares, à cette extrémité de la ville, annonçait aussi "Grange", et *"Fáilte"*, Bienvenue. Naturellement, qu'elle n'irait pas s'installer dans ce putain d'hôtel : il était tard, et fatiguée comme elle l'était, elle voulait quitter tout ça, rentrer à Dublin, prendre l'avion, ficher le camp.

Elle reprit la déviation pour éviter la ville, traversa les lotissements de briques jaunes, pénétra dans celui dont la rue était parsemée de bouts de verre. Un bonhomme rentrait chez lui, avec les épaules affaissées de l'ivrogne, une bande de jeunes accrochés à des rambardes dans un genre de bagarre qui paraissait plus dangereuse qu'une vraie, des télévisions illuminant sporadiquement des fenêtres. C'était presque le désert.

Alors elle vit le poney pie. Il se tenait, la tête basse, sentinelle fatiguée, en plein milieu de la rue où elle devait tourner à droite, en direction de Dublin. Elle ralentit, fit un appel de phares, mais il resta planté là, les yeux fixés sur elle dans la lumière des phares. Elle s'arrêta. Sa lassitude ressemblait à la sienne. Elle avait une bouteille dans son sac. Elle était fatiguée. Et puis zut. Elle engagea la Mercedes sur le passage piéton à gauche du poney et prit la rue qui donnait sur l'axe principal et la ramènerait dans la ville. Le pont de chemin de fer était plus haut. Elle tourna de nouveau à gauche, avant le pont, et pénétra dans le désert d'une rue de pavillons de cheminots. Une des rues qui donnaient sur celle-ci la ramènerait dans une autre partie du Quartier neuf. Elle la trouva, puis trouva le numéro 17. Peut-être la laisserait-il entrer.

# V

## PREMIER AMOUR

"Une petite… une petite… petite…" Il prétexta un accès de toux afin d'éviter d'avoir à dire quoi que ce soit et pour dissimuler son embarras. "Une petite minute !"

Il repartit précipitamment vers la chambre pour se couvrir, enfila son pantalon et ses chaussures au cas où il devrait s'éterniser sur le seuil froid. Est-ce que je peux entrer ? C'est ça qu'elle avait dit ? Ces conneries de boîtes et de bouteilles de Guinness vides autour du lit. Il ramassa une assiette par terre et en jeta le contenu graillonnant – les reliefs d'un repas – dans le feu. Ces conneries de cuiller et de couteau prirent le même chemin. Où poser l'assiette ? Cérémonieusement, il la mit sur le lit, inutile de paniquer, se dit-il, puis il revint dans l'entrée, laissant traîner le dos de la main le long du mur et toussant poliment.

— Salut, pou-oupée, Swannee River ! dit-il.

— Bonjour toi ! dit Vera, en manière d'excuse. Je peux entrer ?

— Jésus, Marie, Joseph, tu m'en vois tout retourné !

Il avait déjà repéré le sac de voyage et, plus alarmante encore, par-dessus son épaule, la Mercedes gris métallisé garée sous le réverbère, derrière le portail. Pas moyen de s'en sortir.

"Entre, fais comme chez toi, comme ils disent les gars ! dit-il en sortant pour la laisser passer. Fais attention où tu mets les pieds."

Vera entra.

La lumière du réverbère n'éclairait qu'une partie du couloir, son sac se prit dans quelque chose et un fatras de chaises en bois tourné s'effondra sur le plancher derrière elle. Il y eut un glissement de meubles et de bric-à-brac, assorti de bruits inquiétants, dans l'escalier au-dessus d'elle. Elle eut un petit rire et s'engagea le long de l'étroit passage, avançant le plus près possible du mur qui était dégagé.

Finbar éprouva soudain un certain dépit de l'entendre rire. Ce qu'elle pouvait être désinvolte !

"Les ampoules sont grillées", se dit-il en lui-même. Puis il entra et ferma la porte. Il enjamba les chaises et la suivit jusque dans la pièce éclairée par des bougies.

"Eh bien ! dit-il. Pour une surprise, c'est une vraie surprise ! Assieds-toi. Et justement je – non, non, sur l'autre, ces putains de ressorts à la con sont foutus sur celle-là."

Il y avait une pile de vieux journaux et il prit celui du dessus et le lança sur le siège de la chaise valide.

"Excuse le langage, dit-il. C'est plein de poils de chien. Oui, il n'y a pas si longtemps que je pensais à toi. Fais comme chez toi, assieds-toi, tu es la bienvenue."

Il se redressa et sa tête et ses épaules disparurent dans l'obscurité relative qui entourait la lumière vacillante de la bougie. Il étendit les mains, englobant dans son geste le chaos visible de la pièce.

— Je crains que la bonne ne soit de sortie, aujourd'hui, dit-il. Alors, alors ?

— Tu veux boire un coup ? demanda-t-elle.

Il prit une torche électrique sur la cheminée et sortit pour se rendre dans la pièce attenante, une cuisine, où elle l'entendit faire couler de l'eau. Il rinçait quelque chose.

Elle déboutonna son manteau.

L'odeur de vieille bière et de cigarettes, elle connaissait, bien entendu, et cette odeur aigrelette : elle provenait du lit, plus que probablement ; il y avait une odeur de graillon, de mouton. L'odeur de chiens, si pénétrante, était neuve pour elle mais ne la rebutait pas du tout. Au contraire. Elle décelait aussi – ça lui rappela un autre endroit – une odeur d'œufs crus ; et une odeur d'humidité, ou n'était-ce pas plutôt celle du papier qui se décollait des murs ?

Elle ouvrit la fermeture éclair de son sac, en tira une bouteille de White Turkey qu'elle posa par terre devant elle.

Un amas de cendres s'échappait du cendrier, couvrant la pierre du foyer presque jusqu'à ses pieds : papier d'aluminium et paquets de cigarettes à moitié consumés pointaient ici et là et, oui, il y avait des coquilles d'œufs à moitié enfouies sous les cendres. Quelque chose grésillait dans les braises d'où fusaient des jets de fumée, ajoutant un arôme supplémentaire à la pièce. Non, non pas du tout rebutant. La pièce témoignait d'un caractère apte à tenir le monde en respect.

Elle dégrafa le clip qui fermait son chemisier libérant ainsi les revers qui couvraient sa gorge. Elle mit l'objet dans sa poche et hésita avant de défaire le bouton suivant. Non, pas tout de suite.

Il revint avec deux verres mouillés.

— Bien, bien ! Alors quoi de neuf ? demanda-t-il. Alors quoi ? Quand est-ce que tu es arrivée ?

Tu as tâté du gel par là-bas ? "Annonce ton message, dit le garde à l'entrée, oui, mais hâte-toi de le transmettre à César !" Depuis quand tu es arrivée ?

— A l'instant, dit-elle.

Il posa les verres sur le sol et elle versa le liquide avec beaucoup de concentration. Puis elle leva les yeux sur lui, admirative.

— Cul sec !

— Jésus que c'est bon, dit-il. Qu'est-ce que c'est ?

Il s'assit sur la pile de journaux et entreprit de casser du petit bois, une ancienne cagette d'oranges ; puis il retira un journal de sous lui dont il tortilla les pages en forme de nœuds qu'il posa avec l'allume-feu sur les braises et, par-dessus, des morceaux de bois ciré plus compact, les pieds d'un meuble ancien.

— Comme Humphrey Bogart, dis donc. Du bourbon, c'est la première fois que j'en bois.

Un feu splendide.

A mesure que celui-ci prenait de l'ampleur puis déclinait, il poursuivit son bavardage, déclama des bribes de poème, lui raconta des histoires. Il commençait enfin à se détendre et, avant de sacrifier à nouveau au rituel du feu, il ratissa les cendres – et abracadabra ! – et du bout de ses pincettes en extirpa le couvert. Il se balançait, virait sur son tabouret de journaux, lui frôlant presque les genoux avec sa tête. Et elle en riait, pleine de gratitude, devant les yeux que le whiskey commençait à embuer, la lueur d'audace.

— Je peux rester ?

Il se leva, agita les mains, se frappa les cuisses.

— Mais tu es là ! dit-il et il se rassit. Puis se releva pour mieux illustrer ce qu'il venait de dire, pour l'informer avec de grands gestes que la maison se bornait en tout et pour tout à ce qu'elle avait sous les yeux : la pièce où ils étaient assis, la cuisine attenante du fond et quelque chose de plus vague au-delà.

Elle prenait note des conditions.

— Est-ce que je peux rester quelques jours ?

Il se rassit, il semblait que quelque chose le tracassait.

— Et à propos, qu'est-ce qu'on fait de ta putain de voiture ? dit-il d'une voix à peine audible. Puis il s'expliqua : C'est à cause du Punjab.

Elle comprit. Si cela devait se prolonger quelques jours, la voiture, une Mercedes, ne devait pas rester garée dans la rue, dans le Quartier neuf.

Il enfilait un tricot.

— Passe-moi les clés, dit-il.

— Tu sais conduire ?

— Oh oh ! Elle l'avait vexé. Ce n'est tout de même pas un avion ! Elle lui tendit les clés.

— Tu feras ça demain, dit-elle.

— J'y vais maintenant, dit-il, pensif, pendant que je suis encore soûl.

Elle se moqua de lui et, à son tour, il éclata de rire. Le rire secret des conspirateurs.

— Non, il vaut mieux faire ça tant qu'il fait nuit Mais je suis bien sûr que je vais me faire repérer par un connard. Quel patelin ! Il avait enfilé sa veste et farfouillait parmi les draps et les couvertures à la recherche de son manteau. Mais où est-ce que je vais la garer ? Peut-être à l'endroit le plus voyant, personne ne saura qu'elle est à toi.

— Pas sur la place.

— Je vais réfléchir, dit-il. Ouais.

— Bon, alors je reste ici.

Il demeurait silencieux, cogitant sur son itiné-
raire, sur ce qu'il allait faire.

— Oui. Et avant de partir, il lui dit : Au cas
où ça t'intéresserait, ça c'est une bougie et ça,
c'est une torche, et tu trouveras le lieu de mes
ablutions là-bas, derrière la porte dans la cuisine.

Elle l'entendit enjamber les chaises dans le
couloir et la porte se referma derrière lui.

Le lit était étroit, un lit d'une personne. De
quel côté allait-elle se mettre ? Elle se décida
pour l'extérieur du lit : Finbar était le plus mince.
Le dossier d'un des fauteuils tiré contre le lit
avant de s'endormir l'empêcherait de tomber.
Il ne fallait pas qu'elle s'endorme avant son
retour, question de correction. Elle était si fatiguée que si on lui avait touché l'épaule elle
aurait culbuté, mais elle n'était ni ivre ni abru-
tie : non, pas ce genre de fatigue. Mais à quelque
chose malheur est bon. Et en toute logique,
bien que ce ne fût pas de gaieté de cœur dans
l'état d'esprit actuel où elle se trouvait, l'occasion se présentait enfin de satisfaire une très
ancienne curiosité qu'elle avait de lui. Finalement, à quelque chose malheur… etc.

Que fallait-il enlever d'autre ? Elle avait déjà
ôté son manteau, alors elle déboutonna son
chemisier jusqu'en bas qui resta ouvert. Elle
tira sur la fermeture éclair de sa jupe en daim
qu'elle quitta en l'enjambant. Valait mieux ne
pas sortir ses mules tout de suite ; non, valait
mieux pas. Garder son slip et son soutien-gorge.
Pas question de l'affoler. Elle savait par expérience qu'il lui faudrait deux ou trois jours pour
émerger des vapes et elle avait besoin de l'univers claustrophobique de cette pièce pour se
terrer. Ensuite, elle rentrerait.

Les toilettes étaient situées dans un recoin de la cuisine ; de la chasse, près du plafond, suintait une fuite ou une trace d'humidité : sur "le lieu d'ablutions", un unique robinet de guingois surplombait le large évier de faïence placé devant une fenêtre de l'arrière-cuisine. Le matériel de Finbar et son miroir étaient posés sur le rebord.

Après s'être lavée, elle retourna dans la pièce et se mit au lit pour l'attendre. Des ombres, tels des poissons, s'élançaient en travers du plafond, il leur poussait des ailes déchiquetées, elles se muaient en oiseaux, explosaient, aspirées par une sombre forêt. Elle vérifia la distance qui séparait le lit des pieds du fauteuil. Il était correctement placé pour l'instant. Quand volent les poissons et marchent les forêts.

Le raccourci pour aller à l'école passait à travers le parc et elle avait pris l'habitude de se poster là en observation sous l'ombrage des arbres. L'air y était moins pur mais tellement plus excitant : son odeur qui montait du sol était perceptible. C'est là qu'elle se mettait à genoux. L'idée d'un démon qui souriait trahissait une certaine habileté, mais que dire d'un démon qui aurait eu l'âge d'un garnement de dix ans et demi ? Cela lui occupa indûment l'esprit l'année où elle rentra de la campagne, et souvent elle se rendit sous les arbres, faisant semblant de se baisser pour rattacher un lacet de chaussure ou pour ranger ses livres dans son cartable, mais en réalité, pour étudier le visage des garçons qui passaient sans malice devant elle en revenant de l'école primaire. Elle ne parvint pas à le voir.

Il y avait bien un garçon, pourtant, qui avait l'air de ne jamais fréquenter l'école et qui traînait dans le parc ou au coin de la rue, en attendant la sortie des copains, pour leur donner le mauvais exemple à ce qu'on disait. Finbar Reilly était beaucoup plus âgé que les petits élèves des pères rédemptoristes et n'avait strictement rien d'un charmeur. Tout le contraire, en fait. Même qu'il sifflait et jouait de la guimbarde, le sourcil froncé, bombardait de cailloux son chien fidèle qui, envers et contre tout, s'obstinait à le suivre, humble et souriant, en quelque sorte. A l'évidence, il se souciait davantage d'avaler des châtaignes et de s'occuper de ses oignons que de vertu. Mais n'était-ce justement pas ça, l'astuce ? Le diable était malin dans ses déguisements et il avait plus d'un tour dans son sac. Alors maintenant, quand Vera voyait Finbar approcher dans la rue, elle relevait la tête un peu plus haut, respirait un bon coup, retenait son souffle en arrivant à sa hauteur, et à la seconde même où elle le dépassait, agitait encore un peu plus sa queue de cheval. Ou bien, lorsqu'elle l'apercevait devant elle, dans le parc, elle allongeait le pas et le doublait, forte de la médaille miraculeuse serrée au creux de son poing. Bien qu'elle le rencontrât à un endroit ou à un autre pratiquement tous les jours d'école, il ne semblait jamais sortir de ses sombres ruminations, tant et si bien qu'elle commença à croire que, peut-être, elle se trompait sur son compte et que, peut-être aussi, il n'était qu'un rien du tout.

Et puis, un jour, il ne fut plus là, il avait purement et simplement disparu, et tout se passa comme si personne en dehors d'elle ne l'avait remarqué. Il resta absent un an et demi.

Mais elle devait éprouver un choc terrible à une matinée de cinéma, un dimanche. Les plus jeunes, dans les loges, poussaient des cris d'orfraie devant le film. Elle était au balcon, avec ses copines et, comme d'habitude, il leur arrivait de se retourner de temps à autre pour distribuer ou lancer des bonbons, avec des noix, aux garçons des rangées de derrière. Dans la foulée, les garçons renvoyaient les papiers de bonbons et les coquilles de noix sur la tête des filles : une sorte de rituel. Soudain, elle prit conscience d'une présence derrière elle. Ricanements, froissements, grincements, fusaient de partout ailleurs mais, deux rangs derrière elle, quelqu'un se tenait au milieu d'une poche de silence et elle en eut des frissons tout du long de la colonne vertébrale. Elle ne l'avait pas vu entrer ; elle n'avait même pas réalisé qu'il était revenu ; c'était comme s'il s'était brusquement matérialisé dans le noir, dans l'atmosphère confinée.

Et puis, bien sûr, l'inévitable, la fatale étape suivante du rituel. Bonbons, papiers de bonbons, noix et coquilles épuisés, bombardement terminé, les garçons déboulèrent, escaladant les dossiers, en vue d'engagements plus rapprochés avec les filles. C'est ainsi que l'un d'entre eux atterrit sur le siège immédiatement situé à côté du sien – elle le connaissait celui-là avec ses trucs dégoûtants –, à chaque fois qu'elle soulevait un peu les fesses pour parler à la fille qui était de l'autre côté, il s'arrangeait pour glisser la main, paume à plat, sous elle, jusqu'à ce qu'à la fin elle lève le camp, quitte la rangée où elle se trouvait pour aller s'asseoir sur le côté, plus haut, juste derrière celle où était installé Finbar.

Dehors, au soleil, une fois le film terminé, elle rejoignit sa bande de copines. Les garçons, redevenus entre-temps francs comme l'or, restaient entre eux. Mais certains, qui s'étaient rassemblés autour d'une vieille boîte de conserve, commencèrent à s'envoyer des coups de pied dans les tibias, pires que des enfants, et lui bouchèrent la vue. Ils se dispersèrent enfin et elle put de nouveau apercevoir Finbar, devant le mur du cinéma. Il avait gardé sa manie de froncer les sourcils et elle le vit hausser les épaules avec une expression d'incrédulité à quelque chose que lui disaient les garçons qui étaient avec lui. Ça ne l'intéressait pas, ce qu'elle voulait c'était croiser son regard. Quand elle y parvint, elle lui adressa un sobre mouvement de tête en admission tacite de son retour. Il ne manifesta aucune réaction ou si peu, mais en rentrant immédiatement à la maison, seule, elle se découvrit envahie d'un extraordinaire bonheur intime.

Dans un mouvement musculaire involontaire, elle sentit ses genoux se rapprocher, ses cuisses se contracter sous son avant-bras. Elle retira son bras puis remonta la main plus haut pour caresser la courbe de son ventre, la redescendit et, à travers les poils, referma ses doigts entre ses jambes à la rencontre de ce qui fait qu'on est une fille, ce truc, ce doux, aïe, cette affaire, ce mot qui la choquait, cette fontaine, ce rien, ce tout, ce trou, qu'elle découvrit humide. Bon. Quand volent les poissons et marchent les forêts, tout le reste en fait autant.

Ce fut un premier amour dans l'innocence.

Il y eut tant de résistance en réaction à leur premier rendez-vous que l'aventure en devint inévitable. Ils commencèrent, comme on dit, une histoire. Cela débuta en septembre et se termina rapidement au mois de janvier suivant. Il avait maintenant seize ans. Ils n'avaient pas grand-chose à se dire mais, pour compenser, il lui joua de l'harmonica – sinon de manière irréprochable, du moins avec détermination – et le lui fit essayer quand ils parcouraient les deux miles jusqu'à la laiterie et à la rivière, aller et retour. Il lui déclara qu'il répétait, qu'il allait faire partie d'un orchestre et qu'il jouerait bientôt du saxophone à force d'observer régulièrement et de très près la façon dont on s'y prenait. Mais ils restaient muets la plupart du temps, que ce soit en marchant côte à côte, que ce soit debout ou assis sur un mur. Ils fumaient des cigarettes et s'essuyaient furtivement le nez dès qu'ils sentaient monter l'envie de s'embrasser. De tout ce qui touchait à Finbar, Vera tenait un compte précieux dans son journal intime. Deux, quatre, six, cinq et même, lors d'un dimanche après-midi pluvieux sous les arbres de Woodlawn, neuf fois, alors qu'elle était censée être en train de répéter *Roméo et Juliette* au couvent.

Elle savait maintenant qu'il avait été ramassé juste comme ça, par les services sociaux, et contraint de disparaître pendant un an et demi.

Un soir, elle lui demanda, "Où est-ce que t'étais passé ?".

Son regard, affolé au début, se fit sournois, puis vide, quand il se rappela qui elle était ; il esquissa un sourire qu'il ne put achever en raison d'un souvenir d'ores et déjà impérissable. Il secoua la tête et regarda ailleurs, les lèvres arrondies en un sifflotement silencieux.

— Où ? demanda-t-elle de nouveau, innocemment.

— Laisse tomber, dit-il doucement, reprenant son sifflet muet à l'intention de l'obscurité, le cauchemar de l'école d'apprentissage qu'il était incapable de partager avec elle, ce lieu dont le cimetière renfermait les corps de cent enfants.

La ville avait eu vent de l'histoire de Finbar Reilly et de Vera O'Toole et du scandale que cela avait soulevé chez elle. Après l'étude, à huit heures, son père l'attendait devant les grilles du couvent. Il lui adressait un simple signe de tête et prononçait un "à la maison" muet, puis la suivait à quelques pas de distance. Si sa mère lui faisait des reproches, parfois accompagnés de coups et de cheveux tirés, et que son père se trouvait présent, il restait planté là, pénétré de douleur, avec une expression d'indicible dégoût vis-à-vis de Vera, comme quelqu'un qui vient d'assister au spectacle d'un accident grave.

Finbar était un moins que rien.

Vera, durant tous ces mois, eut la veine que la mère de Finbar n'eût pas contracté la tuberculose, même dans des temps anciens : son amie, Sally Downey, était battue régulièrement, non seulement par ses parents mais aussi par ses frères.

En dépit de tout cela, Finbar et elle s'obstinèrent.

On fit appel au curé de la paroisse. Il les cuisina séparément, Finbar au presbytère, Vera à l'hôtel. Elle rencontra le chef de la police, en uniforme, qui montait l'escalier de l'hôtel, un matin, pendant qu'elle le descendait pour se rendre à l'école. Peut-être n'y avait-il aucun rapport, mais elle en doutait car il ne lui avait pas adressé la parole. Une religieuse lui demanda de rester un soir après l'école, puis une deuxième religieuse entra avec une bouteille et l'aspergea d'eau bénite. L'eau bénite, ce fut le comble de tout, et elle en fut très contrariée mais, à ses copines qui faisaient le pied de grue dans le parc du couvent pour l'entendre raconter ce qui s'était passé, Vera déclara en éclatant de rire "Je leur chie dessus !". Tom eut la grippe et bien que Vera sût qu'elle était en parfaite santé, le médecin l'examina aussi.

Elle économisa tout son argent, lequel ajouté à un mandat postal – un cadeau de Noël – servit à acheter un rasoir électrique pour Finbar. Ils se rencontrèrent dans la venelle où donnaient les arrière-cours des boutiques de High Street. Elle le lui offrit dans le noir. Elle ne voulait rien en échange. Elle vit l'harmonica luire le long de sa cuisse et comprit qu'il envisageait sérieusement de le lui donner. Elle noua ses bras autour de ses épaules, son seul désir c'était de rester sa chérie. Le lasso de ses bras glissa le long du corps de Finbar et elle en resserra l'étreinte pour le forcer à garder l'harmonica. Elle voulait simplement l'empêcher de faiblir.

Une silhouette, un policier, sortit de la cour du pub en face de l'endroit où ils se tenaient et vint en titubant les rejoindre dans l'obscurité. Elle sentit une main s'abattre sur l'épaule de Finbar, le policier cherchant à reprendre son équilibre. Le corps de Finbar se trouva plaqué contre le sien, et ils furent plus proches l'un de l'autre qu'ils ne l'avaient jamais été auparavant, ils restèrent ainsi tout le temps que l'homme urina contre le mur. "Brave gars", dit alors ce dernier, incertain de sa prochaine destination, et laissant la pente de la venelle en décider pour lui.

Elle s'échappa de nouveau le soir suivant – pas longtemps, c'était la veille de Noël – et ils se retrouvèrent sous un arbre dans l'enceinte du parc. Il lui fit cadeau d'un stylo, un Parker. Elle était sûre qu'il l'avait fauché, mais ça lui était égal.

"T'as pas peur que je te raie de ma vie avec ça ? dit-elle et le vit faire non de la tête, à la fois amusé et gêné de cette superstition à propos des stylos. Joyeux Noël."

Il acquiesça d'un mouvement de tête, trop maladroit en paroles pour lui retourner son souhait.

Elle partit la première, rapidement, rentrant sur la place, tête baissée sous la pluie fine, pour qu'on ne la reconnût pas. Elle se glissa sous le porche qui menait vers la cour, quitta son manteau qu'elle laissa dans un appentis et avec toute la désinvolture dont elle était capable, entra par la cuisine et prit l'escalier de service. Elle était prête à mourir pour lui.

Et puis, au début de janvier, quelqu'un procura à Finbar un travail de garçon livreur chez un boucher, il cessa de s'intéresser à elle et elle en eut le cœur brisé pendant quelque temps.

Il y avait une nouvelle odeur. Où était-elle donc ? Un nuage d'encens, non ? Une lumière grise l'environnait. Où était-elle ? Les poissons qui s'élançaient, les corbeaux en guenilles qui explosaient, implosaient, étaient partis se coucher ou étaient morts, le plafond était redevenu uniforme, le feu, réduit en cendres, n'en finissait pas de s'étioler. Le mystère de son moi transporté une fois de plus en un lieu incolore, étrange comme dans son enfance lorsqu'elle restait allongée sans bouger, la nuit, en attendant que Mom vienne au lit, et se demandant ce qu'elle avait bien pu faire de mal pour qu'on l'expédie au loin. Les bruits ténus de cet autre monde, la cuisine, et quelquefois un gémissement qui semblait venir du fond des âges. Les pleurs innocents que Mom versait sur elle-même. Moments sacrés, où elle sentait l'obscurité palper ses yeux ouverts, où elle la respirait avec sa petite odeur de chaume mûr, comme maintenant, avec la lumière grise de l'aube qui filtrait à travers le rideau fatigué, imprégnée de la fumée dispersée de la bougie qui venait de s'éteindre.

De nouveau cette sensation d'évanouissement, de disparition d'elle-même, de son visage même, la laissant privée de ses traits ou de sa substance, pour s'élancer dans l'espace infini et sans couleur. Elle se reprit en appuyant ses mains, paumes à plat sur le lit, bien que, ce soir, il eût été tentant de se laisser volontairement flotter. Justement parce qu'elle ne se sentait aucune attache. N'était-ce pas décourageant ? Peut-être que, comme Mom, elle ne les aimait même pas.

"Ils ne sont pas bons."

Non, en effet, et un moment plus tôt elle s'était sentie fière de sa rébellion de toutes ces années à l'époque de ses quatorze ans. Peut-être allait-elle leur résister de nouveau. Etait-ce donc la réflexion qui s'efforçait de rejoindre son instinct ?

Une horloge sonna au loin. Six heures. Cela faisait deux jours qu'elle n'avait pas dormi, ses tempes cognaient et, avec le jour, les oiseaux avaient recommencé à se chamailler. Elle ne voulait plus penser à rien, elle ne voulait plus penser du tout. Le portail, une clé qui fourrageait dans la serrure. Arrive, toi, la chair, repos miséricordieux ! Avait-elle besoin de prendre quoi que ce soit dans son sac à main ou était-elle encore prête ? Voyons ça, aïe ho, et elle se toucha de nouveau, enfonça ses doigts dans le trou, le tout, le rien, la réalité ! Nue que je suis sortie du ventre de ma mère et nue que j'y retournerai. Béni soit le nom du Seigneur.

# VI

## SEXE

Il lui jeta à peine un coup d'œil en entrant dans la pièce. Des yeux, il parcourut le mur en arc de cercle au-dessus du lit et se retourna, sans nécessité, pour refermer la porte. On aurait dit qu'il avait rétréci pendant son absence car son pardessus eut soudain l'air beaucoup trop grand pour lui.

— Mmmmmm ! Elle s'étira et tourna la tête vers le mur pour lui signifier qu'il pourrait se déshabiller en toute tranquillité.

— Les chiennes.

— Quoi ?

— Elles sont là-bas au fond, dit-il. Il faut, il faut que je les lâche une minute.

Le manteau informe quitta la pièce comme s'il se déplaçait en apesanteur.

Elle entendit que l'on déverrouillait la porte de derrière qui racla le sol avant de reprendre place. Maintenant, il était de l'autre côté de la fenêtre, en train de faire sortir deux chiennes d'un appentis – Cleo et Tina – et de les emmener au fond du jardin.

Frisquet, un souffle d'air matinal arrivait de la cuisine. Elle avait espéré que ce type-là ne se révélerait pas une corvée, mais il avait considérablement dessoûlé. Il ne restait plus beaucoup de whiskey dans la bouteille.

73

Au brusque torrent qui heurta l'évier succédèrent les gazouillis d'un filet d'eau : il était de retour, donnait à boire aux chiennes, buvait lui-même. L'une d'elles, une levrette, vint étirer ses pattes arrière et bâilla avec indifférence en direction de Vera avant de réagir aux chuchotements de plus en plus pressants qui lui enjoignaient de revenir. Cleo, ici.

Il remmena les chiennes au fond du jardin.

Ces corvées étaient admissibles mais, les bêtes une fois bouclées, la porte de derrière soulevée puis reverrouillée, voilà qu'il se mettait à ouvrir et à fermer des placards là-dedans, à boire un autre verre d'eau, à renifler l'air matinal, à se moucher et, pour finir, à prendre une cigarette qu'il n'arrivait pas à allumer : Feup-feup-feup !

Une astuce pour retarder la suite des événements.

Un son mou. Etait-il en train de retirer ses vêtements par là ? Allée et venue aux toilettes, feup-feup-feup ! Le son mou de nouveau. S'il s'était déshabillé, ou presque, était-il maintenant en train de se rhabiller ?

En moyenne, Finbar tirait son coup quatre ou cinq fois par an. Disons, quatre. Deux fois, assez opportuniste, il tombait sur une occase qu'il tringlait dans un angle de porte ou à l'arrière d'une camionnette, des aventures dans ce genre-là. Et d'habitude, à peu près deux fois avec Florrie Delaney.

Florrie était bonniche au *Sacré-Cœur* mais elle visait plus haut. On voyait bien qu'elle avait des ambitions à la façon dont elle s'habillait. Des teintes sévères, pour la respectabilité. Le tailleur presque noir, en gabardine, le col du chemisier blanc bien ressorti et les talons noirs brillants. Elle n'était guère plus enflée qu'un oiseau. Elle lui rappelait un peu sa mère.

Mais Finbar traînait sur la place avec les potes et s'il la voyait remonter la rue en direction de l'église, vers les neuf heures quand il commençait tout juste à faire noir, la tête haute, la démarche sautillante, et redescendre après sa visite de l'autre côté de la rue, un tout petit peu plus lentement, la tête un peu moins haute, il savait qu'elle était mûre.

Dès la première fois, cela devint plus ou moins une habitude semestrielle. Ça durait depuis presque dix ans et personne ne s'était jamais aperçu de rien.

Alors, le temps qu'elle redescende High Street, il trouvait un prétexte quelconque pour fausser compagnie aux amis et descendait le South Mall pour se glisser dans la venelle. Arrivait ensuite à hauteur de la porte du chantier de Mullery, tôle ondulée rouillée, à l'arrière de la boutique du boucher chez lequel il avait travaillé étant gamin. Elle faisait environ huit pieds de haut mais il réussissait à l'escalader pour l'ouvrir de l'intérieur. Quelquefois, il se blessait aux mains. Un coup d'œil furtif au-dehors pour la regarder arriver dans la ruelle, elle entrait sans un mot et ils s'acquittaient de leur besogne. A l'occasion, ils se saluaient dans la rue. Elle lui était foutrement indifférente.

S'il avait tiré son coup à peu près une centaine de fois dans sa vie, il n'avait jamais couché avec une femme dans un vrai lit, avec quatre pieds, des draps et des couvertures.

Il arrivait avec détermination de la cuisine, les épaules redressées, plein de courage, toujours en pardessus. Il s'assit de guingois, face au lit et à Vera, et entreprit de délacer une chaussure, d'une main.

"Mmmmm !"

Il leva la tête, attentif, le menton en arc tendu dans sa direction. Un "feup-feup-feup !" sur la cigarette : on n'allait pas lui faire ce coup-là. Et maintenant, que tout ça c'était bien clair, il se remit à l'œuvre avec sa chaussure.

Pourquoi était-elle venue ici ? S'il y avait une raison à ça, elle était incapable de s'en souvenir. Quelle bêtise, mais il n'y avait plus grand-chose à faire désormais.

Elle attendit, prête, le sourire narquois.

— Alors, un con t'a maté ou quoi ?

— Comment ? chuchota-t-il, incrédule, à l'intention de sa chaussure. Il releva de nouveau la tête. Oh allons, dit-il calmement : il n'allait pas se laisser prendre à ça non plus.

Dire qu'il s'était mouillé les cheveux pour les coiffer et qu'il avait rectifié sa banane ! Elle lui flanquait la frousse et elle avait noté un peu plus tôt qu'il était susceptible.

— Quelle heure est-il ?

— Quoi ? Le "quoi" était muet. Le délaçage fut une fois de plus interrompu. Du doigt, il mettait sa chaussure en garde tout en l'examinant de profil. Des gens bien, ces O'Toole, dit-il. Ils sont fonctionnaires, ils ont des supermarchés, ils dirigent l'Association de Vincent de Paul et épousent des gens du beau monde, et avec ça que le père est né à l'asile, à ce qu'on dit !

Elle ne put se retenir d'éclater de rire. L'épuisement lui tournait la tête. Il avait l'air complètement idiot à converser avec sa chaussure.

— Alors quoi ? Etonnement muet à l'intention de l'impertinente godasse. Feup-feup-feup !

— Et à propos, ton projet de devenir musicien ?

— Moi, j'y verrais pas d'inconvénient !

— Tu jouais du saxophone, il me semble ?

— Tiens, ça ne me gênerait pas non plus… d'épouser quelqu'un de chic ! Mais évidemment, les gens du beau monde sont fauchés. Enfin, ça arrive des fois parce que Marcia O'Toole, la femme du Grec, Mrs Henry Locke-Browne, elle vend des trucs qu'elle déniche quelque part pour mon collègue qui est dans les antiquités, un peu plus haut dans la rue. Une dame qui vient jusqu'ici, au Punjab, à la nuit tombée ! Comme cette femme de président tchécoslovaque, une fois, qui s'était mise à fréquenter les bas-fonds de Prague, et qui larguait les cadeaux d'Etat à des marchands et à des escrocs du pays. Au moins, on savait d'où elle les sortait ses trucs, la Tchèque : d'où est-ce qu'elle les sort, les siens, Mrs Henry Locke-Browne ?

— Allez ! Elle lança ses jambes hors du lit. Buvons quelque chose.

Il détourna les yeux à la vue de ses cuisses nues.

— Je suis pas contre, dit-il.

Il s'éclaircit la voix et se renfonça sur sa chaise, raide. L'histoire des chaussures était remise aux calendes grecques.

Elle partagea équitablement ce qui restait de la bouteille entre eux deux. Il accepta le verre sans la regarder. Il avait repéré une tache sur le mur et ne la quittait plus des yeux.

— Cul sec !

— Je suis pas contre, dit-il.

Il avala une gorgée et attendit, confiant dans l'issue du match.

— Tu m'as dit, il y a quelques années, que tu écrivais un livre.

— Comment ça ?

— Un livre sur ce qui se passe en ville.

— Feup-feup-feup !

— Et ses habitants.

— Ho, ho ! dit-il à l'intention de la tache sur le mur, manière de commenter son habileté. Dignes héritiers de Prague, ces O'Toole ! dit-il. Une famille très importante et très en vue dans cette ville, si pieux qu'ils sont, ça les a pas empêchés de se sauter à la gorge après la mort de la mère, l'an dernier. Faut voir comment ! Des aller et retour d'une maison à l'autre, à se bagarrer comme chiens et chats ! Des va-et-vient à l'hôtel, avec vol de meubles et d'objets d'art dont ils ont accusé le personnel pour mieux le foutre à la porte ensuite. La ville est en joie. La rebelle, à ce qu'on raconte, Vera, a tout hérité à leur nez et à leur barbe. Après tout, est-ce qu'elle était si rebelle que ça ? Aux premiers stades de la panique, il est normal, donc, qu'ils aient cherché à prélever leur part. M'est avis qu'ils se sont raccommodés dernièrement, parce que la tempête s'est calmée entre eux. Ils vont s'en prendre à l'insoumise, ils lui feront pas de quartiers.

— Finbar…

— Et le Tom O'Toole, célébrité des enfants de Marie et des poids et mesures, à défaut d'aller le proclamer sur les ondes, il l'a fait savoir à tout le monde qu'il allait se porter acquéreur de l'hôtel, à la vente aux enchères. Et la Mary Jane Mansfield, autrefois sa pire ennemie, maintenant son âme damnée, qui le soutient et qui l'appuie dans ses prétentions. Un hôtel, peut-être, mais c'est que c'est aussi la maison de famille, et il a le clergé derrière lui et, vu notre histoire par rapport aux Anglais, quel homme, quelle femme, oserait enchérir après un honnête gars qui s'efforce de récupérer la maison de famille ? Il l'aura pour rien. Il adressa un clin d'œil de connivence à sa complice, la tache sur le mur, et porta un toast en son honneur. Ah ils sont bien partis pour la coincer la rebelle, pour la baiser, ça oui !

Si elle s'était trouvée seule et moins fatiguée, elle aurait fondu en larmes mais, assise là au bord du lit d'un type affolé, à quoi cela aurait-il servi ? La seule chose qu'elle avait envie de faire c'était de respirer à fond, de sentir l'air remplir ses poumons, puis de souffler lentement, mais il semblait que ce soit chose impossible. Absente, elle tira la couverture autour d'elle et en drapa les coins autour de ses genoux. Malgré tout, le fait qu'il ne sache pas quelle attitude prendre dans la présente situation ne lui donnait ni le droit de la blesser ni celui de continuer à vouloir le faire. Une fois de plus, il s'adressait au mur, il ne s'était interrompu que pour boire une gorgée supplémentaire. Elle ne voulait plus penser à rien. Elle ignorait si elle allait pouvoir en supporter davantage. Elle avait eu sa dose pour la journée.

"Je ne sais pas encore exactement où se situent la belle-famille et Sa Majesté le Grec, Mr Henry Locke-Browne, avocat du barreau et sympathisant des masses ouvrières, dans tout ça, mais j'essaie de le débrouiller. Ou l'autre gars, avec ses cils blancs tout raides, Mr Declan Mansfield…"

Que pouvait-elle faire ? Même si la voiture était dehors, elle n'avait plus la volonté d'aller nulle part. Un de ces quatre, Vera, il va falloir que tu arrêtes de jouer les idiotes, il est grand temps de te reprendre en main.

"Parce que c'est mes oignons de savoir ce que fricotent les O'Toole et les autres dans ce patelin, aucun doute là-dessus, et de connaître leurs antécédents depuis le Déluge et même avant."

Elle ne l'écoutait plus. Il n'était plus qu'un ronronnement dans sa tête, syllabes se mêlant aux chants des oiseaux, multitude de petits marteaux qui torturaient une enclume. Elle se dégagea du lit et s'agenouilla pour s'asseoir sur ses talons, les yeux rivés sur le feu éteint, monticule de cendres blanches. Mom portait quelquefois un châle sur les épaules, le soir, et restait pendant une heure, deux peut-être, simplement à regarder le feu. Mom utilisait de la tourbe noire qui se réduisait en cendres rouges. Ses chevilles et ses pieds étaient souvent couverts de poussière rouge. Sauf en hiver, elle portait rarement des chaussures, à la maison.

Elle n'avait pas remarqué que la couverture avait glissé de ses épaules et qu'elle gisait sur le sol derrière elle, ni qu'elle remuait les lèvres en formant silencieusement des phrases. Peut-être était-elle simplement occupée à faire ses calculs. Ou bien avait-il terminé de parler. Elle inclina la tête vers lui jusqu'à ce que sa joue vînt reposer sur son genou. Elle pensa, encore une fois, à quel point cela la soulagerait de pouvoir respirer longuement, à fond.

— Tu veux que je m'en aille ?

Rien, pendant un moment. Puis la partie du corps de Finbar sur laquelle elle s'appuyait se déroba par à-coups, basculant d'un mouvement raide, l'épaule opposée montant et descendant lentement en forme de réponse ambivalente.

— Comment ça ?

L'épaule se releva lentement sans retomber.

— On se couche ?

L'épaule retomba, entraînant un signe de tête de Finbar.

Elle se redressa, termina son verre d'un geste machinal, d'un coup, "Excuse-moi une minute", et elle sortit.

Après ce qu'elle jugea un laps de temps suffisant, elle tira la chaîne et revint. Il n'était pas couché comme elle le pensait, mais assis sur le bord du lit, en sous-vêtements, les genoux serrés. Sans faire de pause, elle grimpa sur le divan par le bout, en même temps qu'elle ôtait soutien-gorge et culotte et se faufilait sous les couvertures le long du mur. Elle s'arrangerait pour passer de l'autre côté par la suite. Il était en train de fumer une autre cigarette et tirait dessus inutilement. Elle effleura le dos de son bras du bout des doigts, puis le maillot de corps en résille, tirant les mailles et touchant la peau à travers les trous. Aucune prise sur lui.

"Puisque c'est comme ça !" dit-il alors dans une sorte de soupir, il écrasa sa cigarette, mit le mégot dans sa boîte d'allumettes et la posa sur le plancher.

Il se recula sur le lit. Elle l'attendait, le bras étendu et lorsqu'elle sentit le contact de ses épaules, elle l'attira sur elle. Il retint son souffle au moment où leurs corps se rejoignirent et en cet instant aussi, quoique épuisée, elle aurait aimé qu'il fût nu. La nudité faisait partie de la chose. Au bout d'un moment, il s'abandonna à la douceur, sombrant en elle, les mains là où elles étaient retombées, le long de ses flancs, le visage dans l'oreiller.

Laissons-le reposer ainsi jusqu'à temps que sa respiration reprenne son rythme normal.

Elle lui caressa le cou, puis le dos, chaque mouvement élargissant le maillot et le dégageant des épaules. Il commençait à s'exciter, elle posa ses lèvres sur sa joue, un "chut" davantage qu'un baiser, afin qu'il la laissât faire. Caresses apaisantes du bout des doigts, du plat de la main, tout le long du dos, en descendant, les doigts s'insinuant sous l'élastique de la taille, repoussant le slip. Il tenta de l'aider de sa main qu'elle écarta pour la poser sur son sein, effleurant de nouveau sa tempe de ses lèvres, "chut", et encore, promesse future qu'il découvrirait à quel point il connaîtrait la paix. Mais bien que sa tête fût restée enfouie dans l'oreiller, le reste de son corps entrait en activité. D'une main fébrile, il griffait, tiraillait sur son vêtement pour s'en défaire, les genoux essayant d'escalader sa cuisse, meurtrissures brûlantes de la chair frottée contre le drap, les jointures de ses doigts heurtant violemment les siennes, ses ongles l'agrippant jusqu'à ce qu'il se retrouvât en elle. Quelques poussées, quelques giclées et tout fut terminé. Ses halètements cessèrent presque dans l'instant, comme s'il en avait honte. Un moment plus tard, comme s'il se souvenait tout d'un coup, il glissa le long de son corps et se retira d'elle. Sa tête était venue se poser entre ses seins, ses poils de barbe s'enfonçaient dans sa peau. Mais c'était fini, qu'il reste encore un peu.

Elle doutait qu'il fût déçu. Elle doutait qu'il fût quoi que ce soit, parce que, si ce n'avait été les légers mouvements de sa poitrine, on aurait pu penser qu'il ne respirait pas. Elle avait l'impression qu'il avait les yeux ouverts, mais sur rien, et cela lui rappela les petits enfants noirs des publicités qui contemplent un monde dont ils ne sauront jamais rien.

Elle le dégagea d'elle pour le repousser vers l'intérieur du lit, et prolongeant son mouvement, le retourna sur le flanc, contre le mur. Il n'était pas embêtant. Sans se retourner, elle tâtonna dans le vide et rencontra le pied du fauteuil. Puis, une fois le dossier du siège tiré contre le lit, elle se rapprocha de lui, entourant son épaule de son bras, ses seins pressés contre son dos. Bientôt elle éprouverait le délicat tiraillement de sa chair, de sa peau collée contre la sienne, tout en inspirant les longues, profondes goulées d'air qui s'étaient refusées à elle un peu plus tôt. Longues, profondes, aïe, oh, oh, qui l'entraîneraient doucement sur la pente du sommeil.

Elle remarqua à peine qu'elle respirait par à-coups, irrégulièrement, d'une respiration avec des hoquets d'enfant qui a pleuré trop longtemps. Le chœur des oiseaux s'éloignait. Elle était en train de danser à Atlanta.

## VII

## LE BEAU-FRÈRE

Henry Locke-Browne sortit de sa maison de Elm Park, traversa la place en demi-lune plantée de sycomores qui menait vers Newcastle Road et prit sur la gauche pour regagner la campagne. Bien que doué d'un certain sens de l'observation, il ne remarqua pas la Mercedes gris métallisé garée tout près de là.

Il partait pour une balade quotidienne d'environ deux heures à longueur d'année, lorsque le temps s'y prêtait, toujours dans la soirée et toujours dans la même direction, vers l'ouest de la ville. Sa famille avait été autrefois propriétaire de tout ce qu'il était possible de posséder à l'est. Un virage au catholicisme du temps de son grand-père n'avait en rien contribué à mettre fin au déclin de leur fortune et, à l'époque où Henry était entré par le baptême dans la seule véritable Eglise, c'est à peine s'il restait assez de terre pour nourrir une paire de chevaux ; il n'était même pas encore sorti de l'adolescence qu'à son tour cette terre avait été vendue. Un Allemand occupait maintenant la Grande Maison dans laquelle il vivait plus ou moins en reclus une partie de l'année. Savoir à qui appartenaient les terres et qui habitait actuellement dans la maison importait peu à Henry en soi, mais, de crainte que l'on n'interprétât ces promenades hygiéniques journalières comme l'expression d'une nostalgie de ce qui avait été, il allait dans la direction du soleil.

Ces sorties solitaires lui permettaient d'explorer à la fois passé et futur, et de constater les manifestations du présent. "Bon sang", pensait-il en parcourant la culture pavillonnaire de la banlieue.

"O Sybarite !" c'est ainsi qu'on l'avait accueilli, un soir, à son entrée au *Thatch* : tout ça à cause de ses habitudes de levers tardifs et de son aimable mode de vie. C'était l'époque du tribunal de circonscription, et le pub était commodément situé sur le trajet du palais de justice, il savait que des confrères de Dublin s'y retrouveraient. Par la suite, au cours des mêmes réjouissances, un autre avocat fauché avait parlé de lui comme du "Grec", surnom qui lui était resté. Il lui plaisait, bien qu'il ne le montrât pas, naturellement, s'estimant encore heureux que l'évolution étymologique correcte du mot sybarite n'eût pas été prise au pied de la lettre. Il lui aurait été insupportable d'être surnommé "l'Italien".

Mais il était rare qu'il recherchât la compagnie de ses pairs ou celle des membres des professions libérales de la ville, d'ailleurs. Le *Mannion's* était son fief d'élection. De préférence, il frayait surtout avec le petit peuple, la foule virile, et s'attardait en leur compagnie sur la place, traduisant leurs modestes intérêts en langage proche de l'épigramme. Il assistait à la dernière messe presque tous les dimanches, arrivant systématiquement en retard et sans apprêt pour montrer qu'il n'était là que pour le sermon qu'il décortiquerait plus tard pour un auditoire choisi, avec commentaires sur le niveau de langue utilisé. En quelques rares occasions, il avait, avec succès, défendu l'un ou l'autre des crève-la-faim locaux au tribunal de district. Le juge aurait bien aimé le voir plus régulièrement : il chassait l'ennui de la salle d'audience.

Seul le sommet des bâtiments les plus élevés restait visible derrière lui ; au loin, plus haut, le pont et, au-delà, les tours jumelles noircies d'une usine. Peut-être reviendrait-il par là, en les prenant comme point de repère, et il prit le chemin tortueux qui menait à ce qui avait été autrefois Woodlawn.

Maman avait été enterrée au Kenya. Quand il avait quatorze ans, elle y était partie sous prétexte de prendre des vacances prolongées et pour rendre visite à Daisy, mais en réalité pour protester contre ce qu'était devenu le genre de vie de son époux. C'était l'argent de tante Lou qui avait discrètement pourvu aux besoins du jeune Grec et, à sa mort, elle lui avait laissé sa maison de Elm Park, deux silencieux lévriers afghans et la moitié de sa fortune. L'autre moitié était échue à sa sœur Daisy, la religieuse. Mais le passé, lorsqu'il y songeait, se rattachait davantage au souvenir de son père qu'à tout autre membre de la famille.

Il traversa Woodlawn au milieu des souches d'arbres abandonnées par les ouvriers de la scierie et poursuivit sa route, contournant les ronces, les orties et le persil sauvage qui poussaient abondamment dans les gravats de O'Beirne Hall. Il ne manquait jamais de s'étonner que, même sous forme de ruines, le bâtiment se fût presque entièrement évanoui. La moindre pierre en avait disparu, celles des communs incluses, emportées par les petits fermiers à des fins obscures. De retour là d'où elles avaient été extraites, sans doute pour reboucher le trou. Par un peuple actif animé d'une véritable passion du nivellement.

Le sentier, que ses propres pas avaient dammé, menait vers la rivière et il retint son souffle un instant, dans l'espoir d'entendre le bruit de l'eau qui coulait. C'était là qu'il avait fait la cour à sa femme, Marcia, et avant elle, à sa sœur, Mary Jane. Ils avaient regardé leurs pieds, la lune et les étoiles, et écouté l'eau qui filait sa course au-dessus des pierres. Depuis Mary Jane était devenue un drôle de numéro, toujours sur les nerfs, mais avec une âme de délinquante. Il lui avait touché les seins, un soir, et immédiatement elle s'était mise à trembler. Comme si elle avait espéré ce contact, chaque fibre de son être s'était animée l'espace d'un instant. Elle avait reculé, les yeux pleins de larmes, avec des rougissements de jeune fille, mais en lui tendant les mains. Tellement excité par la vitalité sexuelle tangible de Mary Jane, cette nuit-là, qu'il n'avait pu que s'étonner d'elle. Plus tard, ils avaient ri tout en fêtant cette découverte. Qu'avait-elle fait de cette vitalité ? Il prit le chemin qui rejoignait la rivière. C'est dans la cupidité qu'elle l'avait sublimée.

Son père entretenait un certain goût pour le whiskey Bushmills et les jeunes femmes, quelles qu'elles fussent. Comportement que les autochtones auraient difficilement approuvé chez l'un des leurs mais qui restait acceptable dès lors qu'il s'agissait d'un membre de la gentry. On racontait volontiers, en ville, que le curé de la paroisse s'était rendu un jour chez son père afin d'obtenir que la jeune personne qui vivait chez lui à l'époque fût renvoyée sur-le-champ là d'où elle venait et cessât d'être un mauvais exemple pour tout le voisinage. Ce à quoi son père avait répondu : "Quand vous congédierez votre gouvernante, j'en ferai autant pour la mienne."

Il importait au Grec que l'on se souvînt de son père avec affection. Il pénétra soudain dans une zone d'obscurité, ayant oublié à quel point le froid pouvait être saisissant dans l'ombre du monticule qui s'élevait au-dessus de lui. Il en gravit le flanc et retrouva la lumière et la tiédeur du soleil vespéral tandis qu'il émergeait sur l'autre versant. Une autre élévation longeait la rive de l'autre côté et au fond, entre les deux, coulait la rivière sombre, désormais aussi régulière et silencieuse qu'un canal. On en avait creusé le lit. Les rives en avaient été tranchées, le fond dragué et il se tenait sur les blocs de pierre et de terre qui en avaient été extraites, os et entrailles arrachés du fleuve, en même temps que son cœur, peut-être. Les champs avaient gagné en surface. Avant ces excavations, rien n'y poussait – pas même du riz, avait expliqué un soir un robuste fermier. Drainés et débarrassés des ajoncs et des fondrières, ils allaient produire assez d'herbe pour tout le monde. Aucun argument n'est opposable à l'intérêt économique. Les intérêts, comme la nature, ne travaillent pas en vain.

Mais, le plus souvent, il réussissait à éviter toute rencontre. En effet, il semblait qu'il fût indispensable d'arracher tout ce qui poussait à l'état naturel, et l'on s'y appliquait, le nez au sol. Ces rapprochements fortuits ne donnaient lieu tout au plus qu'à un simple salut de la part de tel ou tel fermier qui se redressait en émettant un vague grognement de reconnaissance. Par feinte déférence à l'égard de cette industrieuse activité, le Grec agitait mollement une main à mi-hauteur de la hanche et passait son chemin. Il constituait un élément mobile du paysage. Malgré tout, il prit ses précautions et, du haut de l'élévation, huma l'air à la recherche de la moindre trace d'impureté, et une fois de plus survola les lieux du regard pour décider de la suite de son trajet. Est-ce qu'on sait pourquoi les Chinois ont les yeux bridés ? Parce que le matin, au réveil, ils lèvent les yeux au ciel en disant : Ah ! non, à la fin ! le riz ça suffit !

Il avait pris l'habitude de surveiller son père en douce. Il le surprenait lorsqu'il cessait d'être sur ses gardes, planté au milieu de la cour par exemple, ayant oublié ce qu'il cherchait, silhouette filiforme tassée sur ses genoux fléchis, la bouche pendante, une angoisse tapie sous ses lourdes paupières immobiles. Le père se rendait compte de sa présence, bien sûr, et du bout des doigts intimait à ses mâchoires couvertes d'une barbe naissante de retrouver leur tension, de relever son menton dans la direction du soleil afin de lui retourner, toutes dents dehors, son rictus paillard. Deux hommes silencieux – plus exactement un homme fait et un jeune homme – qui partageaient quelques étés dans la Grande Maison, ni l'un ni l'autre ne se manifestant mutuellement le respect ou l'affection qu'ils avaient l'un pour l'autre. Ce n'était pas au fils de prendre l'initiative, en l'occurrence, quant au père, exprimer ouvertement par un mot ou par un geste une émotion profonde eût révélé le défaut de sa cuirasse à l'ennemi. Tous deux savaient que fortune et famille étaient désormais irrémédiablement compromises mais ils s'interrogeaient encore, en tant que principaux protagonistes de ce drame, sur la manière d'en gérer les ultimes manifestations. Le jeune Grec n'avait pas encore mis de stratégie au point ; le père, au lieu de courber l'échine, dans l'attente du dernier des affronts – quel qu'il fût –, allait audevant de lui, le rire insolent, bien que l'issue en fût scellée d'avance. Il avait littéralement vu son père envoyer promener le coup de l'étrier et étancher sa soif grâce à l'eau d'un seau ! Son père s'en était allé tel un chevalier en joute ; suspendu à son cheval, il avait encore eu la force de se redresser pour boire et rire plus fort encore de son destin. *O mio babbino caro !* Mon cher petit papa.

De retour au présent, porté par un zéphyr. Pourquoi les boues du fleuve n'étaient-elles pas nocives pour la santé alors que les excréments humains, dans les mêmes circonstances, propageaient la typhoïde ? Sans doute parce qu'elles étaient surtout composées d'herbe. Il avait envisagé de traverser la rivière et de rentrer en ville par un autre chemin mais, sur les pentes proches du pont de bois qui se détachaient en ombres chinoises sur le soleil couchant, un tracteur tirait un gros réservoir qui déversait sans relâche une grêle noire. Il devrait reprendre le même chemin. C'était, littéralement parlant, la merde.

Pourtant, lorsqu'elles sont si rares, il arrive que non seulement on les souhaite, mais que l'on jouisse de certaines occasions. Ces moments de précieuse émulation se produisaient lorsque le père invitait son fils à pénétrer dans son univers, si brièvement que ce fût, et le jeune Grec y entrait avec le sentiment d'être privilégié.

Le père posait une bouteille de whiskey sur la table à se partager entre eux deux et mettait un disque sur le phonographe au maximum de sa puissance. Et l'engin torturait le silence qui les entourait, ni l'un ni l'autre n'ayant la fibre musicale. L'intellect crépusculaire du père plongé dans la contemplation de la table, le visage piqueté d'une barbe de sable délavé, les toux brèves, la cigarette fébrile tenue du bout des doigts. Le jeune Grec, en alerte, appréciait la situation et, comprenant les scrupules d'un père vis-à-vis de son fils, se levait à tout instant pour remonter le phonographe, de manière à lui tourner le dos pendant qu'il se versait en douce une double ration.

Alors le menton redressé, le père riait à perdre haleine et en retour, le sourire ravi du jeune Grec s'élargissait un peu plus. Dans l'émotion d'être ensemble, ils ne se quittaient pas des yeux, le regard étincelant, reconnaissant, fluide, sans jamais perdre de vue que ce qu'ils avaient en partage c'était l'esprit de panache. C'était ça l'important.

Lorsqu'il ne restait plus qu'un doigt d'alcool dans la bouteille, deux au plus – rien qui pût faire du mal à un fils de seize ans –, le père se levait. Il se tenait sur le seuil, se lançait dans une gigue, les genoux pliés, manifestant comiquement une urgente envie d'aller aux toilettes, avec de larges moulinets au-dessus de la tête, les yeux à moitié fermés et sortait. Et le jeune Grec guettait le bruit de la Land Rover ou les sabots du cheval dans l'allée, sourire évanoui dans le néant. Son père, Ulysse vieillissant, était en route pour la vie nocturne de la ville. Alors, il se levait, rejouait une fois de plus l'air quelconque qui se trouvait sur la platine. *Mon bel arbre*, *Adoration silencieuse*, n'importe quoi. Les airs en eux-mêmes n'avaient évidemment aucune signification particulière, sauf peut-être celle d'avoir appartenu à maman. Mais, *o mio babbino caro*, bien que la solitude ne soit pas sans charme, un de ces jours, j'ai bien peur que toi non plus tu ne reviennes pas.

Le soleil descendait et il rentrait par la campagne pour retrouver Newcastle Road. Il se sentait très bien. Ce soir, sa promenade s'était révélée nettement plus agréable qu'à l'ordinaire et il n'avait rencontré personne. Ils n'étaient pas désagréables ces gens, ils n'avaient guère l'œil vif, en toute impartialité, se dit-il, c'était un peuple d'êtres informes et sans âge, pas un seul bel homme, une seule jolie fille parmi eux. Tout à fait extraordinaire.

Le passé ne valait d'être considéré comme une tragédie mineure qu'en ce qu'il n'avait produit que des actes d'héroïsme mineurs. Son père s'était lancé dans le combat tout en sachant qu'il serait vaincu – mais avec superbe – et qu'en le menant jusqu'au bout, sa défaite ne serait pas entièrement consommée. Il était mort dans le quartier chaud du Punjab, dans un établissement dont la propriétaire était une certaine Mrs Scarry. Apparemment, s'était esquissé chez d'autres occupants présents ce soir-là le souci de se débarrasser du corps et de le transporter ailleurs, mais une fille de la maison avait réussi à les en dissuader. (Le Grec avait fini par savoir qui était cette jeune femme et avait envisagé d'aller lui exprimer sa gratitude, mais n'en avait rien fait, bien entendu.)

Quant au présent, il était inutile d'en parler. On préservait de celui-ci la dignité que l'on pouvait en refusant d'y prendre part. En effet, contrairement à ce qu'il pensait auparavant de sa sœur, il trouvait maintenant que Daisy, en tant que femme, avait fait le bon choix en devenant religieuse. Le Grec ne serait pas vaincu, du moins… pas tout à fait, ni même pas du tout parce que, consciemment et de manière délibérée, il ne jouait pas le jeu. Ce n'était pas de la résistance passive, c'était du sacrifice. Il avait décidé de se tenir en retrait de sa génération.

C'était la seule façon, à ses yeux, d'assurer un avenir convenable ; son sacrifice de principe exercerait une influence sur la génération suivante. Il avait six enfants dont l'aîné était un garçon. Le Grec préparait la voie, la famille retrouverait nom et prestige grâce à Norman.

— Hou hou ! Henry !

— Hou là ! Il était de retour dans la banlieue. Il n'allait pas, semblait-il, pouvoir terminer son périple, seul et en paix.

Arrivant de chez son frère, sa femme descendait de la colline, à petits pas mal assurés, poussant et retenant tout à la fois sa voiture d'enfant. Elle avait appris, en règle générale, à respecter son intimité et, en dehors d'une tendance à vouloir tout amasser, comme un enfant ou comme un écureuil, et d'un penchant ennuyeux à dramatiser au moindre incident domestique, elle avait une bonne nature, au fond. Mais à cette heure-ci, elle aurait dû être à la maison, en train de faire manger les enfants et de coucher les plus jeunes. Qu'elle soit sortie en laissant à Norman le soin de surveiller ses sœurs, aux dépens de ses devoirs et de sa lecture, c'était inadmissible.

Marcia, qui secouait déjà la tête en approchant précipitamment, assurait qu'elle avait une excellente raison d'être dehors.

Il reconnut chez elle l'effet d'une crainte neuve, il tourna la tête dans l'autre direction, le bras tendu vers la pente raide jusqu'à ce que la voiture vînt se caler contre la paume de sa main.

— Tu connais la nouvelle ?

— Tttt !

— Non ! dit-elle. Tu n'es pas au courant ?

— De quoi ? dit-il d'un ton léger, presque musical.

— Vera.

— Oui ?

Son visage se défit.

— Alors tu ne sais rien ?

— Mais non ! Il tourna brusquement le visage vers elle.

— Mon Dieu ! Maintenant c'était elle qui, à son tour, sondait le crépuscule.

— Elle est morte ? dit le Grec.

Les traits de Marcia se décomposèrent, par peur superstitieuse de ce qu'il venait de dire. Le Grec ferma les yeux.

— Elle est chez les romanichels ! Et pour mieux marquer la chose, elle nicha brusquement son menton dans son épaule.

Le Grec se garda de réagir.

— Ici, en ville, dit Marcia, ici-en-ville ! Est-ce que tu te rends compte, chez les romanichels ! Henry ! Avec ce minable, ce boit-sans-soif, ce bon à rien, Reilly, Finbar Reilly ! Elle était au bord des larmes. Là-bas, au Quartier neuf.

Le Grec rouvrit les yeux.

— Oui ! Reilly, le type aux médailles ! Ce traîne-savate, ce…

— Au Punjab ? dit le Grec.

— Au Punjab ! Au Punjab ! Les gendarmes y sont même allés ! A cause de la voiture ! Quelqu'un est allé le leur dire ! Même que je les ai vus qui tournaient autour et relevaient le numéro !

— Quelle voiture ?

— Mais la voiture, la voiture, évidemment !

— Attends, mon petit, dit le Grec. De quelle voiture parles-tu ?

— De la grosse, métallisée ! Ça fait trois jours qu'elle est garée presque en face de notre porte d'entrée ! Ne sachant pas à qui elle appartenait ni comment elle était arrivée là, quelqu'un a averti la police et ils ont découvert qu'elle venait de Dublin. Ils ont découvert qu'elle avait été louée à Vera, à Dublin – par Hertz ! Tu sais bien comment elle est, ça a sûrement dû lui coûter les yeux de la tête ! Comment la police ou je ne sais qui pouvait savoir si elle était morte ou vivante, ou si on ne l'avait pas kidnappée, c'est Tom qui l'a dit. Et puis quelqu'un a aperçu Reilly qui rôdait dans les rues de derrière, près de chez nous, tôt l'autre matin, et les policiers se sont rendus chez lui et elle était là ! Alors le chef a pensé que Tom voudrait être prévenu. Tom est effondré. Alors Tom y est allé en voiture – Marcia pleurait. Tom y est allé en voiture et tu sais ce qu'elle a fait ?

Il lui accorda un temps de répit.

— Elle était en petite tenue.

— Alors ?

— Elle a claqué la porte au nez de Tom !

— Alors ?

Son visage était gonflé et trempé de larmes.

— Qu'est-ce que tu dis ?

— C'est tout ?

— Non.

— Alors ?

— Je descendais chercher Norman.

— Norman ?

— Ils veulent le voir.

— Qu'est-ce que Norman a à voir là-dedans ?

Marcia passa la langue sur sa lèvre supérieure avant de répondre.

— Vera lui a toujours envoyé de l'argent, ça tu le sais ?

Le Grec hocha la tête.

— Et des Tintin, les bandes dessinées qu'elle lit et qu'elle lui envoie ?

Il hocha la tête.

— Ils lui ont écrit une lettre.

Le Grec acquiesça d'un signe de tête.

— C'est urgent – très urgent – et ils disent que si c'est Norman qui la lui apporte, elle ne lui fermera pas la porte au nez. Ils veulent lui parler.

Le Grec secoua la tête : Norman ? Hors de question.

— Qui ça, "ils" ? demanda-t-il, et comme elle ne semblait pas comprendre la question, il fit un signe de tête en direction de la colline. Qui est là-haut avec ton frère ?

— Mary Jane.

De nouveau, il hocha la tête, de manière absente, cette fois. S'il n'était pas question de mêler Norman à tout ça, son attention restait concentrée sur la colline : la situation n'était pas dénuée d'intérêt pour lui. Il prit une décision et avant d'entamer la montée, il fit signe à Marcia de rentrer à la maison avec la voiture d'enfant.

Docile, elle se mit en route, mais quand elle pensa qu'elle pouvait le faire impunément, elle s'arrêta et se retourna pour le suivre des yeux, pour l'admirer sans honte. Oui, il avait raison de vouloir mettre fin à ce régime de féculents. Regardez-moi cette allure, quand on pense qu'il avait quarante et un ans ; ce dos droit, cette tête pleine d'intelligence, quelle autorité, la main élégamment prise dans la poche de son pantalon, l'autre jouant avec une marguerite cueillie en chemin.

Les coudes de cuir fauve, qu'elle avait confectionnés et cousus de ses propres mains sur les manches de sa veste comme il le lui avait demandé, disparaissaient maintenant dans le crépuscule, tandis que plantée là, elle se mettait une fois de plus à pleurer tellement elle se sentait fière.

# VIII

## LES HAUTS DE BELLEVUE, A CNOC MHUIRE

C'est Caitriona, la femme de Tom, qui vint répondre à la porte. Elle était très jolie, dans le genre
petit format. Lorsqu'elle était enfant, les gens
s'arrêtaient souvent pour admirer "la fille du
docteur". Elle était vêtue d'une longue tenue
noire, une robe de noces arabe, dont l'empiè-
cement carré était rebrodé à la main de fils de
couleurs et de perles. Elle paraissait étrangement juvénile. Elle avait – temporairement – de
nouveau perdu la tête. Ses mouvements étaient
ravissants, petits pas qui paraissaient à peine
toucher terre, sans doute parce qu'elle portait
des mules ou marchait pieds nus. Elle s'arrêta
devant la porte du salon pour indiquer au Grec
où entrer, puis s'en fut, pleureuse muette en
quête d'elle-même.

Dans l'ensemble, le Grec et elle s'entendaient
bien. En tant que beau-frère et belle-sœur, une
forme d'empathie, née du fait qu'ils faisaient
partie de la même famille, les rapprochait. Mais
il était manifeste que, pour l'instant, elle était
assommée par les calmants. Elle souffrait des
"nerfs", ce qui entraînait un problème d'alcoolisme. Le Grec savait qu'elle picolait – gin ou
vodka, peu importait.

Il frappa à la porte et, dans le salon, la conversation s'interrompit instantanément. Les lames

de parquet tremblèrent sous la moquette : un effet du pas énergique de Tom. Même chez lui, Tom venait à bout de toute inertie en se lançant tête baissée dans le mouvement. Il y avait aussi une certaine dose d'innocence chez lui.

Tom sembla, de prime abord, étonné de trouver le Grec dans l'entrée, surprise à laquelle succéda une certaine tristesse. Il était comme ça. La solidarité d'une famille dans la peine l'émouvait. Ouvrant le poing, il lui tendit lentement la main. Le Grec, qui s'y attendait, s'inclina, les mains derrière le dos.

— Entre, l'ami, dit Tom, s'effaçant tel un huissier rompu aux usages.

Mary Jane était assise à une table, dans l'embrasure de la fenêtre, et elle fumait. Elle aussi fut surprise de la présence du Grec, ils s'attendaient à voir Norman.

— Comment vas-tu Henry ! lui lança-t-elle gaiement.

— Parfaitement bien, merci, Mary Jane ! Et toi ?

— Très bien !

— Tu prends quelque chose ? demanda Tom.

— Humm… dit le Grec, les lèvres rapprochées, comme s'il s'en réjouissait d'avance.

Normalement, à cette heure-ci, il s'offrait sa première pinte chez *Mannion's*. Il en buvait trois par soirée, parfois une quatrième s'il décidait de rester au-delà de l'heure de fermeture. Une fois rentré chez lui, il savourait encore deux whiskeys, Bushmills, Green Label, ou autre *single malt*. Il s'autorisait une bombe deux fois par an, généralement à Newcastle, quelquefois jusqu'à l'hospitalisation. Justement, cela faisait quelques semaines déjà qu'il sentait venir les symptômes d'une cure prochaine. Pourtant il n'avait aucunement l'intention de boire quoi que ce soit chez Tom. Tom était une fripouille et le Grec allait se faire un devoir de le mettre mal à l'aise d'entrée de jeu si, toutefois, il parvenait à percer à jour la profonde hypocrisie ambiante. A hypocrite, hypocrite et demi.

— Qu'est-ce que tu m'offres ? dit-il, relevant le menton pour jeter un coup d'œil sur la table roulante dorée qui était dans un coin. Tom n'avait pas de desserte.

— Attends... dit Tom, traversant la pièce d'une enjambée pour s'immobiliser dans un équilibre visiblement périlleux. Sûrement tout ce que tu aimes !

— Je te demande pardon ? dit le Grec.

— Une goutte de sherry ? Assez sec, d'après toi, Mary Jane ?

— Un doigt de gin, dit le Grec, relevant les coins de son veston dans l'intention de s'asseoir.

— Aaah ! dit Tom.

— Plaît-il ?

— Je n'ai plus de gin, dit Tom.

— Une vodka fera l'affaire, alors. Il s'apprêtait une fois de plus à s'asseoir pour deviser aimablement en compagnie de Mary Jane.

— Aaah !

Le Grec fronça les sourcils, incrédule, interrompu au beau milieu de son mouvement.

— Une brune, une blonde, une...

— Va pour la brune, répondit le Grec, éludant le problème, et il s'assit. Alors, Mary Jane, lui dit-il, *tu n'as pas* l'air d'aller très bien.

Mais elle, c'était une autre affaire. Quand on pense qu'elle avait eu le béguin pour ce parasite. Elle sourit.

— C'était bien cette promenade ?

— Superbe ! dit le Grec. Comment va le jeune Declan ?

— En pleine forme !

— Je te laisse te servir ? dit Tom.

— Non, dit le Grec. Ça marche bien l'épicerie, Mary Jane ?

— Epatant !

— Ben, vous en faites une belle paire vous trois, dit Tom, c'était le matin hier au soir quand vous êtes arrivés. Alors si ça doit continuer comme ça, il va falloir arrêter, parce que si vous voulez rester ici, va falloir aller voir ailleurs ! montrant que lui non plus n'était pas en reste en matière d'humour. Ciel ! La proprio !

Là-bas, au-dessous d'eux, les lumières s'étaient allumées. La fenêtre englobait tout le panorama de la ville.

— Alors, mon cher, dit Tom, posant la Guinness devant le Grec, et il s'assit. Dieu soit avec toi ! Il passa un bras par-dessus le dossier de sa chaise pour éviter de glisser sous la table et poussa un soupir. Alors, tu es au courant ?

"Quels bœufs", pensa le Grec.

— Je te demande pardon ?

Tom fit un signe de tête en direction de la table, titillant d'un doigt le dessous d'une enveloppe beige, fermée, qui était posée devant lui.

— Eh bien, si c'est ça le monde, dit-il, je ne sais pas où on va. Si c'est pour ça qu'on doit élever nos gosses. Il soupira de nouveau. Puis il contempla le Grec d'un air pensif. Est-ce qu'il y a une explication à ça, dis-moi, Henry ?

D'un bref coup d'œil, le Grec transmit à Mary Jane toute l'inquiétude que lui inspirait Tom, et attendit son explication.

— C'est à cause de Vera, dit Mary Jane.

— C'est à cause de Vera, dit Tom à la table.

Le Grec indiqua qu'il s'efforçait de les comprendre et qu'il réfléchissait en silence, "c'est à cause de Vera"...

— Tu as bien croisé Marcia ? dit Mary Jane, avec un soupçon d'agacement dans la voix.

Oui, il l'avait croisée et "il était question de porter une lettre", dit-il, en même temps que d'autres bricoles anodines, mais il se demandait bien pourquoi – paumes des mains ouvertes – elle avait l'air si malheureux.

Tom remonta sur sa chaise, comme mû par un cric.

— Marcia ne t'a-t-elle pas dit où notre sœur résidait actuellement ? dit-il d'une voix enrouée.

Le Grec acquiesça d'un mouvement de tête, si, réfléchit et hocha la tête une deuxième fois, oui, il en était sûr.

— Mais où est le problème ?

Tom n'en croyait pas ses oreilles, sa bouche formant un "Comment ça ?" qui ne sortit pas.

Le Grec lui prêtait toute son attention.

— Oua ! Le "quoi" était devenu sonore. Tom était capable de prononcer certains mots pratiquement sans remuer les lèvres.

— Henry… dit Mary Jane.

— Ve-ra ! dit Tom. Son visage avait retrouvé sa mobilité. Alors tu ne vois pas ce qu'elle est en train de nous faire, non ? Ve-ra, Ve-ra ! Un vrai refrain. Elle nous met, sérieusement, dans une mélasse pas possible, nous sommes moralement dans le pétrin !

Le Grec concentrait toute son attention sur lui.

Tom de nouveau n'en croyait pas ses yeux, cette fois la bouche distendue, figée dans un rictus de masque comique, il était grotesque.

— Une cigarette ? proposa Mary Jane.

— Non merci, le Grec n'en voulait pas mais il l'invitait à partager sa fascination pour son frère. Il fit un signe de tête en direction de Tom.

— Era !

— Vera ? dit le Grec et lorsque Tom répondit oui de la tête : Mais quel âge a-t-elle ? Il tendit la main vers son verre puis se ravisa au dernier moment. Elle doit bien avoir dans les quarante ans, dit-il, et il les regarda intensément pour recevoir confirmation de son estimation.

Mary Jane leva la main pour prendre la parole mais :

— J'en sais rien et je me fous complètement de l'âge qu'elle a, dit Tom avec fougue, mais elle est assez vieille pour savoir qu'il y a mieux à faire que de se couvrir de honte, et sa famille avec, sans parler de sa moralité ! Et – tiens ! – moi aussi j'ai les idées larges, autant que n'importe quel autre, mais, sérieusement, y a tout de même des limites. Et puis, ce qui est mal est mal. C'est machiavélique. On a beau être en soixante-dix – on serait en quatre-vingt, ou – ou, tiens ! au vingt et unième, au vingt-cinquième siècle, peu importe d'ailleurs ! Ça me ferait mal. Henry ! En tout cas, en ce qui me concerne, je refuse, mais alors je refuse catégoriquement de fermer les yeux. Question de conscience.

— Je ne te suis pas, dit le Grec.

— Elle a trente-sept ans, dit Mary Jane et, sous le prétexte de secouer sa chevelure, elle fit signe à Tom afin de l'avertir que le Grec se payait leur tête.

Mais l'impétuosité de Tom ne se manifestait que dans l'homélie et voilà qu'il repartait de plus belle.

— Les valeurs !...

Il y eut dans l'œil du Grec une lueur qui déplut fort à Mary Jane. Il adorait faire joujou mais elle était persuadée qu'elle n'avait rien à lui envier sur ce plan.

Tout ça parce que des gens comme lui ou de son espèce ne pouvaient plus se comporter en grands seigneurs, et qu'il ne leur restait plus rien à faire qu'à traîner sur la place avec les "gars" ? S'il avait été aussi malin que ça, pourquoi y avait-il un Allemand là où il aurait dû habiter ? Declan n'en aurait fait qu'une bouchée. Avec toute sa morgue et ses grands mots. Qu'est-ce qu'il avait de plus que les autres ? Quelques gracieusetés en société et une marguerite à la main ? N'oublions pas que je le connais comme ma poche, se dit-elle. Mais nous avons besoin de lui, ou, du moins nous avons besoin de son fils Norman, alors laissons-le s'amuser un peu.

Il fallait porter la lettre à Vera. Il n'était pas question pour Tom de se rendre au Quartier neuf une seconde fois. Sans aucun doute, il avait dû dire quelque énormité qu'il se gardait bien de rapporter et qui avait fait sortir Vera de ses gonds et lui avait fermé sa porte. Quant à Mary Jane, ce n'était pas du tout la personne à aller là-bas. Plutôt mourir ! Rester sur le pas de la porte d'un quelconque baladin, à faire des sourires et des ronds de jambes à sa sœur aînée en petite tenue ! Evidemment, il y avait bien Declan, le mari de Mary Jane, mais à celui-là, il fallait quelque chose de plus valorisant qu'une course de livreur de télégrammes. Non, un enfant devait s'en charger. Vera avait beau être une bourrique, elle était sentimentale. Le charme innocent d'un visage d'enfant, le contact de petites mains au cours de l'échange. Dommage que les enfants de Tom aient été absents, momentanément confiés à la garde de leur grand-mère, on aurait pu les déposer là-bas tous les trois. Décidément, c'était Norman la meilleure idée.

— Excuse-moi ! dit Mary Jane.

— Eh bien, même si ma vie devait en dépendre ! Et en plus de ça ! Henry…

Tom jouait la comédie à sa manière, la seule dont il fût capable. Sa force, il la tirait de sa capacité à croire dur comme fer à tout ce qu'il disait pendant que, dans un autre coin de son cerveau, le vrai problème était lentement élucidé. Et certaines fois, Mary Jane assistait au processus avec un intérêt presque admiratif, mais, pour l'instant, il l'agaçait et, franchement, elle aurait préféré qu'il en finisse avec toutes ces foutaises.

Elle éteignit sa cigarette et en alluma une autre. Le cendrier en plâtre avait la forme d'une pantoufle surmontée d'un petit chien endormi. Il y avait sept mégots dans la pantoufle. Elle renoncerait définitivement à fumer dès qu'elle serait en possession des *Wool Stores.*

Elle était d'accord pour renvoyer l'ascenseur à Tom. Ce dernier, flanqué de Mary Jane et de Marcia, assisterait à la vente de l'hôtel : il ferait une enchère, qu'il emporterait en l'absence de rival, d'un montant se situant à hauteur de trente ou quarante pour cent de sa valeur ; appliquant le même différentiel, Mary Jane rachèterait ensuite les *Wool Stores* à Tom. (Quant à Marcia, on lui avait promis les bijoux et les bibelots en guise de part.)

Un contrat provisoire avait été établi entre eux. Sur les recommandations de Mary Jane, les chiffres, c'est-à-dire, les estimations et les pourcentages relatifs aux deux propriétés en question n'y étaient pas mentionnés. "Au cas où", avait-elle dit. Au lieu de cela, leurs valeurs relatives figuraient sous la forme d'un rapport de 1 à 13. Elle avait également suggéré que les propriétés ne soient pas désignées nommément, mais représentées par X et Y sur le contrat, bien qu'elle sût parfaitement que c'était d'une absurdité totale, et sans aucune valeur du point de vue légal. Mais elle avait ses raisons.

Si Tom était incroyablement rusé, il n'était pas très intelligent. Il en était de même pour Tommy Martin, son notaire. Tom allait donc racheter l'hôtel au-dessous de sa valeur, obtenir une subvention du ministère du Tourisme afin de le remettre en état, pour le revendre ensuite au prix fort, valeur à neuf, à la société anonyme qu'elle le soupçonnait d'avoir créé avec son notaire, ou alors il se contenterait de le vendre.

Cela entamait déjà considérablement ses ressources intellectuelles mais, simple précaution, et pour s'assurer qu'il ne s'appesantirait pas sur le chiffre qu'elle comptait lui offrir en échange des *Wool Stores*, elle compliquait l'affaire à plaisir en y rajoutant toutes les notions mathématiques de sa connaissance. Elle avait calculé que Tom paierait l'hôtel – au-dessous de sa valeur – entre 55 800 et 74 400 livres, si bien que, si on appliquait le différentiel elle lui rachèterait les *Wool Stores* entre 4 200 et 5 600 livres, plus une partie des taxes qu'il aurait à verser pour l'hôtel. Pas mal. Et elle avait ça écrit noir sur blanc, irréfutable, du béton. Il fallait bien prendre ses précautions.

Bon, mais il fallait attendre de voir comment il traiterait Vera. Sur la vente de l'hôtel, Vera recevrait de son frère une somme qui irait chercher entre les 55 800 et 74 400 livres, mais qu'on ne fasse pas rire Mary Jane. Bien que Tom ne le sût pas encore – vrai de vrai, il n'était pas encore au courant – il remettrait mille ou quinze cents livres à Vera, histoire de l'amener à signer les actes – oui, et avec des promesses, et des larmes, en plus, il lui déclarerait que quand il aurait fait ci et ça ou autre chose, elle aurait la suite – et tout serait dit.

Au fond, rien de tout ça ne regardait Mary Jane, quand les temps seraient venus, Tom et Vera pourraient bien danser tous les deux tout nus sur la place, pour ce qu'elle en aurait à faire. Quant à elle, Mary Jane, justement à ce moment-là, elle aurait cessé de fumer et dormirait enfin sa nuit complète car elle serait propriétaire des *Wool Stores*. Enfin, si tout marchait bien, si vous voyez ce que je veux dire.

Mais voilà que Vera était rentrée et dans quelle mesure ce retour, aussi soudain qu'inexplicable, remettait les plans en question, il était difficile de le déterminer. Il fallait qu'on la contacte et qu'on la sorte du Quartier neuf, où les gens connaissaient toutes les arnaques imaginables, et en toute promptitude. C'était du Grec qu'elle tenait ce terme.

— Alors, bon, tu vois ! Henry, dit Tom.

Mary Jane repoussa le cendrier, bruyamment, vers lui.

— Oh pardon !

— Tu comprends ! Mais il commençait à être à court d'arguments. De ses phalanges repliées, il frappa cinq coups d'affilée sur l'enveloppe brune. Nous devons absolument la sauver.

Mary Jane était sur le point de s'adresser au Grec lorsqu'elle s'aperçut que la porte s'était ouverte et que Caitriona venait d'entrer.

Des gestes de somnambule. Dans sa dérive, elle s'arrêta. Elle resta plantée là un instant, leur sourit, un souvenir du passé. Puis elle ressortit.

Tom leva les yeux.

— Ça va aller, ne vous inquiétez pas pour elle, dit-il.

Mary Jane eut un sourire compatissant en direction de la porte qui se refermait et, par respect, décida d'attendre un peu avant de parler au Grec.

L'unique son audible aux Hauts de Bellevue, à Cnoc Mhuire, se borna bientôt au tactac rythmé du papier sur le plâtre. Tom avait de nouveau les yeux baissés et assommait consciencieusement du tranchant de l'enveloppe le chiot endormi qui décorait le cendrier. La lettre serait portée par Norman, mais cela ne ferait pas tout. Que pouvait-on faire d'autre ? Et si on faisait appel au père Billy ?

— Je viens d'avoir une idée, dit Tom.

— Attends ! l'interrompit Mary Jane qui, dans un battement de paupières frénétique, écarquillait les yeux à l'adresse de son frère.

Mon Dieu que je suis bête, se dit Tom, pensant avoir bien reçu le message. D'accord, une fière chandelle à toi, Mary Jane. Alors c'était donc pourquoi l'attitude du Grec l'intriguait tant ! C'était bien de lui, ça, de discuter décadence toute la soirée, quand on connaissait l'histoire des Locke-Browne à ce propos – femmes vénales, évidemment, orgies à tous vents au nez et à la barbe de notre sainte mère l'Eglise ! – il avait mis Henry dans l'embarras. En son for intérieur, ayant repris sa position avachie, il sourit à Henry, que Dieu le protège. Et il pensa aussi avec affection à son autre sœur, toute simple qu'elle était, elle allait faire d'Henry un homme, que Dieu protège Marcia. Laissons faire Mary Jane.

— Tu imagines notre surprise, Henry, d'apprendre que notre sœur était revenue, sans parler de l'endroit où elle était descendue. Et en plus, de l'apprendre par la police ? Marcia en a été particulièrement bouleversée, tu as dû le remarquer.

Le Grec, digne, d'un signe de tête l'encouragea à poursuivre.

— Eh bien, dit Mary Jane, joignant les mains pour réfléchir un moment. Il y avait quelque chose d'insolite chez le Grec qu'il était difficile de saisir. Vera, dit-elle, ne veut pas faire preuve d'irresponsabilité. Bien qu'elle ne le sache pas, elle a la tête dure, et elle est facilement influençable. Il se peut qu'on ait des difficultés avec elle. Elle a toujours été attirée par les enfants, et elle a toujours eu une grande affection pour Norman, et je ne lui donne pas tort.

Le Grec sourit.

— Mmmm ?

— Non, dit-il silencieusement, formant seulement les mots.

— Comment ? dit Tom.

— Pas question de Norman, répondit le Grec.

Mary Jane fit un geste pour signifier à Tom de laisser tomber, tout en continuant de fixer le Grec. Declan s'en chargerait. Pourquoi le Grec arborait-il ce sourire ? Instinctivement, elle se sentit mal à l'aise.

— Je comprends, dit-elle. Ces histoires de famille sont toujours pénibles pour les pièces rapportées de la famille, Tom, Marcia et moi, la famille immédiate, sommes naturellement les plus concernés. Mais ç'a été très gentil à toi de venir. Elle poussa un soupir, eh bien !, sa résignation et sa gratitude satisfaites indiquaient que la discussion était close et qu'il pouvait disposer.

Le Grec se renfonça sur son siège.

— Mmmm ?

— A votre santé ! Il prit son verre qu'il leva à leur intention, puis goûta à la Guinness éventée.

Il se souriait à lui-même. Ce qui l'avait attiré chez les O'Toole c'était l'idée de famille. Les enthousiasmes de Mary Jane à propos de papa, maman, de Tom et de ses sœurs, d'une domesticité faite de petits riens routiniers, de rivalités et de fidélités, de marchandages à la tablée, étaient tellement attrayants aux yeux du jeune Grec qu'il considérait les O'Toole comme l'exemple même d'un foyer chaleureux.

Mais Tom venait de dire quelque chose et c'était justement ce qu'attendait le Grec.

— Mais, sérieusement, qu'allons-nous faire de ça ? avait-il dit en brandissant l'enveloppe brune scellée.

— J'irai la porter, dit le Grec, en se levant. L'enveloppe fut dans sa main.

— Mais... mais... dit Mary Jane.

— Je t'en prie, dit le Grec.

Elle se leva d'un bond, et il la regarda, souriant de toute sa hauteur. Marcia avait bon caractère et Norman et les filles grandissaient à vue d'œil. Mary Jane, elle, ne lui aurait donné que des nabots.

— Quand ? dit Tom.

— Ce sera la première chose que je ferai en me levant demain après-midi, dit le Grec. Puisqu'il connaissait déjà deux des sœurs, pourquoi ne pas faire aussi la connaissance de Vera ? Après tout, c'est elle qui se conduisait de la façon la plus aristocratique.

— Mais... tenta Mary Jane de nouveau.

— C'est pour toi ! dit le Grec, en lui tendant la marguerite.

Et il leva le camp.

# IX

## L'HOMME AUX MÉDAILLES

Vera avait décampé, avec sac et clés de voiture, et deux mille cinq cents médailles étaient éparpillées à travers toute la pièce. Il n'avait pas le souvenir qu'elle lui ait dit au revoir, non plus qu'il ne se rappelait quand ni comment elle était partie.

Il s'était réveillé vingt minutes plus tôt, entièrement nu, avait constaté la présence d'une contusion sur le haut de son crâne, s'était habillé puis regardé dans la glace. Une bouteille ou deux étaient brisées dans le cendrier de la cheminée, et des objets qui auraient dû normalement se trouver sur la table gisaient par terre, avec des médailles, dans tous les coins. Il avait dû se passer quelque chose. Il y en avait même dans le lit sur lequel il était assis et il en retira une de sous lui, une de la Sainte Vierge. Distraitement, il la lança en l'air d'une pichenette, mais oublia de la rattraper.

Les médailles, il devait y en avoir deux mille cinq cents, ça il en était sûr parce qu'il avait versé cent livres en échange, quatre pence chaque, au type du pub de Cabra, à Dublin, un dimanche matin, il y avait de ça un mois environ, après une sacrée soirée aux lévriers. Il ne se sentait pas la force de les ramasser. Le silence lui faisait comme des engelures dans la tête.

Cinq cents de la Sainte Vierge, cinq cents de "diverses" – "tous saints", c'était indiqué sur la boîte – et quinze cents du pape, il en aurait juré. Certaines des boîtes violettes gisaient, piétinées, près de la porte. Cinq boîtes, en tout. En temps ordinaire, quelques livres en médailles du pape lui auraient suffi pour la saison, mais il avait rêvé que le saint homme serait victime d'un attentat, cette année même.

Il se souvenait d'avoir perdu, il y a longtemps, de l'argent sur des projets, des chevaux, des chiens, pour avoir pris trop au sérieux un rêve, un pressentiment, ou pour s'être montré supersti- tieux, bien que ce n'ait pas toujours été le cas, mais il n'avait aucun souvenir de la nuit der- nière.

"Voilà ce qui arrive quand on boit", se dit-il. Par la suite, on fait des découvertes, une boîte d'allumettes, on s'aperçoit qu'on est fauché et que, dans le miroir, on a l'œil au beurre noir, alors toute l'histoire remonte à la surface et avant d'en connaître la fin, on s'estime heureux de son œil poché, plus encore d'être fauché : on a au moins l'espoir d'avoir appris quelque chose pour un temps. Ou alors on se réveille avec une telle impression de vide qu'on a plus qu'une idée c'est d'embarquer sur un navire, de traverser l'océan pour retrouver la belle, jusqu'à ce qu'on se rende compte que ce n'était qu'un rêve à la con et que, même si on a le cœur lourd, on doit quand même aller de l'avant. C'est-y pas comme ça que vont les choses ?

Ce matin, tout de même, en dépit du coup reçu, les heures introuvables s'attardaient comme un trou noir dans son cerveau. Pour l'instant, il fallait attendre que la mémoire revienne, garder son calme, tout en espérant que ce qui s'était passé ne relèverait pas de la correctionnelle. Il était même du domaine des choses possibles qu'il soit encore soûl.

Le pape souriait du bout des lèvres et son infaillibilité lui donnait un léger froncement de sourcil. Finbar était sur le point de l'expédier en l'air, lui aussi, quand il réfléchit, je vais me mettre à genoux pour les ramasser une par une. Peut-être en sortira-t-il quelque chose.

Il posa trois des boîtes en carton près de lui sur le plancher et il commença l'opération de tri. Il poussa un soupir, bourrelé de remords à propos de tout ce qu'il ne savait pas. La série "tous saints" semblait avoir atterri dans la zone du garde-feu, car il en récupéra trois d'abord, un saint Antoine, un saint Enfant de Prague, et un bienheureux saint Louis de Gonzague. Puis, au milieu d'une poignée de cinq, il dénombra deux saint Joseph, deux saint Antoine et une petite sœur Thérèse de l'Enfant Jésus. Il écarta la petite sœur Thérèse et en ramassa une autre pour voir s'il pourrait en faire une main pleine. Pas mieux, encore une petite sœur.

Il avait toujours été dans la médaille, depuis le berceau il s'amusait avec, il partait les vendre avec sa mère. "Ça au moins c'est propre, disait-elle, et tu t'éreinteras pas en les transportant où que tu ailles, sans compter que tu peux les bénir toi-même." Une petite bonne femme qui n'était pas très commode.

Cependant, la qualité des médailles s'était considérablement dégradée depuis l'époque de sa mère. Elles étaient pitoyables, minces comme du papier à cigarette, avec des bords coupants, de la saloperie d'aluminium. C'était sans doute pourquoi, par un lumineux coup de génie, l'an dernier, alors qu'il fabriquait des pièces double face en les ressuant ensemble avec de la soudure, il lui était venue l'idée de faire subir un petit traitement aux médailles.

"Vous allez voir ce que vous allez voir", s'était-il dit.

La première chose à faire c'était d'élargir le trou pour la chaîne. Ça c'était important, il fallait commencer par là. Ensuite, on passait un peu de graisse sur les visages. Avec l'expérience, il avait constaté qu'en ajoutant un peu de poussière, ça faisait même mieux. Il fallait ensuite laisser tremper les médailles dans un bain de vinaigre fort pendant une demi-heure. Et puis, les sortir et les nettoyer, en faisant bien attention de ne pas toucher aux visages. Tout brillait à part les visages, et pour finir, on les séchait. A la rigueur, on pouvait rajouter une touche de graisse, puis arrivait la phase critique de l'enfilage sur une ficelle, en les espaçant avec des bouts de paille en platisque, d'une longueur d'un quart de pouce à peu près, en disposant toujours les faces traitées en vis-à-vis. Pour ça une pince à épiler, c'était pratique. Il fallait tenir un bac de fondant liquide en attente pour y plonger d'un seul coup toutes les médailles. Sans oublier le plateau de soudure fondue dans lequel il fallait les passer, les laisser tremper au début, puis les ressortir à moitié, les laisser flotter côté pile à la surface, les agiter. Tout ça dépendait du résultat cherché, du poids voulu, de sa répartition, de la forme souhaitée.

Une fois il y avait même eu un vilain petit canard ! Avec de magnifiques perles, brillantes, bien rondes, bien grasses, autour d'une Notre-Dame de Fatima rebaptisée pour l'occasion

Notre-Dame de Knock*, serties dans la partie argentée non frottée pour empêcher la soudure de prendre, ça donnait beaucoup plus de caractère au visage qui ressortait davantage comme ça.

Il en avait fabriqué trente-cinq qu'il avait essayé de présenter au milieu de ses autres marchandises, l'an dernier et, en fonction de la solidité du brillant et de l'appréciation du client, il les lâchait entre trois livres et demie et une livre et demie chaque. Et du moment aussi, dépendait le prix qu'il demandait pour la chaîne, si besoin était. Mais au fond la chaîne n'était pas vraiment indispensable, parce que, en elles-mêmes, c'est vrai qu'elles étaient très jolies à regarder dans la main.

A sa première vente, une fille lui en avait acheté deux pour quatre livres et elle était repartie, contente comme tout, tenant les médailles en guise de boucles d'oreilles. La dernière fois, il en avait vendu une sept livres à une bonne sœur venue de Nouvelle-Zélande. Les trente-cinq médailles qu'il avait payées cinq livres vingt-cinq, à savoir quinze nouveaux pence chaque, avaient rapporté cent cinquante-sept livres cinquante pence.

Mais c'est là que ça devenait intéressant, voilà comment se présentait le plan médaille pour cette année. Vous allez m'en dire des nouvelles.

Il crut entendre le portail s'ouvrir. "C'est sûrement quelqu'un", se dit-il tout haut. Le son de sa propre voix le sortit de sa rêverie et il retint

* Knock, petite ville située dans l'ouest de l'Irlande, et devenue le "Lourdes" irlandais, à la suite d'apparitions de la Vierge Marie, flanquée de saint Joseph et de saint Jean, en 1879, sur le mur extérieur de l'église paroissiale. (N.d.T.)

sa respiration. "Ah non, pas encore la police, j'espère." Il y avait quelqu'un à la porte, d'accord, mais la manière de frapper n'était pas aussi impérative que celle des flics et il se traîna sur les mains et les genoux jusqu'à l'entrée. Il reconnut aussitôt le profil à la coupe en brosse qui se détachait sur la vitre.

— Elle est pas là, dit Finbar à l'intention de la porte, sans avoir eu l'intention de parler et, en réponse au coup suivant : Elle est partie ! cette fois en aboyant. "Je ne suis pas obligé de répondre à ma porte, se dit-il, à moins qu'on ne vienne vraiment pour affaires." Je ne suis pas la bonne ! dit-il.

— Pardon ?

J't'en foutrais des pardons ! Maintenant les gens vivaient à la colle sans être mariés partout dans le monde et on savait que le Moyen Age c'était terminé, mais ce dont il était sûr c'est qu'avec tout ça il finirait avec des menottes aux poignets. Ces deux cons de cul-terreux d'hier avec leur uniforme et leur voiture de police et ensuite, bien qu'il n'ait pas été là lui-même, le Tom O'Toole. Et puis, dans la soirée, quand la nouvelle avait éclaté, il y avait bien eu une demi-douzaine de vieux qui s'étaient présentés deux par deux pour reluquer la maison, comme ils font quand ils viennent repérer l'endroit où s'est pendu un type. Voilà maintenant qu'il était seulement onze heures du matin passées et que ce Declan Mansfield avec ses cils blancs raides comme des baguettes était dehors et qu'il ne fichait pas le camp. Finbar l'entendait qui sifflotait tout en poussant de la pointe du pied des marchandises exposées dans la cour de devant. "Va quand même falloir que je sorte pour lui dire deux mots", dit Finbar.

— Quelle jolie baignoire ancienne vous avez là, monsieur Reilly.

— Ah celle-là, j'avais l'intention de me la garder, dit Finbar.

— Quelle belle matinée, grâce à Dieu !

— Oui, en effet, oui, grâce à Dieu !

— J'espère que je ne vous dérange pas à cette heure-ci, dit Declan.

— Mais pas du tout, pas du tout. "Merde, il m'emmerde." C'est sans doute Vera O'Toole que vous cherchez, monsieur Mansfield ? Elle n'est pas là.

Declan était un solide madrier de gars et il avait l'air indécis, bien qu'athlétique, avec ses cheveux en brosse et son pull jaune en V.

— Ah elle est venue, ça oui, dit Finbar, mais elle est repartie.

— Quand ça ?

— Ce matin de bonne heure.

— Vous savez où monsieur Reilly ?

"J'en sais foutrement rien et je m'en fous !"

— Elle est rentrée, j'imagine, dit Finbar. Une aimable supposition, et vraisemblable en plus.

— Rentrée ?

— Sinon où ? Il haussa de nouveau les épaules avec mesure. Puis il leva le menton pour inspecter la rue, pour voir si par hasard quelque chose se passait, laissant à Declan tout le loisir d'examiner son visage.

— Elle est superbe la table ancienne que vous avez là-bas, dit Declan.

— Vous ne me croirez pas, dit Finbar, mais elle vient d'un château en Ecosse.

— C'est du chêne, non ?

— Non, c'est la pluie. De l'acajou.

— A bientôt, monsieur Reilly, gardez la foi !

— Dieu vous protège ! "Va te faire foutre."

Avant de refermer la porte et de retourner à ses médailles, il sortit quatre des chaises en bois tourné de l'entrée qui l'emmerdaient et les balança en chandelle dans le jardin. Oui, qu'ils viennent donc les lui faucher, ces cons de chiffonniers ! Une seule des chiennes, Tina, était à lui. Cleo, elle, appartenait à John-John McNulty, et il ne les avait sorties ni l'une ni l'autre pour pisser. Ça faisait déjà une heure qu'il était debout et il n'avait même pas réussi à se faire la moindre tasse de thé pour se remplir l'estomac. Saloperie de whiskey ! L'ulcère n'attendait que ça pour se pointer et il n'y avait rien de tel que les soucis pour en choper un. John-John vous faucherait les deux guibolles, et sans hésiter encore, s'il lui venait à l'idée qu'on essayait de le doubler en quoi que ce soit.

Et puis merde pour les médailles ! Il les ramasserait s'il en avait envie, quand il se sentirait en forme. Il voulait oublier la soirée de la veille, ça ne l'intéressait pas, il ne voulait rien savoir ni entendre parler de cette connerie par son cerveau. Il se conduisait vraiment mal avec ces bêtes innocentes. Il allait les sortir, en passant devant chez John-John, et les emmener faire un grand tour. Celui qui a dit qu'en restant fidèle à la pinte on ne pouvait pas tourner mal, parlait bien.

Il mit les chiennes en laisse et partit avec elles. Un peu d'air frais ne faisait jamais rien à personne.

Ces O'Toole ils avaient un grain, tous autant qu'ils étaient. Et il était convaincu que Vera était accro à autre chose que le whiskey. Il y avait un oncle – comment il s'appelait, déjà ? – du côté de Glenora, tiens, le type à l'œil, du côté de la grand-mère – Lally. Il s'est noyé dans une barrique d'eau contre le pignon de la maison. Lally, c'était pas son vrai nom. Son père c'était Darcy, un violoneux qui s'était fait la malle en Californie. Ce n'est pas que Finbar ait été indifférent, faut être juste. Petit garçon, Finbar était en ville, un jour, avec sa mère, quand un grand type au nez rouge et aux moustaches en guidon de vélo était sorti de chez Mick le coiffeur. "Alors, il va bien notre jeune Finbar Wyvern ?" avait-il demandé, et il lui avait fait cadeau d'une pièce de six pence tout en lançant un clin d'œil bienveillant à sa mère. Après coup, Finbar avait suffisamment creusé la question pour en arriver à la conclusion que Finbar Wyvern sonnait plus juste que Finbar Reilly. Ainsi, par principe, il évitait autant que possible d'aborder les questions de filiation, ne serait-ce qu'avec lui-même.

Et la mère de Vera, parlons-en. Avec ses twinsets angora et ses lunettes au bout de leur chaînette fantaisie qui sautaient sur sa poitrine, une sacrée nom de nom de vraie paysanne, làdessous. Attila le Hun. Et la baraque que c'était ! Mais pas plus que deux de ses filles, notez. Eh ben, elle avait commencé comme bonniche à la *Navarone Guest House*, en avait fichu le camp – ou en avait été virée –, pour aller occuper la même situation à l'*Imperial Hotel* où le bienheureux Martin Joe O'Toole, conçu sans péché, militant des croisades, né à l'hospice, non buveur, non fumeur, non tuberculeux, exempt de toute danse de Saint-Guy ou autres indécences – à part une chose : son intérêt pour le bien spirituel des jeunes filles – l'avait fait grimper après le mât en moins de deux. Que la main droite reste dans l'ignorance de ce que fait la main gauche ! Et puis il y avait le… Attends une minute, attends. Tout ça prenait des allures de *déjà-vu* et récemment, par-dessus le marché.

Est-ce que, par hasard, il n'aurait pas lancé toutes ces accusations à la tête de Vera hier au soir ? Non. Comment ça ? Non. En fait, il espérait vraiment et sincèrement ne pas l'avoir fait parce qu'il était soulagé sans l'être de son départ. Il éprouvait un léger sentiment de vide. Elle avait un côté gentil, Vera. Il n'avait pas été obligé de mettre la main à la poche une seule fois, de toute façon ça n'aurait servi à rien qu'il le fasse, étant donné qu'il était encore fauché. Elle avait payé la boisson et tout, et en liquide encore, il avait économisé au moins quatre-vingts livres en trois jours grâce à elle. Pour une femme qui avait vu du pays et qui avait fait des passes en veux-tu en voilà, au dire de tous, mais il n'allait pas s'étendre là-dessus maintenant, elle avait franchement un côté agréable, on pouvait pas dire autrement, il y avait vraiment quelque chose d'enfantin chez elle. Ce n'était pas bien de l'avoir roulée question fric. Ces petits sursauts qu'elle avait en dormant provoquaient bizarrement de tendres émois chez lui. Il éprouvait à la fois pitié et angoisse pour eux deux en même temps qu'une certaine chaleur. En effet, il y avait eu un moment pendant lequel il s'était lamenté sur le sort de toute l'humanité. Il y a bien longtemps, il avait dû arriver quelque chose à la race humaine tout entière.

"Cleo – Tina !"

Voulant en terminer avec ce genre de réflexion, il leur parla durement et tira d'un coup sec sur les laisses. Avec le grand air de la campagne, les chiennes se montraient indisciplinées.

Eh ben, il était arrivé quelque chose à ce couillon de Finbar, se dit-il, assez parlé des trucs agréables, abandonnons ce sacré con à son petit esprit comptable. Ce que je veux savoir, c'est si, en admettant qu'il ait eu la chance de s'envoyer Vera, tout notable de la ville, qu'il soit curé ou homme d'Etat à la con, n'aurait pas fait pire ? Alors, vous voyez bien, c'était ça la morale de l'histoire.

Mais il savait qu'il laissait courir son imagination, là aussi l'air frais faisait son effet. La reconstitution des événements qui menaient aux heures manquantes était amorcée. Avec mélancolie et fascination, il assistait au spectacle de son cerveau occupé à résoudre le mystère des médailles éparpillées.

"Cleo, Tina ?" Il leur parla doucement tout en tirant légèrement sur les laisses pour ramener les chiennes à ses côtés.

Hier au soir, oui, à la maison, c'est ça, il devait être huit heures et demie, pile même, parce que le jour commençait à baisser, ils n'avaient pas encore allumé de bougie, sans parler de toutes les coucheries et beuveries de ces trois derniers jours, à se demander si la police, ou Tom O'Toole même, n'allait pas revenir avec un escadron monté sur BMW, compte tenu que les voisines avec leurs bigoudis sur la tête en train de nettoyer leurs carreaux s'étaient bien régalées, et que deux autres vioques, arrimées l'une à l'autre pour plus de sécurité, venaient de passer de l'autre côté de la rue et on voyait bien qu'elles allaient revenir sur leurs pas pour se rincer l'œil une fois de plus, au point que le réseau nerveux de Finbar était tellement embrouillé et en surcharge qu'il avait failli en attraper son balai pour les courser. Incroyable ce que Vera lui avait amené comme emmerdements ! Il allait falloir qu'il réfléchisse à tout ça.

"Il faut que je sorte faire quelques courses, avait-il dit à Vera. Tu as envie de manger des œufs au bacon ? En même temps je rapporterai des bouteilles."

Elle lui avait donné de nouveau de l'argent, quoique, sérieusement, il n'en ait pas parlé. Elle n'avait pas la tête à ce qu'elle faisait. Il avait eu l'impression tout du long qu'il y avait quelque chose qui la tracassait sans qu'elle n'en dise mot à personne, qu'elle était plus ou moins en train de mijoter un truc sans y arriver, et qu'elle avait peur de le perdre.

Ensuite, il se glissa dehors par-derrière, escalada la clôture, descendit sur la voie de chemin de fer qu'il traversa. Il savait où il allait. Une épaisse rosée se déposait avec le crépuscule et il la sentit traverser les crevasses de ses souliers en passant par le champ des Religieuses. Sauf erreur de sa part, il allait bientôt pleuvoir. Il se dirigeait vers l'Eglise, chez Lar Begley.

*Chez Lar* était un établissement qui ne consentait strictement aucun crédit. C'était un pub où on ne parlait strictement pas non plus. Il y avait bien un chuchotement par-ci par-là, mais c'était plutôt rare, accidentel, et personne ne s'avisait de commenter. Si on se parlait tout seul dans sa tête, ça ne regardait que soi. De même que si on voulait mettre son cerveau en roue libre, ou faire abstraction de soi momentanément et ne plus penser du tout, c'était possible tout en continuant peu ou prou à faire partie du genre humain et, pour cette raison, on ne se retrouvait pas dans le vide, comme on aurait pu l'être en restant chez soi, c'était le seul endroit au monde où, lorsqu'on avait un problème, on pouvait raisonner correctement.

Il était fréquenté par six ou sept types en tout et pour tout et encore, il n'y avait aucun risque de les y trouver tous en même temps. Certains de ces six ou sept avaient la réputation de ne pas pouvoir se blairer au-dehors, mais ils étaient à l'abri sous le toit de Lar. De toute façon, on n'avait pas le sourire facile chez Lar, parce que, quand on y pense le sourire c'est bête. Si un autre client se trouvait là quand on entrait, même si c'était son meilleur copain, on se contentait de lui faire un petit signe de la tête et on lui fichait la paix. Finbar espérait que jamais des amateurs ne mettraient la main dessus pour venir tout gâcher par naïveté et par ignorance. Il n'avait confié à personne qu'il avait surnommé secrètement le pub "l'Eglise". Il s'y rendait à peu près une fois tous les quinze jours. Il aurait été paumé sans ça. Il ne suffisait que d'un peu d'argent. Après, tout devenait simple.

Lar était sourd et bien qu'on ait su avec certitude qu'il était capable de parler, il ne disait mot à quiconque. Pour des raisons qui lui étaient personnelles, il refusait de porter un appareil. Peut-être était-il véritablement sourd comme un pot et que ça ne lui aurait servi à rien ou peut-être encore avait-il le sentiment que, puisqu'il observait le vœu de silence, ça lui donnait le droit de ne plus entendre aucune connerie. Personne ne savait ce qui se passait dans sa tête, en admettant qu'il s'y passât quelque chose.

En pensant à Lar, Finbar se souvint qu'autrefois il imaginait Dieu sous la forme d'un sous-marin parcourant au ralenti, et pour l'éternité, les profondeurs silencieuses à mille lieues sous les mers et qui, de temps à autre, clignait des yeux, ce qui voulait dire que quelque chose avait réagi à l'intérieur en réponse à une des prières de Finbar.

"Il vaut mieux que des paroles", avait dit le vieux Stephen à propos de Lar, un soir, en sortant la pipe de sa bouche, perdu dans ses rêveries.

Mais toutes les suppositions que l'on avait pu faire concernant la nature de Lar avaient cessé depuis belle lurette. Il suffisait aux sept qui venaient boire leur coup chez lui de croire qu'il était intelligent. Sans doute même l'aimaient-ils, du moins c'est ainsi que Finbar l'interprétait, parce qu'il y avait quelque part ancrée au plus profond la crainte qu'un beau soir, par étourderie, l'un d'entre eux l'offenserait et qu'il en serait puni. Drôle d'appréhension en vérité, car Lar n'aimait pas plus qu'il ne détestait aucun de ses clients et on ne pouvait jamais dire s'il était gai ou triste. Il vivait dans un monde à part.

De la lumière, un simple lumignon, brillait chez Lar et Finbar entra. Il n'y avait pas un chat. Lar, comme à son habitude, était tourné face à la rue, la hanche gauche appuyée contre le comptoir, pesant sur celui-ci de toutes les phalanges de sa main gauche pour supporter le haut de son corps. En dessous, dans l'espace libre du comptoir, il avait le pied droit croché autour de sa cheville gauche. En raison de sa très grande corpulence, il devait rentrer la tête dans les épaules ce qui l'obligeait à lever les yeux, et lui donnait sans le vouloir un air parfaitement sinistre. C'était ainsi qu'il se tenait, à moins qu'il ne fût en train de servir un client. Mais si jamais on le voyait pointé dans la direction inverse, c'est-à-dire planté sur ses deux jambes, sans l'appui du comptoir, le regard tourné vers le rideau de perles que sa mère avait autrefois suspendu en travers de l'ouverture d'accès aux appartements privés, on savait qu'il songeait à se retirer dans ses quartiers de nuit et que ça ne laissait que dix minutes de répit. Même un gamin l'aurait compris.

Finbar se présenta dans la ligne de mire de Lar, montra son argent et attendit le battement de paupière avant de le poser sur le comptoir. Si rien ne se produisait, il ne restait plus qu'à s'en aller. C'était sans appel. Il refusait de servir aux dames de même qu'à n'importe lequel des Donnellan qui n'étaient somme toute que des canailles, et qui venaient de temps à autre se mesurer à Lar au concours de silence. Il ne manquait jamais d'adresser un battement de paupières à Finbar qui pensait à part lui que rien ne lui était acquis pour autant.

Lar cligna de l'œil et reprit vie. Finbar déposa son argent, et des deux mains placées à l'horizontale indiqua du geste une hauteur de sept pouces ce qui correspondait à une pinte de Guinness, pointa du doigt vers la bouteille de Paddy, écarta le pouce et l'index de trois huitièmes de pouce pour un tout petit whiskey par là-dessus, histoire de s'occuper le temps que la mousse retombe. Lar n'était pas d'une propreté absolue, mais l'alcool désinfecte.

Ainsi était-il assez content de ce qu'il avait compris de Vera jusqu'à présent, fallait-il qu'il pousse plus loin ses investigations, jusqu'au bout même, avait-il le cœur à ça ou bien, laissé à lui-même, quelles allaient être ses perspectives ? Il était allé de l'autre côté du poêle ventru pour regagner son coin habituel, dans le renfoncement d'une porte condamnée. Lar était de nouveau tourné vers la rue, phalanges et hanche pesant sur le comptoir. Allumé seulement depuis peu, le poêle ventru laissait filtrer à travers ses joints des bouffées de fumée qui se faisaient plus rares au fur et à mesure qu'il chauffait. Finbar lui adressa un signe de la tête pour lui signifier à quel point l'ambiance devenait propice à une réflexion claire.

A la veille d'un lundi, sa vie était semblable à celles de tant d'autres, avec, sur le plan financier, des hauts toujours équilibrés par des bas en fin de compte. Ses arrangements sexuels avec Florrie Delaney, il le reconnaissait, étaient assez primitifs mais, n'oublions pas qu'il était somme toute quelqu'un de tout à fait simple. Cœur timoré n'a jamais séduit belle dame, comme on dit, mais qu'est-ce qui se passerait si, au cours de la conquête, vous tombiez dans les pommes au point de vous retrouver sur un brancard ?

Depuis lundi soir, quand avait débarqué Vera, toute une palette d'émotions l'avait conduit à se poser des questions sur sa propre identité. Les changements d'humeur extrêmes qu'il avait vécus étaient à peine croyables et la perspective de les voir se poursuivre n'était-elle pas insupportable ? Il n'avait eu qu'à se louer de l'alcool et de l'amour tout le temps que ça avait duré, et aussi de l'argent, mais la gueule de bois qui s'en était suivie le remplissait d'une crainte, d'un remords et d'une anxiété incompréhensibles, sans parler de sa trouille de voir les autorités prendre une revanche soudaine. Pour retrouver quelque chose de comparable, il lui suffisait de penser à l'époque des frères chrétiens et à Letterfrack dont le cimetière renfermait cent enfants, mais Finbar n'était pas enclin à s'y appesantir. Il allait donc montrer la porte à Vera, c'était bien ce qu'il était en train de dire, non ? Si, exactement.

Tout d'un coup ce fut comme si un poids lui était retiré de sur la conscience. La peinture brun-ocre parut resplendir et il remarqua que les dalles avaient été balayées.

La porte vibra et il tendit le cou pour voir qui entrait de l'autre côté du tuyau de poêle. Dixie Shaughnessy débarquait et, sans réfléchir, Finbar lui lança un clin d'œil en guise de "salut !". Le regard de son copain le traversa sans le voir. Finbar assista à la cérémonie de l'argent entre Dixie et Lar et Dixie fit un petit geste vers le bas pour indiquer une mesure imaginaire de quatre pouces à poser devant lui comme d'ordinaire. Puis quand il le vit rejoindre son coin avec sa pinte de bière blonde, Finbar se leva pour aller chercher une tournée supplémentaire avant que Lar ne reprenne la pose. On éprouvait certains scrupules à le surmener et on évitait de le mettre en branle inutilement. Finbar se sentit en sécurité pour la première fois depuis trois jours et, pour fêter ça, il s'offrit un double Paddy avec sa bière.

Il est vrai que, si on oubliait un instant l'argent qu'il se faisait sur le dos de Vera O'Toole, il était fauché. Il est vrai qu'on ne pouvait pas dire que l'année, jusqu'ici, s'était révélée transcendante mais, minute papillon, ça ne signifiait pas qu'il remettait en question la décision prise un peu plus tôt au sujet de cette femme. Jusqu'à présent, l'année n'avait pas été totalement exempte de succès. Les chaises en bois tourné, par exemple. Il avait branché John-John McNulty sur une paire de miroirs dont il avait eu vent, à un endroit auquel personne n'aurait pensé, et en pourboire il avait reçu ces cent soixante-dix chaises. Il avait repéré un type à l'arrière du champ de courses, une heure avant le départ des lévriers, en train de refiler un Mars à Stella Maris, la favorite, il avait parié sa chemise sur Atout Cœur, le deuxième favori, le numéro 4 et il avait gagné. Il avait soutenu le numéro 4 dans les quatre courses suivantes et il était sorti deux fois, ce qui lui avait laissé deux cent quarante-quatre livres de mieux pour la soirée. Il en avait investi cent en médailles, le lendemain matin, dans un pub de Cabra.

Le coup des petits pâtés au jambon avait donné moyennement, mais c'était parce qu'il n'avait pas eu assez de liquidités à l'époque pour financer des fournées suffisantes pour que ça vaille la peine. S'il lâchait l'urne en fonte qui, d'après lui, était authentique, tiens, à ce type qui faisait semblant de s'intéresser à la cheminée, il te ratisserait un sacré paquet de petits pâtés pour le grand match de samedi en huit. Il disposait d'un exemplaire de l'almanach qui donnait toutes les dates de courses, de congés, de fêtes des saints, de foires, de *fleadhs*\*, de matchs de foot. Il y avait une foule de coups à trouver et à mettre sur pied, et tout ça sans compter ses meubles. Chapeaux, T-shirts, pêche miraculeuse, foulards, cocardes, programmes officiels pour tous événements, son appareil photo pour le bord de la mer, du lino pour les ploucs du fin fond de la campagne, des manches à balai pour les pèlerins de Croagh Patrick\*\*, des *bodhrans*\*\*\*, des gourdins d'épine noire fabriqués à Taiwan pour les Amerloques, sans compter ses petits pâtés au jambon et ses médailles.

\* Rencontres de musique traditionnelle. *(N.d.T.)*
\*\* Montagne sainte, située dans l'ouest de l'Irlande et gravie traditionnellement à genoux par les pèlerins, en particulier à l'occasion de la fête de saint Patrick. *(N.d.T.)*
\*\*\* Instrument de musique celtique traditionnelle. *(N.d.T.)*

Et s'il n'avait rien fait pour qu'on lui rebranche l'électricité, c'était parce qu'on racontait qu'une élection générale anticipée allait avoir lieu et que si ça s'avérait le cas, Mephisto O'Flynn amnistierait n'importe qui pour n'importe quoi et à fond la caisse. Il arrivait toujours quelque chose ! O Mephisto O'Flynn, comme tu fais bien les choses !

Intérieurement, ses projets lui donnaient envie de chanter. Et à présent, il se rendait compte que cette aventure de trois jours avait eu pour effet salutaire de le secouer, de lui redonner l'appétit des problèmes familiers, le goût de les résoudre et de gagner de l'argent avec, et que c'était bon d'être de nouveau les deux pieds sur le plancher des vaches.

La porte s'ébranla. C'était Dixie qui s'en allait. Jeudi soir, il n'en avait bu qu'une seule, bon.

Finbar s'aperçut que tout ce qu'il buvait maintenant avec ce qu'il s'était envoyé la veille au soir, plus les quelques verres qu'il avait descendus aujourd'hui pour se remettre de la visite des flics, enclenchait un processus de fermentation qui le rendait prématurément soûl, de sorte que, pour ne pas risquer d'oublier ensuite, il allait commander une bouteille de Paddy et un pack de six bières à ramener à la maison, à la tournée suivante.

Il jeta un coup d'œil pour vérifier du côté de Lar. Ce dernier mâchonnait quelque chose. Quelquefois, vrai, on le voyait se remplir la bouche d'une poignée d'on ne sait trop quoi. Du maïs, pensait Finbar, parce que, chez lui, il en avait un paquet à côté de son lit. Il gardait un certain nombre de choses à sa portée sur une étagère, sous le comptoir, qu'il pouvait atteindre de la main droite sans bouger d'un pouce. Il y avait là trois ou quatre chopes, toutes marron à l'intérieur. Cependant l'une d'elles était décorée d'un rouge-gorge et si jamais il la posait sur le comptoir, qu'il l'utilise pour boire ou non, il ne fallait pas l'approcher tant qu'il ne l'avait pas fait disparaître. Mais c'était possible quand il mâchouillait des trucs et Finbar obtint donc sa nouvelle tournée ainsi que ses emplettes. Une aiguillée verticale de douze pouces pour la bouteille de Paddy, les mâchoires grandes ouvertes d'une paire de pinces pointées vers le bas pour le pack de six bières.

Il repensa à son effondrement mental précédent et sa joie présente n'en fut que plus intense. Il fit même enregistrer une autre commande. Quel mal à ça, n'avait-il pas le pub pour lui tout seul ? Il était maintenant d'humeur à s'auto-congratuler, en pleine conversation avec lui-même.

Attendez que je vous raconte quèque chose. Et vous allez voir ce que vous allez voir.

Finbar, en cherchant un marteau sous l'évier, avait trouvé une médaille. Elle devait être là depuis l'époque de sa mère. Il n'avait pas vérifié ce qu'elle représentait, mais il pensait qu'il s'agissait de la Sainte Vierge. Du fait qu'il n'avait pas prévu de faire un essai le jour même, il n'avait peut-être pas respecté exactement la méthode de l'an dernier, ce qu'il avait eu l'intention de faire au départ. Mais de toute façon, puisqu'il avait trouvé la médaille, et que c'était la seule de son acabit à sa connaissance, il s'était dit qu'il fallait tenter le coup. Attendez voir. Il avait élargi le trou pour la chaîne, avait passé un petit coup de toile émeri côté face, un bon coup au revers, tout autour et sur les bords. L'année dernière, il ne s'était pas servi de toile émeri, il avait laissé agir le vinaigre, mais il n'en avait plus.

*Dominus vobiscum !* Il avait trempé la médaille dans le fondant, pour accélérer le processus, tiens. Où qu'elle est passée ma graisse, s'était-il dit. Un petit coup de cambouis du pignon de la bécane du côté face de la médaille. *Et cum spiritu tuo !* Bon, maintenant, que j'te baptise la médaille à la soudure fondue, que j'te l'y trempe, une, deux, trois fois ! Je me rendrai à l'autel de Dieu, du Dieu qui comble de joie ma jeunesse ! Regarde-le qui laisse flotter la médaille sur les eaux argentées de Babylone ! Il essaie de trouver une forme, quelque chose qui ressemble à une larme, à une goutte.

Et c'est là que ça commence à devenir intéressant.

Kyrie, kyrie ! il tortille la ficelle, il assiste à la transformation, kyrie ! Il était une fois un vilain petit canard, quand... Eh ben quoi ? qu'est-ce que c'est que ça ? Y a quelque chose qui ne tourne pas rond. Voilà que la soudure ne se retire pas du visage passé au cambouis et en partie nettoyé, comme c'était censé le faire, comme l'année dernière. Nom de Dieu ! La forme en goutte, oui, mais où elle est passée la figure de la Vierge Marie qui vous fixe du regard comme du fond d'une grotte d'argent. La médaille disparaît sous le rocher, engloutie, évanouie. Incapable de dire maintenant de quel côté se trouve le visage, on jurerait un petit fruit, et il la sort du bain. *Ora pro nobis*, il la triture pour en extraire la ficelle et, comme l'année dernière, il y a une ravissante fossette arrondie en douceur autour du trou pour la chaîne, rien à voir avec celui, minable, tout ébarbé de l'original, mais bon, à qui et à quoi pourra bien servir cette petite poire d'argent ? *Dies irae !*

Mais si, attendez !

Il s'apprête à regarder s'il n'y en a pas une autre, on ne sait jamais, sous l'évier, mais il y a quelque chose qui se passe. Qu'est-ce que c'est que ça ? qu'il dit. Voilà deux petites taches noires qui apparaissent dans le rocher, qui semblent remonter du milieu jusqu'à la surface ! Elles poussent à l'intérieur du rocher, dans le noir, pour remonter à la surface. On aurait dit un cliché radiographique qui, exposé à la lumière, se révèle lentement.

Là ! Qu'est-ce que ça peut bien être ? qu'il murmure. Des impuretés ? Ce serait pas un crâne des fois ? L'esprit de la mort, la *banshee* est de sortie ce soir, t'as plus qu'à tomber à genoux et à faire tes prières, mon gars ! Le dessin d'une bouche se forme, les points deviennent des orbites, au-dessus desquelles ombre et lumière créent de solides arcades sourcilières, des paupières, un menton, des pommettes en saillie et de profonds sillons qui s'incurvent le long des joues à partir d'un gros nez.

Attends, chuchote-t-il, oh, ce n'est pas sans avoir les chocottes qu'il voit ce qu'il voit parce qu'il n'y a pas plus de visage de la Vierge que de beurre en broche mais, aussi vrai que le Christ sur le suaire de Turin, voilà que c'est le pape qui apparaît ! Qu'est-ce que t'as donc fabriqué ? Mais qu'est-ce que j'ai fabriqué ? Ben, j'ai plus rien d'autre à faire que de rigoler et de me demander si ça serait pas encore un signe parce que, il y a pas une minute, je me suis rappelé que je l'avais vu en rêve la nuit d'avant, c't homme-là, recevoir un coup de feu.

Non, écoutez, ça va pas de vous marrer là-dedans, et peut-être qu'il est presque temps de plier bagage et de se casser. Vous allez me dire que j'suis soûl et je vous répondrai que oui. Vous allez me dire que les rêves vous ont déjà joué des tours et je répondrai qu'ils n'ont pas été les seuls. Vous allez me dire qu'il faut pas prendre ses signes pour des réalités, mais moi je vous jure qu'il faudrait autre chose de plus gros et de plus dissuasif pour ébranler la certitude de l'homme aux médailles de tirer dix mille livres de ses médailles pour cette seule année, que celui qu'il reçoit en ce moment.

"Oh Jésus Marie !" se dit Finbar retrouvant une certaine sobriété. A ce moment-là, il était sur le terrain de football où les chiennes ne couraient plus aucun danger puisqu'il n'y avait pas de barbelés, alors il les avait lâchées. Il suspendit un instant ses remémorations de la nuit précédente pour émettre un bref commentaire. Se souvenir de tout ça lui creusait les traits et lui donnait l'air intelligent.

"Non qu'est-ce que je me raconte comme conneries quand je bois ! Et qu'est-ce que c'est que toutes ces idioties à propos du pape ? Ce pauvre homme peut bien mourir en paix dans son lit, pour ce que j'en ai à faire."

Comment cent livres de médailles avaient-elles réussi à se répandre à travers toute la pièce, il aurait bien aimé le savoir. Il s'était simplement contenté de dire à Vera qu'il était temps qu'elle lui lâche les baskets et qu'elle se tire, ça oui, il lui avait montré la porte, mais c'était tout, non ? Là il avait l'impression de ne pas être tout à fait honnête parce qu'il commençait à se rappeler le moment où il l'avait frappée et il avait du mal à l'admettre.

Il siffla les chiennes et leur fut reconnaissant d'obéir sur-le-champ car il avait besoin d'elles. Il s'accroupit sur ses talons pour attirer à lui Cleo et Tina et enfouir son visage – que le remords rendait beau – dans leur fourrure. Elles lui léchèrent les oreilles, les mains et la tête et leur tendresse l'émut. "Je suis désolé, je suis désolé", leur dit-il. Il retourna chez Lar prendre son carton de six bières et sa bouteille de Paddy.

Les poils se hérissèrent dans le cou de Finbar, fin soûl. Avant même de réaliser dans quel état était Lar, il avait décelé un changement dans l'atmosphère des lieux. Il aurait été frappé d'une pierre qu'il n'en aurait pas été plus surpris, on l'aurait enfermé dans une église vide, de nuit, et ligoté après un pilier avec une forêt de statues qui se seraient avancées vers lui les mains tendues et couvertes de sang qu'il n'en aurait pas éprouvé plus de terreur. Maintenant, il comprenait pourquoi les romanichels ne venaient jamais dans le coin.

Lar se tenait debout, derrière le comptoir, la tête basse, face au rideau de perles de couleur, en train de pleurer.

Finbar se sentit pâlir, sentit ses yeux s'écarquiller. "Oh, mon Dieu !" dit-il.

Et bien qu'il ressentît une intense chaleur et entendît quelque chose grésiller en même temps qu'une odeur de cheveux roussis lui parvenait aux narines, il resta cloué au sol.

"J'suis désolé, Lar, j'suis désolé", répétait-il sans arrêt, d'une voix qui lui paraissait différente de la sienne.

Lar restait là, sans mot dire, tête baissée, devant le rideau, et de grosses larmes se succédaient l'une après l'autre le long de ses joues. Depuis combien de temps avait-il inversé sa posture pour signaler qu'il était prêt à aller se coucher, on ne le saurait jamais, mais même si Finbar avait dépassé les dix minutes autorisées pour boire, ne serait-ce que de cinq minutes, il savait que pour lui, c'était terminé. Puis il se rendit compte que, dans l'horreur des premiers instants de cet épisode, il avait reculé et que l'intense chaleur derrière lui c'était celle de son manteau qui grillait au contact du poêle.

Il ne s'arrêta que le temps de vomir, puis de nouveau quand il fut arrivé à moitié du champ des Religieuses. Qu'il eût oublié de rapporter de quoi préparer le repas était le moindre de ses soucis, quant à la pluie diluvienne qui tombait, merde à elle aussi. Il n'était qu'un pauvre type mort de trouille, méprisé, rejeté et il partit s'asseoir sur une pierre sous un arbre pour ouvrir sa bouteille de Paddy.

Il pensa à sa mère, que Dieu ait son âme, et comme elle aurait compati à ses malheurs. Son visage enlunetté flotta devant lui mais il disparut en un clin d'œil. D'autres disques blancs, semblables à des papillons de nuit, les visages de gens en ville, s'entrecroisèrent avant de s'envoler dans les branches. C'étaient ceux qui le considéraient comme un trublion. Restez, dit-il à leurs visages, pour leur expliquer qu'il ne présentait de danger que pour lui-même, que la raison pour laquelle il les envoyait se faire voir, c'était parce qu'il avait peur du plus petit d'entre eux, si seulement ils avaient su à quel point il avait un cœur d'or et du plus pur.

C'était un drôle d'endroit pour s'asseoir, ça oui. Il se demanda s'il n'y avait pas des pigeons, là-haut, dans l'arbre. Il se mit à penser à un beau blanc de poulet froid, à Florrie Delaney, à John-John, il tenta de se représenter les mains de son père, il pensa à la prison, à sa vie, à l'un de ses pâtés au jambon. Les rêves confiants de tout à l'heure auraient aussi bien fait de ne pas se produire. Il n'avait rien, il n'était qu'un moins que rien. Au moins, les oiseaux, s'il y en avait là-haut, profitaient de la compagnie des uns des autres.

Il n'y aurait pas d'élection générale.

L'heure de vérité sonnait, et les projets, c'était qu'il n'en avait aucun. Les pâtés au jambon, par exemple, le boulot que ça demandait, je veux dire de ces saloperies par centaines, vous les coupiez en même temps que vos pattes, tout un bordel pas possible à préparer, et puis fallait trouver le moyen de les empêcher de rassir, ces saletés, de les tremper dans l'eau, de les repasser au four pour leur redonner un coup de neuf, quelquefois avec les trois vieilles cuisinières du jardin qui fonctionnaient pratiquement en même temps dans la cuisine, à vous en brûler méchamment les jointures, des coups à faire disjoncter ces cochonneries de plombs, à payer un petit jeune à rien faire, à garder l'œil sur les flics et les inspecteurs, à vous sentir l'obligé de John-John parce qu'il vous prêtait sa camionnette. Alors quoi ? Merde !

En plus John-John l'avait roulé avec les miroirs. Ceux-là, ils valaient au moins mille livres pièce. Alors que les chaises en bois tourné, elles valaient pas un clou, même pas question d'en faire du petit bois. Et il s'était esquinté la jambe en passant au travers de l'une d'elles. Si seulement il avait gardé les miroirs pour lui. Mais en admettant qu'il ait eu l'argent, il n'en aurait pas eu le courage. John-John s'en sortait toujours quoi qu'il fasse. Finbar n'avait pas cette veine.

Et peut-être que cette année, ils laisseraient personne d'autre approcher de Knock, et pas plus loin que Castlebar, dans le cas de Croagh Patrick. C'était pire d'année en année. Les curés gardaient tout pour eux et envoyaient le fric chez eux pour qu'on transforme les petits frères et sœurs en prêtres et en religieuses. Ça les arrangeait bien de prétendre que saint Joseph, un vulgaire charpentier, n'était pas du tout le père du Christ. Ils s'en foutaient pas mal des travailleurs. Les médailles ? Il avait autant de crayons, de lames de rasoir, de grosses babioles de toutes sortes là-haut, dont personne ne voulait, et là-haut aussi, c'est là que les médailles iraient finir. Il était foutu. A moins de trouver comment les utiliser autrement.

C'étaient là ses seules vraies perspectives d'avenir et le seul sujet qui mérite réflexion, ce n'était pas la vie mais la réincarnation. Il sentit les larmes lui monter aux yeux. Ce n'était pas la première fois qu'il pensait à la réincarnation. S'il avait eu son mot à dire dans l'affaire, il aurait demandé à revenir sous la forme d'un chien. Il n'y avait rien de plus beau au monde que le spectacle d'un lévrier. Ils avaient beau s'esquinter à courir après une connerie de peau de lapin, ils le faisaient avec tant de détermination que c'en était superbe, splendide, pur, héroïque. La seule chose qui lui faisait venir la larme à l'œil.

On était au sec sous le châtaignier, les branches descendaient en forme de dais presque jusqu'au sol. Mais il avait essuyé une saucée par là-bas et il s'inquiétait de ne pas frissonner. Il n'éprouvait pas la moindre sensation de froid, pourtant il y avait de grandes chances pour que ce ne soit qu'une fausse impression, une chaleur superficielle provoquée par l'alcool.

Cependant il commençait à se demander ce que c'était après tout, la chaleur ? Il se mit à penser aux seins de Vera O'Toole qui retombaient de chaque côté d'elle dans le lit. Elle était mastoc. Il n'avait jamais vu ça. Comment peut-on décrire des seins ? Et ses hanches, on aurait pu bâtir une maison dessus. Puis en un éclair, il sut ce qu'il allait faire. Ça y était. Il se releva lentement sans s'en apercevoir, sans effort apparent. Il eut envie de se précipiter mais il se retint et revissa calmement le bouchon sur la bouteille. T'es sûr que t'es pas soûl ? Affirmatif.

Voyez comme il va sans crainte !

La pluie tombait toujours aussi dru que tout à l'heure mais ça le faisait rire. Elle lui dégoulinait dans le cou et il l'entendait faire des flocs dans ses godasses. Pour un type qui s'imagine être large comme une porte à deux vantaux, c'que tu peux être ralenti des fois à pas voir c'qui crève les yeux, se gourmanda-t-il. En manquant de trébucher, il faillit presque se mettre à courir. Il ne se voyait pas propriétaire de l'*Imperial*, debout sur le pas de la porte à contempler la place. Le frère, la Mary Jane ou la femme du Grec allaient le reprendre, mais il y aurait des arrangements, comme d'habitude, et Vera ne resterait pas les mains vides après le partage.

Regardez-le, le marié qui, par monts et par vaux se hâte à travers la nuit vers sa demeure, vers sa future épouse !

Il dérapa en descendant vers la voie de chemin de fer mais il n'y avait rien de perdu, il se releva et traversa les rails. Il tomba de nouveau en escaladant l'autre talus et le pack s'ouvrit. Il récupéra les bouteilles, s'en bourra les poches et la ceinture et se hâta. En rentrant, il foutrait les chaises en bois tourné en l'air, en débarrasserait le vestibule et les escaliers. Qu'ils viennent les chercher, les romanos ! Maintenant, il jouait pour de bon. Il y avait un grand lit là-haut, ils ne dormiraient pas dedans ce soir parce qu'il fallait l'aérer mais ils feraient aussi bien de s'y mettre tout de suite.

Comment est-ce qu'il allait lui présenter la chose ? Grosse question.

Elle ne l'intimidait plus autant que le premier soir, mais il subodorait que, question sexe, il n'était pas encore tout à fait à la hauteur, avec tous leurs vous-voyez-de-quoi-je-parle qu'ils avaient à New York. Elle lui avait bien semblé s'embêter ferme une ou deux fois, pendant l'action. Quand même, il ne faisait rien d'excentrique. Il n'avait pas de bague mais, attendez, si ! Il en avait une ! Il la couvrirait d'or, de myrrhe et d'encens. Et elle, ça la gênait peut-être, tiens, de se déshabiller !

Il déposerait ses cadeaux à ses pieds. Ils boiraient quelques verres pour commencer. Elle aurait les paupières lourdes et les pans de sa robe de chambre entrouverts. Et il déposerait les cinq coffrets à ses pieds.

Enlève ta robe, ma fille, étends-toi sur la couche et par moi tu seras de nouveau unifiée, je te laverai dans l'hysope !

Elle repose nue sur l'autel désormais, ses yeux sont clos. Elle ne respire pas.

Il ouvre les coffrets et en tire des poignées d'or, d'encens et de myrrhe et entreprend d'en recouvrir le corps nu. Kyrie, kyrie ! Lentement, il la revêt des disques argentés de l'or, de l'encens et de la myrrhe, de la tête aux pieds, un disque à la fois, ouais, une couche après l'autre ! En vérité, je te le dis, ouais, même Salomon n'a jamais été vêtu comme ça !

Il épargne la bouche, ouais, seules les lèvres sont visibles, et voilà que devenu prince, prêtre, amant, il s'incline au-dessus du corps argenté de sa belle pour toucher ses lèvres d'un baiser qui la réveillera, chu-ut ! Et, vois comme il souffle sur la sirène pour lui donner forme humaine, chu-u-ut !

Les premières à bouger sont les médailles qui entourent ses yeux. Sous l'action des paupières, elles glissent de son visage. La jeune fille n'était pas morte, mais endormie ! Alors elle le voit, il a le front soucieux.

Lève-toi, fille de Jérusalem, ta foi t'a guérie !

Regarde-la, tandis que le jour se lève, perdre sa mante d'écailles argentées, vois ce rayonnement qui l'entoure, des chœurs d'anges et de saints s'écartent loin d'elle, éblouis par son éclat !

Ses bras se tendent vers lui, se tendent vers leur créateur.

Pourtant, las, il fronce les sourcils. O toi, de peu de vertu, gronde-t-il, ô toi de peu de foi, gémit-il, devant tant et tant d'œuvres et de pompes, s'écrie-t-il !

Maintenant elle le comprend et, nue comme le matin qui se lève, elle incline la tête, humble et soumise, et joint les pieds.

Alléluia !

Il s'apprête à l'orner de son chef-d'œuvre. Et maintenant, il fixe la goutte d'argent autour de son cou. Suspendu entre ses gros seins, il l'effleure de ses lèvres, chu-u-ut, tandis qu'il se met à genoux pour lui baiser les pieds. Vois comme il s'agenouille, la tête inclinée, vois comme ses mains s'élèvent en hommage, en adoration, et s'insinuent du bout des doigts le long de ses flancs. Il pèse avec douceur sur les hanches bénies. Elle s'agenouille près de lui, face à lui.

Ma fille, beaucoup de vilains messieurs, on le dit, t'ont dévêtue et ont profané ta nudité, mais par ce saint sacrement, je t'ai rendu ta pureté, et à partir de maintenant, toi, ma vierge, tu seras mienne.

"Ah non !"

Il rentrait avec les chiennes. Le pas vif, les épaules redressées, énergiquement il sifflait le même air sans discontinuer. Il s'en serait volontiers passé si une crispation n'avait enserré son front d'un anneau d'acier qui ne se relâchait que lorsqu'il reprenait son sifflotement. Il était de retour au Quartier neuf.

Ce n'était pas exactement tout à fait ce qui s'était passé la veille. "Ah non !" avait-elle dit. Il avait sorti les boîtes de médailles pour les lui montrer, gardant la goutte avec l'empreinte du visage papal en attente dans sa poche. Il lui avait suggéré de faire un strip-poker, et ils s'étaient mis en devoir de terminer le whiskey.

Il n'avait cessé de faire allusion à ce à quoi il voulait en venir, qu'ils se marient. Il la voyait remplir son verre, et ensuite il oubliait. Il revenait à ses allusions. Tu comprends ce que je suis en train de te dire, oui ? Et elle hochait la tête. Mais enfin, comprends-tu, comprends-tu ce que je te dis ? Et elle hochait la tête. Alors il lui avait offert la goutte. Qu'elle te tienne lieu de gage, pour l'instant, faute de bague, lui avait-il dit.

"Ah non !"

Alors il avait perdu la tête. Il l'avait frappée. Et parce qu'il l'avait frappée une première fois, il la frappa une deuxième. Elle était tombée à la renverse, s'était relevée, avec du sang sur la bouche. Il l'avait injuriée au nom de toutes les putes ayant jamais existé.

"Je suis mariée !" avait-elle dit. Elle mentait. Elle pleurait, elle avait peur de lui.

Il lui avait ordonné de foutre le camp, l'avait traitée de tous les noms, tout en lui bloquant le passage, la menaçant de ses putains de médailles. Elle avait essayé de s'habiller tout en le surveillant, et il avait de nouveau foncé sur elle, mais elle n'avait pas su où se réfugier à moins de grimper sur le lit. Alors il l'avait vu jeter un coup d'œil sur la table pour s'emparer d'une des bouteilles qui étaient dessus et il s'était dirigé vers la table, l'avait débarrassée, mais c'était ce qu'elle cherchait parce qu'au même instant il avait vu les pincettes ou un pied de chaise lui atterrir sur le crâne.

Et maintenant, il regrette. Qu'a-t-il d'autre à dire ? Vera c'était terminé pour lui et définitivement, Lar, c'était terminé et définitivement. L'Homme avait une fois de plus perdu la tête et il le payait. *Crimes et Châtiments* de Ton Homme.

Il sifflait toujours avec vigueur le même air sans mélodie quand il prit la rue du Bienheureux-Oliver-Plunkett, la rue dans laquelle il habitait et "Ben merde alors !" il y avait quelqu'un d'autre qui s'éloignait de chez lui. Trop tard pour s'esquiver. Le Grec aussi l'avait vu.

Le Grec avait l'air de sortir d'un tableau. Il portait un costume d'une autre époque, qui avait sans doute appartenu à son grand-père car il dépassait son père de trois ou quatre bons pouces. Une sorte de redingote noire, qui tournait au vert et de gilet qui ressemblait au papier peint défraîchi d'un restaurant. On savait qu'il s'habillait ainsi lorsqu'il partait en chasse. Il portait un chapeau noir et une canne dans l'autre main, avec un pommeau d'argent.

— Comment vas-tu Finbar !

— Pas mal du tout, Henry, et toi ?

— J'ai entendu dire que tu faisais chambre commune avec des gueuses.

— Comment ça ? Ah… ça !

— Rentre tes chiennes et allons boire quelque chose tous les trois.

— Elle est partie, dit Finbar. Tu ne seras pas le premier à l'avoir demandée, aujourd'hui.

Le Grec fronça les sourcils, la tête penchée, tout en dévisageant Finbar.

— Es-tu en train de me raconter que tu as perdu ta pensionnaire ?

— Je te jure ! Elle a filé de bonne heure ce matin.

Le Grec le regarda fixement de nouveau, réfléchissant à ce que Finbar venait de dire. Puis se décida :

— Allons, toi et moi, boire un verre ensemble. On commencera par en prendre quelques-uns chez Dolly Doran. Hâte-toi avec tes bêtes, tout retard porte préjudice aux droits.

— Peu importe, dit Finbar, bien que boire fût la dernière chose dont il eût envie. Difficile de dire au Grec qu'il était déjà à moitié empoisonné par l'alcool et que seulement quelques instants plus tôt, il avait songé à y renoncer une fois pour toutes, car cela aurait été la plus sûre indication pour le Grec que Finbar avait sauté la belle-sœur. Il fit passer les chiennes à travers un dédale de marchandises dans le jardin et pénétra dans la maison.

Le Grec attendait, adossé à la grille, tout en observant les maisons grises de l'autre côté de la rue. Vera n'était sûrement pas repartie, c'était absurde. Il n'y avait pas vingt minutes qu'il avait vu sa voiture désormais célèbre, garée à Elm Park. La justice vient en aide à celui qui garde l'œil ouvert.

# X

## A L'HÔTEL DE LA GUEULE DE BOIS

Où était-elle, ah mais où était-elle donc ? Dans quelle mare, dans quel lac, ou bien était-ce la mer ?

Elle était remontée happer d'urgence une autre bouffée d'air à la surface qui avait crevé et résonnait encore autour de sa tête d'un fracas de verre qui se brise sur de l'acier. Elle était très loin, au large, car les voix lui arrivaient étouffées et le bruit des canots à moteur qui progressaient par petits bonds était comme amorti à travers le brouillard. Cherchaient-ils quelqu'un, peut-être la cherchaient-ils ? Elle avait songé à se tuer, et après ça on dirait encore qu'elle avait du mal à prendre des décisions, pourtant elle avait changé d'avis.

Mais où était-elle donc ?

Vera savait très bien où elle était. Elle était assise dans le hall envahi d'obscurité de l'hôtel, son sac à main sur les genoux. Sa tête dodelinait, mais on ne pouvait pas vraiment dire qu'elle dormait. En proie à une sacrée gueule de bois. Elle devait faire attention où poser les pieds. Il y avait certaines fois, pensait-elle, où il valait mieux s'abandonner aux terreurs de son imagination, se laisser mortifier par elle plutôt qu'affronter les réalités de sa situation.

Plouf ! C'était la mer. Et la tête en bas, tel un poisson, elle redescendit. Se découvrir aussi merveilleuse nageuse la surprit un peu. "Elle hésite toujours, avait dit mère Dominique devant toute la classe de primaire, un jour où Vera se sentait le cœur brisé, mais une fois qu'elle a pris une décision, elle s'y tient jusqu'au bout, vous savez et avec succès." Mère Dominique avait été – et serait toujours – la religieuse préférée de Vera.

Dans le silence des profondeurs, elle sentait la traction de l'eau sur ses cuisses. Des algues flagellaires lui léchaient le ventre en y laissant une bave visqueuse. L'une d'elles s'enroula autour de sa cheville, mais elle s'en libéra d'un coup de pied et se remit d'aplomb pour observer une colonne de lumière qui frissonnait dans l'eau, tout là-haut. Ha ! ha ! ha ! narquoise et joueuse, se balançant à son gré, se réduisant à une pénombre, disparaissant totalement, se reconstituant. Et puis, juste au moment où elle allait l'atteindre, un nuage de quelque chose, un banc de poissons colorés qui traversaient de gauche à droite, déjoua une fois de plus ses intentions. Mais elle tenait absolument à voir sa main dans la lumière, même si cela devait la tuer, et elle attendit qu'ils aient dégagé l'espace bien qu'elle fût au bord de l'asphyxie.

Soudain, et elle sut d'avance qu'il n'y avait aucune bonne raison à cela, les poissons formèrent deux arcs lumineux qui s'ouvrirent vers le haut et vers le bas, puis disparurent. Horreur ! Un banc de cloportes aveugles et enmoustachés de gris arrivaient en sens inverse, un million au moins. Si nombreux qu'on aurait dit une masse presque compacte, hormis ceux qui en assaillaient les bords, ou plus exactement, qui étaient incapables d'y adhérer ou d'y pénétrer, et les égarés.

Que devait-elle faire ? Fallait-il tenir bon ? Oui, car le pire, dans une situation pareille, aurait été de refuser de l'affronter. La moindre perturbation romprait ce courant. Et en plus ils n'avaient pas d'yeux.

Ils n'en finissaient pas. Lentement, ils traversaient la lumière tremblante, l'obscurcissant et l'absorbant au-dedans d'eux-mêmes jusqu'à ce qu'il fût impossible de la distinguer de l'obscurité environnante, sauf, il faut dire, à l'extrémité qui formait comme une étoile, ce qui la rendait plus pathétique encore. Où allaient-ils ? se demanda-t-elle.

Quelque chose toucha son épaule, dans le noir. Elle ne fit aucun mouvement. Enfin... si, elle tendit très légèrement le dos, l'épaule à peine arrondie. Celui qui était le plus à l'extérieur rebondissait contre elle une fois de plus, exactement comme elle s'y attendait. A présent, elle sentait les crêtes dentées de sa carapace tandis qu'il se retournait, explorant la courbe de son dos. Pourtant, elle attendit le moment propice et, dès qu'il se présenta, d'un tout petit coup sec elle catapulta le cloporte par-dessus la falaise, de l'extrémité de son omoplate, afin qu'il se perde dans le néant de l'éternité. Ouf !

Horreur ! Un, deux, trois, quatre autres, de ceux qui s'étaient détachés une fois de plus, encerclaient ses doigts, tourbillonnant dans les remous et se balançant au gré de la houle qu'ils formaient. Ils faisaient n'importe quoi.

Horreur ! Un pan s'était détaché de la masse flottante qui se fragmentait par centaines d'entre eux, par milliers, aspirés par la houle et, se débattant, se cognant les uns contre les autres, pensant avoir flairé quelque chose sur ses doigts, ils s'y collaient. Certains étaient sur le dos.

Mais que faire, puisqu'il en arrivait toujours davantage ?

Avec d'infinies précautions, elle chassa ceux qui avaient trouvé refuge entre ses doigts qu'elle rapprocha et, en même temps, avec d'infinies précautions, elle orienta sa main de profil, tout en l'agitant de façon à faire basculer ceux qui s'étaient posés au sommet. Ensuite, dès qu'elle jugea qu'il y en avait suffisamment pour faire poids, allez, dit Vera et avec d'infinies précautions elle faufila sa main vers le haut, hors de l'amas de créatures égarées, et du même mouvement souple, elle les recouvrit d'eau.

Elle les regarda partir, entraînés dans le sillage des autres, ceux qui étaient sur le dos révélant une nuance de gris plus pâle, de presque blanc avec un soupçon de rose sur l'abdomen et les lignes des pattes minuscules en forme de palmes qui pédalaient depuis la naissance en une sorte d'au revoir. Ce fut très triste mais, pour finir, ouf !

Il lui fallait à tout prix boire quelque chose.

Des pas se précipitaient tandis que d'autres ralentissaient comme en proie à une sorte d'hésitation. Des voix baragouinaient ou échangeaient des saluts matinaux dans une langue étrangère pour la dérouter un peu plus. Des moteurs rugissaient, et plus loin, des charpentiers donnaient des coups de marteau. Il y avait un fracas de tonneaux métalliques et quelqu'un laissait tomber des casiers à bouteilles sur du ciment.

Celui ou celle qui avait tiré les rideaux ne les avait pas suffisamment rapprochés au milieu et une bande de lumière, pratiquement du sol au plafond, s'agitait au gré des ombres fugaces des piétons, réduite à néant au passage des gros véhicules et renaissant, comme maintenant, en aiguilles de soleil qui jaillissaient des voitures sur la place. Le quartz des pierres du manteau de la cheminée brillait, le comptoir de la réception, elle le savait, était derrière elle, le ballot sur la table basse devant elle, c'était son sac de voyage. Quel endroit stupide entre tous où venir !

Elle écoutait l'agitation commerciale de la place, osant à peine respirer. Elle n'aurait pas dû se trouver là.

Impossible de fermer la bouche, qu'elle avait desséchée comme du bois. Sa mâchoire était douloureuse, peut-être démise, et il y avait des tiques gonflées de sang sur ses lèvres, sensibles au toucher.

Que fallait-il qu'elle fasse ?

Vera savait parfaitement ce qu'elle allait faire. Elle allait laisser toute la famille dehors et se barricader à l'intérieur de l'hôtel. Ils seraient obligés de défoncer la porte.

Penser droit ou parler franc était aussi étranger à la culture de la ville qu'à celle de la famille : les deux sonnaient faux. Toute sa vie, elle s'était efforcée de se conformer au style de celle-ci afin d'en devenir membre à part entière, mais sans succès. En admettant qu'elle jouât son va-tout dans cette partie, ce processus qu'elle envisageait à peine devrait se révéler l'aboutissement d'un tortueux processus mental.

Alors elle se dit que jamais elle n'imaginerait une chose pareille. Il fallait être en proie à de profonds ressentiments et se sentir moralement blessé pour avoir envie de se lancer dans une telle démarche.

Puis elle sombra dans la déprime. Elle se persuada qu'elle était en train de dormir, qu'elle cauchemardait. Elle se dit, je n'en veux pas dix mille mais quinze mille livres de cette taule. Elle se dit que, lorsqu'elle avait quitté Finbar, en l'absence de toute vie alentour, elle l'avait fait avec l'intention de regagner sa voiture et l'idée de l'hôtel, voire de dormir dans son propre lit, dans sa propre chambre, ne l'avait effleurée à aucun moment. Si la voiture était toujours garée à Elm Park, si elle n'avait pas été remorquée et rendue aux gens de l'agence de location, elle reprendrait le volant vers un lieu tranquille afin d'explorer le contenu de son sac à main et de mesurer l'étendue des dégâts.

L'hôtel qui se déploya à l'instant où elle prenait le tournant pour pénétrer sur la place et passait devant le monument aux morts faillit la surprendre. Fait de trois grands étages, couleur de terre cuite cernée de crème. Dix-sept fenêtres, en comptant les mansardes qui risquaient un œil au-dessus du parapet, une de plus que la banque, leur fierté quand ils étaient petits. Il n'était pas exactement au mieux de son apparence, mais il ne tombait pas en ruine, ce qu'elle avait cru comprendre d'après la lettre dans laquelle Mary Jane disait qu'il ne tiendrait pas l'hiver et celle de Tom qui lui en annonçait la fermeture depuis février. En esprit, elle l'avait imaginé avec les fenêtres condamnées et la porte cadenassée. Des grilles protégeaient les vitres des fenêtres du rez-de-chaussée et les rideaux étaient tirés, mais cela ne changeait pas tant que ça de l'habitude. Et puis, une chance, elle se rappela les clés que Miss Rooney lui avait données.

Son lit avait disparu. Comme tout le reste. Les chambres du grenier étaient entièrement vides.

En entrant, elle s'était tout de suite dirigée vers sa chambre. Il y régnait une odeur de chaux à cause de la poussière crayeuse omniprésente et du plâtre qui avait été gratté des fissures dans les murs et qui s'écrasait sous ses pas. Il ne restait que quelques rouleaux de vieux linoléum qui attendaient d'être jetés par la fenêtre sur une glissière de fortune, dans la cour de derrière. Peut-être était-ce par là aussi qu'était parti Berry, un vieux bout de couverture de berceau qui remontait à l'époque où on l'avait envoyée vivre chez Mom. Avant, même. Par la fenêtre. La boîte qui contenait les trésors de son enfance, ses albums de journaux, le *Dandy*, Dainty, sa poupée.

Elle avait contemplé l'aurore, les toits mouillés de guingois des maisons du Mall et les arrière-cours. La nudité de la pièce l'avait comme anesthésiée. Parmi les rares choses qui traînaient encore subsistaient deux bocaux décolorés sur la petite cheminée de fonte : un pot de mayonnaise et un pot de confiture. Elle les avait mis là pour fleurir la Sainte Vierge. Le contour de l'emplacement de la gravure était encore visible. Des campanules, du lilas, des myosotis. Quelqu'un avait hâte de voir les greniers transformés en chambres d'invités, en penthouses peut-être.

Des myosotis. Qu'on ne m'oublie pas.

Involontairement, sa gorge se serra. Elle ne pleurait pas, ne sois pas bête, elle ne pleurait pas ; elle voulait simplement savoir ce qui se passait car elle n'était plus une enfant. Elle restait immobile, assise dans le hall assombri.

Du grenier elle s'était rendue à la cuisine où elle pensait pouvoir explorer son sac. Le contenu du frigidaire géant se résumait à une demi-bouteille de lait jauni. Dans le congélateur, cependant, il restait assez de vivres pour nourrir quelqu'un pendant toute une semaine. Deux tasses et une soucoupe traînaient dans l'évier, et elle fit couler un filet d'eau sur ses lèvres tuméfiées à l'aide d'une des tasses.

Miss Rooney et le personnel avaient laissé derrière eux une cuisine étincelante. Vera aimait beaucoup la table. De dix bons pieds de longueur, en pin blanc, elle était intemporelle au toucher, avec ses rainures, ses cannelures récurées et javellisées, et ses nœuds comme du caramel. Elle l'avait souvent frottée quand elle était enfant. A y regarder de plus près, il y avait quelques taches à un bout, des ronds de tasse, et il y avait une soucoupe pleine de mégots de cigarette. Mary Jane.

Vera déposa la soucoupe sur l'égouttoir. Marcia fumait également, beaucoup, en fait, mais elle faisait tout en douce. Il arrivait à Tom de fumer quelques manilles, le soir. Difficile de dire s'ils lui procuraient du plaisir. Peut-être n'en savait-il rien lui-même. En tout ce qu'il entreprenait, il était soit heureux soit soucieux, mais invariablement professionnel.

Et le fouillis qu'elle avait vidé de son sac afin de l'étaler sur la table, c'était elle. Elle s'écarta d'un pas du déballage dans l'espoir qu'une forme ou une couleur retiendrait plus précisément son attention. Même les plus endurcis s'émeuvent devant un ciel brodé d'étoiles. Il y avait un sac en plastique rempli de coquillages. Des médicaments, des papiers, toute une quincaillerie, sans compter le reste, ainsi qu'un arsenal complet d'armes contraceptives – dont aucune n'avait servi –, des billets d'avion pour des destinations romantiques – mais où était son portefeuille ?

Comme si sa tête n'allait pas suffisamment mal sans avoir en plus à paniquer à cause d'un portefeuille disparu ! C'était pour fouiller son

sac de voyage laissé dans le hall qu'elle était
revenue là où elle se trouvait assise maintenant.
Le portefeuille, elle l'avait toujours eu à la main.

Le désordre de sa vie encombrait toujours la
table. Il fallait encore qu'elle le passe en revue.
C'était consternant et elle ravala sa salive, et de
nouveau sa gorge se serra. Les larmes lui mon-
tèrent aux yeux et elle fut triste. Momentanément. Elle veillait au grain. Ne fais pas la bête !
La tristesse, c'était le petit jeu auquel elle se
prêtait avec les pervers.

Vera avait connu des crises plus sérieuses
que celle-là, avait succombé et survécu – avait
échappé, quoi ! – à des dépressions plus graves.
A qui croyaient-ils donc avoir affaire ? Elle était
capable de leur raconter des histoires. Comme
de faire avaler du mercure à un petit minable de
fouteur de merde pour le faire crever. Si son
plan avait échoué ce coup-là, ce n'était pas sa
faute : le petit minable ne s'était pas présenté à
ce qui aurait dû être sa sauterie funéraire. Elle
y aurait volontiers assisté. Y assisterait encore.
En bonne élève d'un couvent, elle avait appris
bien autre chose des religieuses qu'à mettre la
chasteté au-dessus de tout. Elle pouvait raconter des salades si ça lui faisait plaisir.

A peu près une ou deux fois par an, elle
touchait le fond et qu'est-ce qu'elle faisait dans
ce cas ? Elle se disait, bon, si c'est comme ça
que tu le prends. Il suffisait d'un peu de temps,
juste comme maintenant. La déprime durait parfois une heure, parfois une semaine, mais Vera
disait, tiens, qu'est-ce que je m'en fous. Aucune
tristesse, aucune sentimentalité, comment va
ton pauvre tonton et voilà Jésus qui tombe
pour la onzième fois – mais bon Dieu, on n'est
tout de même pas des bêtes ? Et puis voilà. Elle

laissait tout aller à vau-l'eau et s'asseyait au milieu du foutoir, au beau milieu de son appartement. Elle ne sortait pas, ne répondait ni au téléphone, ni à la porte, ne mangeait pas. Et voilà tout. Si quelqu'un lui offrait un million en échange d'une baise réglo à la papa, elle disait non. Elle ne se lavait plus. Qui est-ce que ça regardait, d'abord ? Et voilà.

Sauf si elle sentait monter en elle une certaine douceur, une volonté ou une envie de pleurer, par exemple, elle s'inventait des problèmes. Elle trouvait une chaîne de télé sans rien, et laissait carrément l'écran vide allumé jour et nuit. Elle n'ouvrait plus ses fenêtres. Pour quoi faire ? Elle avait toute une batterie de pilules, ses paradis artificiels comme elle les appelait, mais elle n'en aurait pas pris une seule, lui aurait-on offert tout l'or du monde en échange. Elle surmontait ses dépressions en serrant les dents. Et puis, dès qu'elle commençait à remettre de l'ordre chez elle et à se laver, elle savait que la partie était gagnée.

Mais accordons-lui un peu plus de temps, cette fois. Laissons-la s'enfoncer un peu plus.

C'était la raison pour laquelle le taudis de Finbar l'avait attirée. Au début, disons. La saleté. Mais d'être chez Finbar ne lui avait fait aucun bien. J'entends par là, se disait-elle, que sa taule, l'odeur qui y régnait et son rat, dépassaient tout ce qu'on pouvait imaginer en saleté et en crasse. Comment peut-on vivre comme ça ? Et ses toilettes ! Où la flotte – en admettant que ça en soit – vous dégoulinait sur la tête, dans le dos. Où il fallait éviter de poser les pieds par terre. Sinon, on risquait d'atterrir sur des bestioles. Jésus, quel bruit ça faisait quand on les écrasait dans le noir ! L'endroit en était infesté.

Des cafards à New York ? Oui, il y en avait de couleur fauve, presque transparents, vifs, des trucs en longues files, maléfiques d'aspect et qui se déplaçaient avec précision. Et les cloportes ! Elle les avait regardés, de jour, mener leur existence grise et laborieuse à même le plancher et, à la chandelle, en pèlerinage le long de ces murs dégueulasses. Il y avait des souris derrière la plinthe, sous le chevet de ce putain de pieu, petit à vous rendre infirme. Elles s'offraient de sacrées séances de grignotage là-dedans et sortaient faire la sarabande aux premières heures du jour en laissant leur carte de visite derrière elles, des crottes noires au fond du sucrier. Tout un tas d'ordures, de merdes de chien et d'os dans le jardin, mais, oui, plus important encore, il y avait un rat là-bas qui avait renoncé à tout. Mais comment pouvait-on vivre comme ça ? Le jardin de derrière était le domaine des chiens et pourtant le rat s'y baladait. Il avait perdu tout intérêt et tout amour-propre, n'avait plus le moral et ne souhaitait qu'une chose : qu'on vienne lui donner un coup de bêche sur le crâne.

Finbar ne lui avait pas réussi. Tout était crasse et mensonges. La seule chose propre et honnête dans tout ça, ç'avait été la bagarre. Une bonne chose qu'il l'ait frappée et encore mieux qu'elle ait mis fin à tout ça en lui assenant un bon coup sur la tête du plat d'un bout de meuble. Autrement elle y serait encore.

Pauvre Finbar. Dès qu'elle aurait mis de l'ordre dans ses affaires, elle irait le voir et elle lui dirait – quoi, d'ailleurs, elle n'en savait rien.

Alors qu'allait-elle faire ?

Le bruit de marteau sur la place était franchement très pénible, mais il était sporadique et, heureusement pour sa tête, elle ne l'entendait plus depuis un moment. Qu'est-ce qu'ils étaient donc en train de monter ? Un échafaud, ha ha ha ! Avait-elle vraiment le choix ? Il n'était pas question de s'en aller, pas maintenant, pas en plein jour, pas à la barbe de toute cette activité d'apparence innocente vue de l'extérieur, non, pas dans l'état où elle était. Et puis il n'y avait pas que la bouche. Elle était dégoûtante, elle puait, elle sentait sa propre odeur, bon Dieu ! Un instant plus tôt, elle avait été prise d'étourdissements, ses coudes s'étaient mis à trembler quand elle avait voulu se lever pour aller chercher un autre verre d'eau. Elle avait des courbatures dans le dos d'avoir baisé dans ce petit lit. Elle était en pleine déprime, elle vous l'avait pourtant dit, bon Dieu !

Elle attendrait ici jusqu'à la nuit.

Une lumière jaillit en dents de scie du côté de la porte, elle se crut prise au piège. Suivit immédiatement un claquement, comme un bruit de trappe. Il lui fallut un moment avant de réaliser que c'était le facteur.

Oui, mais quoi si quelqu'un se présentait avant la nuit ? S'il te plaît, Jésus, priait-elle, fais que personne ne vienne, et elle se leva. Des prières seules ne les retiendraient pas de faire une apparition s'il leur en prenait l'envie, ni d'entrer ni de la découvrir. Le cœur serré, elle admit qu'elle avait songé à mettre le verrou. S'il te plaît, Jésus, fais qu'elle ne ferme pas sa porte au nez de son frère et de ses sœurs. S'ils arrivaient et trouvaient porte close, ils seraient furieux, ils seraient – selon les termes de Mary Jane – mortifiés de cet affront public au caractère sacré de la famille. S'il te plaît, Jésus. Il ne lui fut d'aucun secours. La peur la guidait à travers l'obscurité, un petit pas à la fois, en direction de la verrière du vestibule qui entourait la porte.

D'où lui venait toute cette angoisse ?

Celle de Finbar, la veille, à l'arrivée de la police, n'était rien par rapport à celle qu'elle avait éprouvée au moment de la visite de Tom, un peu plus tard.

"Comment va !" avait-il dit, le genre de chose à laquelle on ne s'attend pas et qu'on vous dit dans un rêve pour vous faire peur. Il n'avait plus de cou, il avait les épaules remontées jusqu'aux oreilles pour passer incognito dans le Quartier neuf et, le comble, c'est qu'il avait l'air réjoui.

"Comment va !"

Elle avait entendu frapper et elle avait cru que c'était Finbar, parti tout à l'heure avec les chiennes, qui avait oublié ses clés dans sa précipitation.

Le ton empressé de Tom et son œil joyeux, avec son insigne sur le revers, la veste de son costume croisé qu'elle ne lui voyait jamais déboutonnée et qui le boudinait, "Comment va !" et elle claqua la porte, terrifiée de le trouver là. Elle l'entendait qui cherchait sa respiration, dehors.

"Vera ?"

Mais elle retint son souffle, se plaqua le long du mur et ne bougea plus, elle n'osait pas tant qu'il ne se serait pas éloigné.

Les piétons, apparemment joyeux, s'affairaient à portée de son oreille. Il y avait des lettres sur le paillasson, à ses pieds. Ses doigts, après avoir repéré les serrures, attendaient le moment propice pour manœuvrer les verrous de sûreté. Entre-temps, elle évoqua des images de la famille, de celles qui, on l'espérait, à ce stade avancé, la dissuaderaient de tout ceci. Je t'en prie.

Jamais elle n'avait rencontré quelqu'un d'aussi difficile que Mary Jane. Le monde était censé marcher comme elle l'entendait et quand il s'y refusait, elle le méprisait lui et tout ce qu'il y avait dessus, elle y compris. Elle levait les poings à hauteur de son visage et puis se lançait à leur poursuite en leur crachant dessus. La rage la rendait blême, lui donnait l'air affamé et c'était d'autant plus affreux qu'elle ne savait plus trop quoi faire pour s'arrêter. Les yeux blancs, embrasés de lueurs incendiaires, elle cherchait lentement à travers la pièce quelque chose à casser, si possible une bricole de moindre valeur. Tout objet était susceptible d'y passer. Elle courait au petit trot comme pour se délivrer d'elle-même, elle ne criait pas, elle tremblait de tout son corps. Puis elle s'effondrait, entre le rire et les larmes. Malgré tout, il valait mieux se tenir à distance. La complimenter ou compatir – quoi que l'on fasse – faisait naître une nouvelle crise, pire même que la précédente, et le consolateur, devenu cette fois la cible de son venin, recevait en fin de compte un aller et retour du revers de ses jointures blanchies avant qu'elle ne sorte, sciant l'air de son coude, lançant un rire amer au plafond tout en claquant des doigts vers lui. Declan avait très peur d'elle et elle le méprisait pour cela.

Mais elle n'était pas la plus mauvaise. Vera était désolée pour Mary Jane. Marcia était pire. Et puis elle était tellement conne. Marcia, pensait Vera, était sûrement fichue de vous pincer. Quand on pense que même Mary Jane redoutait les morsures de Marcia ! Les gens comme elle ne changent pas. Cette mère de six enfants, sa propre sœur, était capable de vous faire une prise indienne, de vous tordre le bras, ou de vous pincer impitoyablement, la bouche pleine de bonbons, en prenant tout son temps.

Et pourquoi Vera pensait-elle tout d'un coup à Jeanne d'Arc ? Tom. A cause de Tom, toujours sur des charbons ardents. Le bûcher.

La porte vibra au passage d'un gros camion. C'était le moment, allons-y, se dit Vera. Elle poussa simultanément vers le haut les déclics des deux serrures, et les deux verrous rejoignirent brusquement leur gâche. Ils se logèrent aussi dans son cœur, qui s'arrêta.

Mais l'instant suivant, il se mit à battre la chamade. Elle était revenue dans le hall en se guidant le long du mur. La porte de derrière, il fallait aussi la verrouiller. Elle entendit son souffle se rire de l'obscurité. Elle tâtonna le vide de l'ouverture qui menait au bar et retrouva le mur. C'était comme de marcher sur une corde raide, pour une femme qui pesait son poids ! Ça commençait à devenir un casse-tête. De la pointe du pied, elle chercha l'obstacle suivant, les marches en colimaçon qui menaient de l'escalier vers le vestibule. Au bout des marches se présenterait le pilier du début du couloir. Elle se débrouillait rudement bien.

Au fond du couloir, au tournant, une lumière ténue éclairait un pan de moquette. Lumière qui filtrait, elle le savait, au travers des dentelles de la porte de la salle à manger. Pourquoi s'était-elle arrêtée alors qu'elle pouvait maintenant continuer sans crainte ? Quelque chose allait se produire.

Elle fut saisie d'une sorte de vertige. Elle rencontra le pilier et s'y agrippa. Puis cela passa, du moins, lui sembla-t-il. Elle se méfiait. Diable de gueule de bois. Si ça ne vous faisait pas d'effet d'un côté, ça vous en faisait de l'autre. Son mal de tête, elle s'en rendait compte, avait disparu depuis un moment déjà : elle aurait dû savoir que la déprime ne s'était éloignée que pour mieux l'attaquer sous un autre angle. Elle attendit, aux aguets de la moindre de ses manifestations.

Qu'est-ce qu'elle faisait ? Elle s'absenta d'elle-même un instant pour se voir, debout, là, appuyée contre un pilier, son sac à la main, dans une obscurité presque totale, craignant de produire le moindre son, craignant d'allumer une lampe, ici, dans ce lieu qu'on appelait la maison. Elle aurait trente-huit ans demain. Etait-elle en train de devenir folle ?

Le parquet craqua au-dessus d'elle. Le silence, de nouveau. Elle tendit l'oreille pour guetter la voix de sa mère, le choc sourd de son corps contre les portes des chambres quand elle errait dans les couloirs. Elle se souvint de l'oncle Willie – elle le revoyait encore – en train de mirer son œil de verre dans la glace, puis dans le tonneau plein d'eau. Elle pensa à son père. L'idée même de gaieté l'irritait, lui donnait une expression revêche. Au même instant, elle le sentit tout proche, derrière elle. Elle ne se retourna pas, non plus qu'elle ne bougea, sachant qu'il ne la toucherait pas. On n'avait jamais parlé, même à mots couverts, d'aliénation mentale à propos de son père, mais Vera l'avait souvent observé discrètement et elle se demandait comment on pouvait se montrer aussi grave.

Elle fit un pas dans le couloir. Aller jusqu'à la cuisine pour fermer la porte de derrière lui semblait maintenant une formidable expédition. Encore un pas. Une vague d'étourdissement l'envahit puis disparut. Elle appuya son visage contre le mur et attendit pour voir si celle-ci allait revenir, pour résister si possible. Puis, réflexion faite, elle fit deux pas de côté pour retourner auprès du pilier. On n'allait pas lui faire ce coup-là.

Une nausée la saisit de nouveau, lui emplissant la gorge. L'atmosphère se fit étouffante, ses genoux se dérobèrent, une chaude transpiration l'envahit. Elle enlaça le pilier et se rafraîchit le front à son contact. "Il y a sûrement mieux que ça."

L'envie de vomir revenait par vagues successives, elle pivota dans l'angle créé par le pilier et le mur et s'y retrancha. "Il y a sûrement mieux que ça." De profonds plis se superposaient, se recouvraient devant ses yeux, alternant moments d'obscurité totale et éclats de lumière. Elle se cala plus solidement dans l'angle en jouant de la tête et des épaules. Elle n'avait pas envie de descendre. Son sac à main, aussi vide qu'il l'était, pesait une tonne, mais pas question de le lâcher. Elle-ne-le-lâcherait-à-aucun-prix. Appuyée contre le ciment, elle avait l'impression d'avoir des cordes au lieu de cheveux : elle avait sans doute une dégaine impossible. Mais elle n'avait de compte à rendre à personne.

Elle se laissa glissa le long du mur et s'assit sur ses talons, dans le recoin. Elle se sentait brûlante. Fais que ce calice s'éloigne de moi. Des pleurs de rire parcouraient le couloir dans toute sa longueur pour revenir, réfléchis par les murs, en réponse à sa prière. Un vacarme à chavirer le cœur des souris. Cette voix désincarnée, elle s'en rendait compte, c'était la sienne et elle la projetait sans répit dans l'antre du passage, à la fin elle se mit à quatre pattes.

Allons viens, puisque c'est ça, vieille diablesse, baiseuse, vomissure, vas-y, fais de ton mieux ! Saute-moi, baise-moi, roule-moi si tu le peux !

Les bras raidis, elle se mit à tanguer sur ses mains et ses genoux et éclata d'un rire aigu devant l'innocent étonnement de son regard.

Tout ce qu'elle aurait voulu, c'était leur faire cadeau de cette irrespirable cambuse !

Ses cheveux balayaient la moquette, elle avait la bouche grande ouverte dans l'espoir de capter un filet d'air au ras du sol. Des crampes lui serraient l'estomac et elle se coucha à plat ventre, tirant son sac sous elle pensant que la douleur s'atténuerait sous l'effet d'une pression accrue. Elle avait le nez et la bouche remplis de moisi, avec ses doigts elle raclait des bouts de chewing-gum durcis.

"Comment va !"

Recroquevillée sur son sac, elle riait, roulant d'un côté sur l'autre à la recherche d'une position qui la soulagerait. Et puis, tournant de nouveau sur elle-même, elle tenta en vain de se redresser. Et Mom, elle, est-ce qu'elle avait ri sur le ciment en essayant de se relever après s'être traînée hors du feu ?

Vera retomba à quatre pattes, s'arc-bouta, les mains à plat, touchant le plancher et le mur du bout des doigts, et en un farouche effort, se remit debout. Allons, venez, diablesse, nausée, folie, baiseurs, amis et gentils parents, tuez-moi si vous le pouvez, mais merde, qu'aucun de vous ne s'avise de m'insulter !

L'encadrement de porte qui lui faisait face était celui des toilettes messieurs, elle pesa dessus de tout son corps. A l'intérieur, ses mains explorèrent une obscurité d'encre. Sa manche effleura quelque chose qui se déroba en s'envolant dans un claquement d'aile. Elle vira sur elle-même, balançant son sac pour délimiter les côtés de l'habitacle, puis tomba à genoux. Elle s'agrippa à la cuvette pour essayer de vomir. Si elle arrivait à dégobiller, elle la coincerait cette connasse. La connasse ne lâchait pas prise. C'est qu'elle la voulait inconsciente et, comme toujours, même endormie, à chaque fois qu'elle pénétrait dans ce vaste lieu incolore, elle avait peur. Sans doute ferait-elle mieux d'aller au-devant d'eux sur la place et de rendre les armes.

Des plaintes surnaturelles se réfléchissaient autour d'elle. Sous elle, le carrelage était froid. Son front devenait de marbre, glacé comme la mort. Tout devint silence. Tout devint gris. Le sac lui échappa des doigts.

Toutes les portes étaient closes et barrées de volets, toutes les rues rayonnantes étaient désertes. Elle faisait le tour de la place d'un pas précautionneux de danseuse. C'était un peu étonnant. En dehors de Harry St John qui se tenait près du monument, il n'y avait personne alentour. En dehors de cette grosse vieille perchée sur le faîtage de tuiles sur le toit des O'Connor, plus exactement. Les bottines, la satinette noire au reflet métallique, le châle coincé sous les bras, devant. Vera avait bien quelque idée de l'identité de la grosse vieille mais, plutôt que de reculer pour mieux la voir, elle poursuivit sa ronde pour vérifier la chose quand elle repasserait du côté de l'hôtel.

Puis elle nota que Harry St John tenait un journal à la main, qu'il s'en frappait le côté du genou de petits coups nerveux, alors elle comprit ce qui se passait. Tout le monde, en ville, était à l'enterrement, évidemment.

"Aââme de mon Sauveur, sanctifie mon... de mon Sauveur... corps du Christ soit... profond dans tes blessures, Seigneur... moi aussi... cache-moi et protège-moi... Alooors, jamais je ne me... séparerai de toi."

Des voix endeuillées sur une distance d'un mile accompagnaient le corps du Christ. Le

cortège funéraire se dirigeait vers le mont St Ke-
vin, d'après elle, et devait venir d'aussi loin
que le bois de St Malachy. Une brise modulait
l'hymne et en soustrayait des fragments. Il s'engageait maintenant dans l'avenue St Columba.

"Oh béée-niii… soit Jé-uu !" La voix indomp-
table du père O'Loughlin crachotait dans le
haut-parleur avec des accents de colère, exhor-
tant la foule à chanter plus fort ; à l'unisson mais,
"Alooors, jamais je ne…" : ils étaient trop
nombreux et trop tristes pour s'exécuter, naturellement, ils ignoraient dans quelle rue les entraî-
nerait le corps car il pouvait aller où bon lui
semblerait, ils mouraient de faim et l'allure ne
convenait qu'aux courtes jambes des petits
enfants. Mais tout se terminerait par une bénédiction sur la place. C'était donc pour ça qu'ils
y avaient dressé une estrade. Et Harry St John les
attendait, pour protester, avec sa feuille à scandale, les *News of the World*, et Mom était de
méchante humeur sur le toit des O'Connor.
Vera était en bien mauvaise compagnie.

"On s'en moque ! dit Vera. Bon Dieu !"

Parce que, ce qu'il ne faut surtout pas faire
dans une telle situation, c'est donner l'impression qu'on a peur, elle se mit à danser.

Par exemple, la dernière fois qu'elle était montée sur la balance, elle pesait soixante-douze
kilos, un poids considérable, la légèreté de son
pas la surprit donc un peu. En fait, une femme
sans fesses ne vaut strictement rien. Et, quand
on y pense, si grande qu'elle fût avec son
mètre quatre-vingts sans chaussures, les hommes
l'aimaient. Voilà qu'elle se mettait à tourner
comme une toupie. Là. Elle qui ne s'était jamais
intéressée spécialement à ce genre de danse,
classique, s'entend. Tout le contraire, en fait,

parce que, même à l'époque lointaine où chacune savait ce qu'elle ferait plus tard – hôtesse de l'air, bonne sœur, employée de banque, radiologue, éleveuse de volailles – et que Vera, elle, l'ignorait, un jour, en classe, Sally Downey lui avait conseillé d'essayer la danse, pour se moquer d'elle, bien sûr, et Vera s'était contentée de hausser une épaule, comme ça. Entrechat, tombé, tour, glissade, écart, cabriole. Juste pour montrer à quel point les gens peuvent se tromper, à quel point on peut se tromper sur soi, *n'est-ce pas** ?

A l'époque, Vera était longue comme un échalas – ne lui demandez pas comment cela avait pu être possible –, Sally, ou une autre, lui avait suggéré de "faire mannequin peut-être", manière de se ficher d'elle une fois de plus, évidemment, sur ce, Vera, qui n'aurait jamais imaginé une chose pareille, leur faisait sa démarche de Charlot. Pourtant, elle avait tout de même dû y penser un peu lorsque Wally le Suédois, son petit ami, lui avait redit exactement la même chose dans un bar de la Quarante-Quatrième et de la Huitième, quoique qu'elle se fût remplumée du haut depuis le temps et plus encore du bas, sans parler du tour de taille, et elle était allée avec lui chez Vincenzo, s'était déshabillée, avait fait un tour de piste, et défilé sur les planches sous le nom de Kathleen. De quoi mettre un peu de beurre dans leurs épinards.

Si fort était son désir de recueillir son serment qu'il avait allumé en elle le feu de l'amour. Elle aimait Wally le Suédois, corps et âme, elle aimait tout en lui, elle aurait fait n'importe quoi pour lui. Il avait des mâchoires comme des socs de

* En français, dans le texte. *(N.d.T.)*

charrue et ça la faisait rire. Les après-midi au lit
où tout prenait sens, chacune des parties de son
corps, tant qu'elle n'avait pas repris pied sur
terre. Oh cœur qui brûle pour moi, fortifie-moi
de ta fougue, cache-toi en moi, au plus profond
de mes plaies, sois mon hôte, mon sauveur,
abrite-moi, baigne-moi de ton flux. Et après ça,
le côté sérieux, l'extase, ils riaient jusqu'à n'en
plus pouvoir de leur gravité. Car il n'y a rien de
plus grave que le sexe. Alooors, jamais, jamais
je ne me séparerai de toi. On racontait qu'il était
tombé, mais elle savait pertinemment qu'un
petit salaud l'avait poussé par la fenêtre. Allez.
Elle l'aimerait pour toujours.

C'était bien Mom, là-haut, dans toute sa ron-
deur, sur le toit, poing sous le menton, à démêler
des affaires. Typique. Si préoccupée qu'elle fût
de ses problèmes, peu de choses lui échap-
paient. Vera aurait tant voulu un signe de sa
part. Mom, elle le savait, se demandait si elle
allait entrer à l'*Imperial*, pour rendre visite à
son grand cheval de fille et à son petit chauve
de O'Toole, et dans ce cas, si ses bottines et son
châle seraient assez convenables pour lui permettre d'entrer par la grande porte ? Ils étaient
difficiles à contenter ces hoche-tête, ces gueules
d'empeigne qui vivaient dans ce maudit endroit,
la ville, et qui étaient toujours plus malins quand
il s'agissait des autres. Elle ne les aimait pas. Vera
la vit prendre une longue inspiration qu'elle
retint. Vera en fit autant et attendit, pleine
d'espoir. Et puis, sans jamais regarder Vera, Mom
toucha son chignon et approuva d'un signe,
lente et cérémonieuse, vas-y, continue à danser
petite. Et Vera lui en fut tellement reconnaissante.

Le sol s'animait à cause du soleil, du sable fin
et des brins de paille roulaient sous la semelle

de ses souliers, lui procurant de délicieuses sen-
sations, et s'ils venaient s'y coller, dans ses figures
les plus libres ils se détachaient en pluie d'or et
d'argent. Mom commençait à montrer de l'intérêt. Vera replia les genoux et sauta en l'air, puis
encore, en tourbillonnant cette fois. Mom était
ravie, les mains tendues, pressées l'une contre
l'autre. A la figure suivante, Vera plana entre les
mondes avant de redescendre. Mom renversa
la tête en arrière en riant. Puis à une autre, Vera
se mit à courir. L'air tiède se mua en brise d'été
et étala ses cheveux en éventail tandis qu'elle
exécutait de grands sauts, bras et jambes tellement écartés qu'ils en étaient à l'horizontale
par rapport au sol, pour retomber avec élégance, à chaque fois, et repartir dans une nouvelle figure, pour tournoyer comme une toupie,
faire des pirouettes, oui. Oh liberté, paradis, oh
joie de vivre !

Oh ! Que se passait-il ? Le cortège funéraire
s'engageait dans le virage qui menait au Mall et
Vera était pieds nus, oui, d'accord, mais était-elle
vêtue ? Heureusement, qu'elle tournait comme
une toupie et heureusement qu'elle avait le
menton posé sur sa clavicule, comme font toutes
les bonnes danseuses pour garder le contrôle
de la situation. Sa robe blanche était comme une
assiette de jongleur qui tourne entre deux bâtons.
Ça alors !

"Doux cœur de Jésus, fontaine d'amour et
de miséricorde, nous venons en ce jour, implo-
rer ta bénédiction."

L'acoustique du Mall était parfaite et le chant
reprit une certaine vigueur car la fin était en vue.
Un flot de têtes remontait le Mall. Les extrémi-
tés des quatre lances qui soutenaient le cata-
falque à l'avant de la procession émergèrent au

détour d'une déclivité. Bien que vêtue, Vera eut l'impression qu'elle n'aurait pas dû se trouver là, qu'elle ferait mieux de foutre le camp. A présent, elle distinguait l'ostensoir qui renfermait le corps sacré, sous le dais.

Horreur ! Le soleil tapa en plein dedans et l'objet renvoya une grimace espiègle tel un tournesol à l'œil torve qui médite un mauvais coup.

Aahhh ! C'était Tom qui le portait. Lui aussi louchait dans son excitation d'avoir été choisi pour un tel honneur et se retenait à grand peine de piquer un sprint. Les proches du défunt suivaient, l'évêque était vêtu de rouge et les acolytes d'aubes blanches. Ensuite venaient les dignitaires et les négociants de la ville, certains d'entre eux ceints de leurs écharpes. A tout moment, maintenant, les sept mille amis et connaissances qui suivaient allaient rompre les rangs, dépasser le corps et se précipiter sur la place pour être bien placés. Certains d'entre eux s'étaient munis de bicyclettes dans cette intention.

Qu'allait faire Vera ? Elle avait besoin d'un ami. Dressée à moitié sur la pointe des pieds, en équilibre, soit pour fuir soit pour rester, elle jeta un coup d'œil en direction du toit. Mom avait disparu. Seules demeuraient une tache humide à l'endroit où elle s'était assise, quelques épingles à cheveux et de la poussière rouge. Il n'y avait plus personne pour la conseiller. Un ravissement de terreur la clouait là. Et Harry St John avait déplié son journal des *News of the World* qu'il faisait semblant de lire, le tenant bien en évidence devant son visage. Le cortège était presque arrivé sur la place.

"Fontaine d'amour !" lança quelqu'un, dans un gros rire gras. "Fontaine d'amour !" Qui disait ça ? Haaaahah, greu greu greu ! Vera dansait la gigue face à l'entrée du Mall, sa robe blanche retroussée le plus haut possible : "Fontaine d'amour !"

Quand elle reprit ses esprits, elle crut qu'elle était morte. Le silence. Le noir. Où était-elle ? Elle éprouva un sentiment de totale humiliation. Puis elle prit conscience d'un bruit qui ressemblait à celui de castagnettes. Rêvait-elle ? Elle claquait des dents, elle était trempée d'une sueur froide.

Elle se hissa avec peine, s'assit sur la cuvette, penchée en avant. Qu'on lui donne quelques minutes de répit. A part une boule froide de douleur logée sous son front, les nausées avaient disparu, mais, Jésus, "Il y avait sûrement mieux que ça". Il n'y avait pas de quoi se féliciter de la situation. Elle se sentait, avec ses bras ballants, comme un singe au crâne pelé au fond de sa caverne. Et la nausée allait revenir. Elle en était sûre. Où allait-elle trouver la force de lui résister ? Oui, peut-être qu'après tout, elle ferait mieux d'aller les trouver et d'encaisser leurs propos humiliants.

Allez ! Il était temps d'aller vérifier la porte du fond.

Une sorte d'ectoplasme rouge et violet flotta devant elle pour disparaître, aspiré dans la spirale de l'escalier. Elle s'était arrêtée dans le couloir, le temps de s'accoutumer aux caprices de cette nouvelle lumière. Le fantôme de sa mère s'en donnait à cœur joie. Vera prit la direction opposée. Décidément, cette famille O'Toole était très atteinte, mais elle était indemne de sa folie.

Elle traversa d'une traite la lumière inhospitalière de la salle à manger. Tout un pan de mur, du sol au plafond, était en verre, mais il donnait

sur le hall d'entrée couvert qui menait de la place
à la cour. Dépouillées de leurs nappes, les tables
avaient l'air miteux. Elle les avait souvent dres-
sées ces tables, elle avait beaucoup travaillé ici,
bien plus qu'il ne lui avait été demandé, bien
plus que Mary Jane. Non par amour du travail,
mais pour s'attirer l'attention de son père et de
sa mère. Marcia était si délibérément nulle qu'on
avait abandonné toute idée de lui faire faire
quoi que ce soit. Quant à Tom, on lui avait
demandé d'étudier et il cirait ses chaussures.

La lumière du jour inondait la cuisine. La porte
de derrière était bien fermée. Deux verrous,
deux serrures et l'ancienne fermeture à clenche.

Pourquoi fronçait-elle les sourcils ? Ils s'étaient
rapprochés spontanément au-dessus d'un regard
noir. Cela passa.

Le contenu de son sac à main était éparpillé sur
la table : il ne manquait plus que des mouettes,
pensa-t-elle. Elle choisit une plaquette de pilules
qu'elle emporta vers l'évier. Prendre une pilule
à ce stade était une mesure pratiquement déses-
pérée et très vraisemblablement, avec elle reviendrait la nausée. Le souvenir de ses pieds dans
les étriers décida de l'affaire. Prends-en deux,
se dit-elle, essaie trois.

Pourquoi avait-elle de nouveau une tête de
chien battu ?

Les bras tendus pour prendre appui, elle se
retint à l'évier au-dessus duquel elle eut des
haut-le-cœur. Ses genoux s'entrechoquèrent et
de nouveau elle eut chaud. Son crâne résonna
d'un bruit de cloches. Troisième et dernier round.
Bon.

Pourtant cette fois, elle ne perdrait pas conscience, elle avait besoin d'air. La porte de derrière était digne de Fort Knox, trop longue à

ouvrir. Sur la pointe des pieds, elle s'arc-bouta au-dessus de l'évier pour atteindre la poignée de la fenêtre métallique. Qui refusa de céder. Elle traîna une chaise récalcitrante de sous la table qui valsa sur ses pieds en crissant sur le carrelage, et la posa sur le caillebotis à côté de l'évier. La chaise vacilla et tomba à la renverse pendant qu'elle grimpait sur l'égouttoir. Nom de nom, c'est qu'elle vivait dangereusement c'te grande pute ! La présence de son père se fit sentir dans la cuisine, derrière elle. Parfait ! Elle l'habilla de serge bleue, d'un costume trois pièces, lui flanqua une montre à gousset dans le creux de la main afin qu'il puisse la chronométrer.

"Partez !" Il articula le mot en silence, l'œil fixé sur sa montre, le sourcil froncé.

Chponk ! La poignée se releva et d'une poussée la fenêtre fut ouverte. La soucoupe de mégots de Mary Jane était sous elle et elle la fit tomber dans l'évier où elle l'entendit se fracasser. Au ralenti, elle s'attaqua des deux mains à l'obstacle suivant, enjamba les robinets, et descendit dans le renfoncement, après avoir écarté des bocaux de poudre à droite et à gauche. Elle se pencha au-dessus de la cour. Son corps ne demandait qu'à s'effondrer, mais elle le lui refusa. C'est à quatre pattes qu'elle exigeait qu'il soit. Il voulut entrer en convulsions mais ça il n'en fut pas question non plus. Essayer de vomir, oui, tanguer d'un côté sur l'autre, oui, en un mouvement régulier. Elle maîtrisait assez bien ce genre d'exorcisme.

Frou-out ! Et le démon fusa de sa bouche, d'un jet en arc de cercle, sorte d'envol raté et il partit rejoindre sur le sol une mort colorée, son royaume. Floc ! Et avec lui, toutes ses œuvres et ses pompes !

En bas, elle le nota, il y avait une allée récemment bétonnée. Un tasseau de bois encastré dans les pavés en retenait encore les bords. Cela plut à Vera. Elle s'essuya la bouche et lança un ultime crachat. Satan, fous-moi le camp !

Et papa, qu'est-ce qu'il pensait du résultat ? Mais papa lui aussi avait disparu, ça n'avait pas dû l'impressionner.

Etrange de voir la cour si calme. Les portes de l'enfilade de remises qui, autrefois, avaient servi d'écuries aux chevaux, étaient fermées. Au beau milieu des pavés, il y avait les restes d'un feu. Le bûcher funéraire de Dainty, sa poupée, de Berry, sa couverture ? Elle envoya valser ses chaussures derrière elle. Dommage que ses cheveux aient été si feutrés de crasse car il aurait été délicieux de les sentir pénétrés de la douceur de l'air.

Personne ne viendrait aujourd'hui.

Ses paupières étaient si lourdes que cela la fit sourire, et elle s'inclina sur le côté pour reposer sa tête sur son bras. Juste l'espace de quelques minutes. L'autre bras passé autour de sa tête pendit au-dessus de la cour, ce qui entraîna une agréable tension de son dos. L'angélus sonna dans le soleil, dix-huit cloches à l'intention des morts. Et d'aussi loin, les sons de la place lui parvinrent tel un bourdonnement d'insectes satisfaits.

Puis Vera réalisa qu'elle était penchée à la fenêtre de la cuisine de l'*Imperial Hotel*, qu'elle s'y attardait, et qu'un jeune rouquin, dans l'une des remises, était en train de se changer et d'enfiler une combinaison blanche tout en sifflotant. Etait-ce possible ou rêvait-elle ? Il lui avait semblé entendre un bruit de pédale de bicyclette qui se coinçait dans la petite porte découpée dans le grand portail, une grosse toux et des bruits de pas sous le porche. Et puis, ce jeunot bien bâti, celui qui se changeait dans la remise, avait traversé la cour en lisant un mode d'emploi sur une boîte jaune qui lui avait paru remplie d'enduit. Il avait reniflé avec bruit et craché d'une façon qui jurait avec ses boucles rousses, comme quelqu'un qui s'imagine qu'on ne le voit pas. Voilà qu'il apparaissait dans le soleil, soupesant les mérites de deux vieilles poêles à frire qu'il venait de dénicher. Il rejeta l'une d'elles dans la remise et entreprit d'enlever les toiles d'araignée et de souffler la poussière de sur l'autre. Il allait bientôt l'apercevoir.

La découverte de cette femme à la dégaine lamentable, penchée à une fenêtre au-dessus d'une mare de vomi, il s'en souviendrait encore des années après, pensa-t-elle, en s'escrimant pour se dégager des robinets et du renfoncement de la fenêtre. Ce faisant, il comprendrait qu'elle n'était pas morte et, pour plus de précautions, elle garda les yeux baissés pour ne pas ajouter à la confusion des premiers instants du choc éprouvé.

Il s'était ramassé sur lui-même, ne la quittant pas des yeux un instant, prêt à bondir tel un joueur de tennis armé d'une poêle à frire.

Elle haussa les épaules bien que toujours à quatre pattes, c'était la vie.

La situation, d'un côté comme de l'autre, aurait pu sembler cocasse à l'observateur impartial et, en effet, l'espace d'un instant, elle faillit éclater de rire. L'instant qui suivit fut étrange. Elle ne connaissait pas ce garçon, mais de toute évidence, il était de la ville, du coin. Elle fut prise d'une innocente envie. Ce serait tellement agréable de rester assise là au soleil, à bavarder de tout et de rien en sa compagnie. Ne serait-ce que quelques minutes.

— Bonjour ! dit Vera avec l'accent de la ville.

— Descendez de là ! lui intima-t-il d'une voix qui muait.

Depuis qu'il avait parlé, les pieds décollés du sol, il se balançait les genoux à demi pliés, la poêle brandie de façon menaçante.

— Non. Elle sourit pour le rassurer et lui expliquer. Belle matinée, vous ne trouvez pas ?

— Descendez de là ! Sa voix avait plongé dans les graves. Son visage exprimait le dégoût. Qu'est-ce que vous faites là ! Sortez de là, sale traînée ! Dehors !

— Ça va, dit Vera, je suis la propriétaire.

Se serait-elle seulement rendu compte de ce qu'elle venait de dire qu'elle en aurait été surprise.

— Très bien, dit-il. Je vais chercher les flics.

Il s'appliquait à retirer sa combinaison avec une impétuosité superflue. Ou bien il n'avait pas entendu, ou bien l'équation entre Vera et sa propriété n'avait aucun sens pour lui. Du moins pas pour l'instant.

Elle recula d'un mouvement de fesses dans la cuisine, tout en le surveillant. Il commençait à se demander s'il avait été bien inspiré de la menacer de poursuites avec autant de sévérité dans le regard. Il enjamba sa combinaison dans l'entrée de la remise. Son expression indiquait qu'il commençait à douter de lui-même, de sa première interprétation de la situation.

— D'abord, on n'est pas le matin, rectifia-t-il. Si le ton n'était pas celui de la conversation, il n'était plus celui de l'injure.

Il était en train de se demander s'il ne serait pas un peu risqué, un peu bête, de faire appel aux flics et s'il n'aurait pas avantage à agir autrement.

La pénombre dissimula son expression pleine de calcul quand il recula à l'intérieur de la remise.

Vera releva la chaise, la rapprocha de la table et se tint là, l'esprit ailleurs, oubliant de la reposer. Elle s'était cogné le tibia et la hanche en descendant de l'égouttoir. Mais ce n'était pas ce qui l'ennuyait. "C'est ma chaise." Elle prononça ces mots en son for intérieur sans trop savoir exactement pourquoi.

Le jeune gars était revenu dans la cour. Elle l'entendit traîner les pieds et toussoter poliment dans le but d'attirer son attention. La spontanéité de la colère qu'il avait piquée et qui lui avait cassé sa voix un peu plus tôt lui plaisait mieux : au moins elle était plus normale. Quel âge pouvait-il avoir ? Seize ans ? Elle hésitait à retourner à la fenêtre. Il ne serait pas juste de se mettre à l'injurier. Mais c'est qu'elle voulait la fermer, cette fenêtre.

La poêle, à présent, aurait pu tout aussi bien être une casquette qu'il tenait par le bord. Quand elle reparut à la fenêtre, il contemplait le ciel, béat d'admiration devant le jour qui s'y déployait. Elle lui fit un signe de tête, le visage impassible, pour relancer le jeu.

— Quelle belle journée après toute cette pluie qui est tombée cette nuit, dites madame ?

— Vous êtes jeune ou vieux ? demanda Vera.

— Qu'est-ce que vous dites, madame ?

Vera secoua la tête : ça n'avait pas d'importance.

Il posa la poêle, face au sol, devant lui sur les pavés. Il se redressa et de la pointe du pied se mit à faire des dessins dessus, geste révélateur de la gaucherie et de l'innocence d'un jeune.

— C'est Mr O'Toole qui m'emploie, dit-il, je prépare les greniers pour lui, des trucs comme ça.

Vera cala correctement la chaise et se jucha de nouveau sur l'égouttoir. Quand il vit que c'était pour fermer la fenêtre, il avança d'un pas pour lui venir en aide.

Elle fit non de la tête afin de l'en empêcher. Elle tendit le bras pour atteindre la poignée et de nouveau, il s'avança plein d'empressement. Elle secoua la tête vigoureusement, "non", articulant le mot en avançant exagérément les lèvres pour qu'il voie mieux ce qu'il avait déjà repéré, les traces violettes qu'elle avait sur la bouche. Et puis il y avait – elle les montrait du doigt – ses cheveux, et la mare de vomi, non ? Il hocha la tête, plein d'une sage compréhension.

Vera se mit à rire. D'abord, elle commença par rire de ce qu'elle faisait, mais lorsqu'il répondit par une grimace pour la provoquer, elle pointa le doigt vers lui : elle se moqua de lui. Il s'inspecta du haut en bas pour voir si quelque chose clochait. Mais elle n'arrêtait pas de rire, le doigt pointé sur lui.

Il commençait à se fâcher, à avoir envie de donner des coups de pied dans quelque chose. Parfait : elle l'y encouragea d'un signe de tête. Mais voilà qu'il retrouvait une sagesse d'ancien.

"Ou peut-être que tu préférerais t'envoyer un petit coup de ça, mon petit cœur ?" Elle releva sa jupe.

Non décidément, il était trop jeune, un très jeune enfant mâle. Quel effet le spectacle de cuisses ou de seins de femme peut-il avoir sur eux ! Elle le considéra un bon moment pour lui montrer que c'était elle qui menait le jeu. Vu ? Puis elle lui fit un clin d'œil, finement, comme on fait en ville, pour lui faire comprendre qu'elle l'avait jaugé.

Elle referma la fenêtre.

Voilà maintenant qu'il pivotait sur lui-même, lentement, à la façon d'un lanceur de marteau. Il avait retrouvé sa poêle qu'il avait ramassée. S'il la lâchait, elle serait bien fichue d'aller démolir quelque chose de l'autre côté, dans les cours voisines. De nouveau, il lui jeta un coup d'œil auquel elle répondit par un sourire et un signe de tête. Il lança la poêle très haut en l'air mais dut s'écarter précipitamment pour l'éviter quand elle retomba dans sa folle trajectoire.

Les portes de l'entrée tremblèrent au passage de sa bicyclette. Il ne fut plus là. Un instant, elle regretta sa cruauté puis conclut simplement : "Qu'il aille se faire foutre !" Il était peu probable qu'il rentre chez lui et se contente de se faire une branlette, il irait clabauder partout qu'elle occupait l'hôtel. "Bon ! Et après... qu'ils aillent eux aussi se faire foutre !"

Alors pourquoi ouvrait-elle la porte de derrière ?

A mi-distance du couloir, la petite porte du grand portail se rabattit brutalement et un autochtone en casquette se pencha pour jeter un coup d'œil à l'intérieur. Le jeune homme, dont on ne voyait plus que le torse, racontait à un voisin : "M'a foutu de sacrés jetons ! Complètement cinoque !" Le type à la casquette fit prudemment marche arrière en apercevant Vera.

"Eh ben mon Jésus !" Le gamin enfourcha sa bicyclette au moment où Vera claquait la porte. Ensuite, elle poussa les verrous.

Elle referma la porte de la cuisine qu'elle verrouilla de nouveau. Et qu'est-ce qu'elle était censée faire après ça ? Elle s'assit, pour se relever l'instant d'après. Incapable de rester en place, elle mit son shampoing, ses cigarettes et son briquet de côté et entreprit de ramener d'un coup tous les autres objets posés sur la table dans son sac à main. Inutile de passer en revue toute cette merde pour faire le bilan de la situation. Elle savait ce qui était important. Elle avait une idée précise de ce qui lui restait dans son portefeuille. La partie retour de son billet New York-Dublin était fichue : elle était valable pour la matinée de mercredi dernier. L'autre billet – New York-Atlanta – était pour aujourd'hui. Allons, tout n'était pas perdu pour Atlanta ! Elle avait emprunté de l'argent pour revenir à la maison, en comptant justement sur le boulot d'Atlanta, et avait pris les deux billets en même temps de peur de tout dépenser : Ha ha ha ! A vous faire mourir de rire, les conséquences de son absence à cette partouze de week-end à Atlanta. C'est que ces gens-là étaient du genre à vous foutre à la flotte, à vous couper en rondelles ou à vous jeter par la fenêtre. Décidément, elle était gâtée des deux côtés de l'Atlantique.

Elle ramassa son sac de voyage et monta à l'étage.

La chambre de Parnell avait été bénite et rebaptisée "suite mariale" en 1954. Elle donnait sur la place, et meublée d'un lit à baldaquin, elle était la seule pièce de l'hôtel avec salle de bains privée. Quand ils étaient petits, ils se mettaient mutuellement au défi d'y entrer et d'en sortir à toute vitesse. L'oncle Brendan, quand il était venu habiter avec la famille, n'avait tenu que deux jours là-dedans. C'était trop beau pour lui, avait-il dit. On racontait qu'elle était hantée par une femme très pâle, vêtue d'une longue robe brune, qui venait s'asseoir sur le fauteuil peint et pleurait sans arrêt. Du couloir, Vera lança sans cérémonie son sac à travers la porte, partit chercher des serviettes de toilette et des draps et mit le chauffe-eau en marche. Avec un peu de chance, elle trouverait des vêtements de sa mère à emprunter.

Elle se déshabilla et enfila sa robe de chambre. Son ensemble en daim était irrécupérable.

En attendant que l'eau chauffe, elle s'installa sur le rebord d'une des fenêtres de la chambre, là où on ne pourrait pas la voir, afin de surveiller la place.

La place s'emplissait de voitures et de gens quotidiennement et se désemplissait la nuit, un mystère car, au fond, que s'y passait-il véritablement ? Elle était envahie à présent. Des camions de livraison bloquaient une circulation bonhomme, des types élégamment chaussés, l'air déterminé, entraient chez Lynch, le marchand de journaux, en ressortaient, en se frappant la paume des mains de leurs magazines roulés en tube, et marquaient une pause, essayant de se rappeler où ils devaient se rendre ensuite. Il y avait quelque chose de soumis chez les femmes qui faisaient leurs courses, dans leur façon de traîner le pas, l'allure pieuse. Deux hommes étaient occupés à dresser ou à démonter une estrade : difficile de savoir. Un mystère. Et dans cette scène, en dépit de toute son apparente nonchalance, il y avait des gens aux aguets qui jugeaient des événements les plus ordinaires. Le type à casquette qui avait glissé son nez à l'intérieur du porche avait l'air des plus bénins, à son nouveau poste d'observation, de l'autre côté de la place, devant chez O'Connor.

Elle se lava les cheveux, les dents et prit un bain. Après s'être séchée, elle enfila une chemise de nuit de sa mère, alluma le foyer électrique qui était devant le cendrier de la cheminée, ainsi que la lampe de chevet. Ensuite, elle s'approcha de la fenêtre de la chambre et se tint devant bien en vue.

Toute son existence, elle aurait voulu pouvoir faire quelque chose chez elle, dans sa ville, sans être jugée. Sans avoir à se préoccuper si on la jugeait ou non. Afin de découvrir le vrai fond de la ville, tenez, s'il existait, là où les gens agissaient sans l'avis ou le consentement de qui que ce soit. Ce n'est pas qu'elle avait jamais souhaité la mort de son père et de sa mère, mais elle pensait que lorsqu'ils s'en iraient, quand cela n'aurait plus d'importance pour eux et que ça ne les gênerait plus, elle se lancerait, par curiosité de la ville, dans une vraie folie de réception.

Le téléphone sonnait en bas.

A l'homme à la casquette, devant chez O'Connor, s'était adjoint un compagnon à présent, et tous deux l'observaient. Bon. Avec une lenteur délibérée, cérémonieusement, elle rapprocha les pans de rideaux, puis en fit autant pour la fenêtre de l'autre chambre.

Elle se mit au lit et alluma une cigarette. Une tasse de thé aurait été bienvenue, mais elle n'allait pas s'en soucier maintenant. Elle se sentait bien. Elle mangerait quelque chose un peu plus tard. Demain sa bouche irait mieux. Les lèvres, ça cicatrise vite. Un œil au beurre noir aurait été plus embêtant. Le téléphone sonnait dans la pièce d'à côté, dans le salon. Il leur faudrait plusieurs heures, admit-elle, avant qu'ils ne se décident à enfoncer la porte.

Elle éteignit sa cigarette et la lumière. Le foyer électrique répandait une chaude lueur à travers la pièce. Elle garda les yeux fixés sur le fauteuil peint, celui qu'occupait le fantôme de la femme en pleurs.

La sonnerie de l'entrée s'ajouta à celle du téléphone.

Jamais au cours de sa vie elle n'avait éprouvé un sentiment d'appartenance, et il n'y avait aucune raison de penser que cela lui arriverait. Oh oui alors, elle avait prié pour que lui soit accordée la grâce d'être semblable aux siens, d'être digne d'eux. Mais était-ce si important que ça d'être digne de sa famille, si enviable ? C'était affreux à dire, mais… non.

Elle s'effaçait d'elle-même, de son visage même, dans le sommeil, ce vaste lieu sans couleurs. Terrifiant. Cosmonaute une fois de plus, comme au cinéma, le cordon ombilical tranché, en dérive dans l'espace, abandonnée pour toujours. Elle pouvait s'en sortir en touchant quelque chose de froid ou en posant ses paumes à plat sur le lit. Elle avait peur mais, cette fois-ci, résolue elle s'en allait avec le sentiment de vouloir découvrir les abysses vivants de la solitude parce que, quoi qu'on en dise, cette solitude était propre.

"Courage ! dit-elle au fantôme de la pleureuse. Bon ! tant pis ! dit-elle se retournant de l'autre côté, si tu as décidé de continuer à te morfondre !"

Elle savait exactement où elle se trouvait. Dans la suite mariale de l'*Imperial* où elle était en train de se réveiller. Elle croyait qu'ils auraient enfoncé la porte d'entrée d'un coup d'épaule ou qu'ils l'auraient démolie, de la même façon que les Conneeley avaient pénétré chez Mom, mais elle entendait le frottement d'une échelle posée contre le mur, le long d'une fenêtre de sa chambre, et qu'on escaladait. L'échelle ployait et grinçait sous le poids d'un homme. Tom ?

Fallait-il allumer avant qu'ils ne démolissent la fenêtre ? En bas, il y avait sans doute une foule de badauds qui regardaient. Ils avaient droit au spectacle. Elle sortit du lit, tranquillement, enfila sa robe de chambre et attendit.

Une vitre se brisa et tomba derrière les rideaux. "Quels sont les salauds qui osent s'en prendre à ma maison ?" avait-elle décidé de dire, mais les mots ne vinrent pas. Un deuxième carreau tomba. Il y eut une profonde inspiration à l'extérieur. On avait du mal à atteindre la poignée.

"Que se passe-t-il ?" demanda Vera.

Elle alluma toutes les lumières et attrapa un livre pour se présenter comme quelqu'un qui vaquait normalement à ses occupations avant d'être dérangé.

Il n'y eut pas de réponse au-dehors et elle écarta les rideaux. Bien sûr que ce n'était pas Tom. C'était le plus jeune des deux policiers qui s'étaient présentés chez Finbar la veille, apparemment pour vérifier si elle était toujours en vie. A son expression vide, on aurait dit qu'à l'instant même, il s'attendait au minimum à la découvrir dans le coma.

La nuit avait envahi la place. Le gyrophare de la voiture de police lançait ses éclairs bleus, une ambulance attendait et une foule s'était rassemblée.

— Qu'est-ce que c'est que ça ? interrogeait Vera.

Le policier secoua la tête, rien. Puis il regarda en bas vers la place, dans l'espoir d'y trouver une meilleure réponse à sa question.

— On nous a demandé de... dit-il. On pensait que vous auriez peut-être... Il n'acheva pas sa phrase.

— Non, mais regardez-moi cette fenêtre ! dit Vera, en la montrant avec force gestes, le livre toujours à la main. Une démonstration de mécontentement au vu de toute l'assemblée réunie sur la place. A quoi ça rime tout ça ? Je vous demande un peu !

Le jeune flic en avait assez. En plus sa main saignait.

— Vous n'avez répondu ni au téléphone ni à la porte, dit-il.

— C'est l'habitude, sans doute, de démolir les fenêtres des gens qui ne répondent pas au téléphone ?

— Non. Il secouait la tête.

— Vous avez besoin d'autre chose ?

— Non. Il réprima un soupir et entama sa descente.

— Hep ! dit Vera. Puis d'une voix claire, elle lança : Ici, je suis chez moi !

Elle envisagea de tirer les rideaux, puis y renonça. Au lieu de quoi, elle écarta les rideaux de l'autre fenêtre. Et ensuite ? Attendre pour voir ce qu'ils allaient faire. Elle se rendit à la fenêtre de la salle de bains, dans l'obscurité, pour assister à la dispersion des gens sur la place. Si Tom, Mary Jane et Marcia étaient là, ils restaient invisibles. Mais ils finiraient sûrement par se montrer. En attendant, en bas, il y avait toutes sortes de choses dans le congélateur. Et elle avait envie d'une coupe de champagne.

Une heure du matin. Ce n'est pas qu'elle les aurait laissés entrer, mais personne ne se montrait. De temps en temps, elle faisait un aller et retour de la chambre à la salle de bains pour surveiller la place devenue déserte. La dernière fois qu'elle avait regardé par la fenêtre, il n'y avait plus qu'un petit chien terrier marron endormi

sur le pas de la porte de Lynch. L'ultime retardataire, venu d'on ne sait où, avait traversé la
place une demi-heure plus tôt, en route vers
chez lui, ignorant de son existence. Une voiture
qui, de temps en temps, passait à toute vitesse,
c'était tout ce qu'on pouvait entendre désormais. Décevant.

Elle s'était monté un plateau de boissons à
l'étage car elle avait envie de se faire plaisir. La
robe de coton bleu de sa mère lui allait bien et
elle s'était mis un ruban dans les cheveux.

Les pas d'un autre retardataire résonnèrent
sur la place et elle tendit l'oreille dans l'attente
de son passage.

"Vera !"

La voix monta de la place et l'instant d'après,
la sonnette retentit. Ils étaient deux.

"Vera !"

Elle s'approcha de la fenêtre de la salle de
bains.

"Nous sommes venus seuls et sans armes !"

Le Grec était sur la place. Quelqu'un d'autre
pouffait de rire tout en appuyant sur la sonnette. Le Grec, tel un acteur, balayait le sol de
son large chapeau noir et brandissait une canne
au pommeau d'argent de l'autre main.

"Abaisse le pont, nous t'en prions, au nom
du Très-Haut !"

La fille dont c'était l'anniversaire éclata de
rire et descendit l'escalier en sautillant.

## XI

## QUOI DE PLUS FUTILE
## QUE DE CHERCHER A SE DISTRAIRE

### 1

— Je n'ai rien à déclarer en dehors de ma schizophrénie, dit le Grec.

— Entre, répondit Vera.

— Tu es bien bonne.

Finbar se tenait en retrait sur le trottoir, devant la maison. Il ne s'attendait pas à trouver chez Vera tant de fraîcheur, tant de respectabilité. Il se faisait tout petit – cette fois, délibérément – et avait la mine piteuse. Attitude de repentir eu égard à la nuit précédente qu'il aurait jugée inutile s'il ne l'avait découverte ainsi dans sa robe bleue et son ruban jaune dans les cheveux.

— Entre.

Il la jaugea rapidement des pieds à la tête et se faufila à l'intérieur de l'hôtel en passant devant elle.

— Tu nous reçois au salon ? demanda le Grec, déjà un pied dans l'escalier.

Finbar attendait au bas des marches pour laisser monter Vera devant lui, geste dont elle le remercia d'un sourire. Il lui faudrait cependant cacher l'amusement que lui procurait le Grec avant de pouvoir le regarder de nouveau droit dans les yeux. Par son accoutrement et ses façons, il lui rappelait certains amis de

New York qui venaient parfois la voir le dimanche après-midi. En outre, il incarnait peut-être son genre d'homme.

— Ciel ! s'exclama le Grec, immobilisé à l'entrée du salon.

Le salon de l'hôtel, traditionnellement réservé aux consommations des clients de passage après la fermeture des pubs, était encombré jusqu'au plafond des dossiers et des registres de comptabilité de l'établissement. Quelqu'un, semblait-il, en avait provisoirement fait son bureau. Des épures d'architecte étaient punaisées sur un mur, d'autres traînaient par terre, avec les plans des différentes parties de l'hôtel.

— Installons-nous ici, dit Vera.

Le Grec perdit un instant sa feinte assurance, dans sa surprise d'être invité à prendre un verre si prématurément dans une chambre à coucher en compagnie d'une personne du sexe. Mais en pénétrant dans la suite mariale, il s'écria :

— Ah voilà donc la chambre de ce brave Charles !

— De qui ? dit Finbar, lequel arrivait sur ses talons.

— De Charles Stewart Parnell, dit le Grec. Il a dormi là une nuit autrefois, Dieu ait son âme !

Vera tira les rideaux et Finbar vit le Grec prendre note de la douceur de ses mollets. Elle n'avait pas de bas. Il était sur le point de s'asseoir mais, comme le Grec restait debout, il se redressa.

— Assieds-toi, lui dit Vera.

Finbar enfonça ses mains dans les poches de son pardessus et s'installa sur le fauteuil peint.

— Les flics, dit-il.

— Alors ? dit Vera interrogative, paumes largement tendues, pour leur demander ce qu'ils aimeraient boire.

— La police a fait des descentes dans tous les hôtels, cette nuit, dit le Grec, y compris chez Mannion – du jamais vu à notre époque. Stephen Mannion n'ignore pas que je sais comment leur parler et il nous a bien dépannés en nous offrant quelques verres à la cuisine, mais les coups de canne insistants de Julia au plafond, au-dessus de nos têtes, ont fini par le faire craquer.

— Ils courent après l'avancement, c'est certain, dit Finbar.

— Qu'est-ce que vous prendrez ? dit Vera en riant.

— Qu'est-ce que tu prends, Finbar ? Etant de la famille, le Grec l'invitait à se prononcer en premier.

— Et toi, qu'est-ce que tu bois, Vera ?

Vera brandit la bouteille.

— Du champagne ? dit Finbar, avec un rire de dérision, s'oubliant un instant. C'est rien que de l'hydrogène !

— La bière est hors de question, dit le Grec, le sourcil froncé, sur un ton un peu bref.

— Je le sais bien, dit Finbar, sur un ton d'égale brièveté. Je ne suis pas complètement idiot !

— N'importe quel whiskey, déclara le Grec à Vera, en ce qui le concernait.

Finbar indiqua d'un signe de la tête qu'il prendrait la même chose.

— Allongé ?

— Coupé, dit le Grec.

Finbar approuva la chose, et ajouta, "s'il te plaît".

— Je vais chercher une carafe, dit Vera et elle sortit.

Le Grec se demandait comment son père aurait agi en pareille circonstance.

"Elle a semé la panique chez les flics en ville, on dirait", lança tranquillement Finbar. La noblesse des lieux le déstabilisait un peu, en particulier le lit avec ses recoins sombres. Ça ne pouvait être que malsain de dormir sous ce baldaquin couvert de poussière. Quant aux boiseries, elles lui faisaient carrément penser à des cercueils.

Le Grec examinait le décor de plus près. Les lambris de la partie basse des murs étaient certainement en chêne mais ils avaient été repeints, et quelqu'un s'était donné un mal fou pour reproduire les veines d'un autre bois – du frêne ? Quelle drôle d'idée de transformer du chêne en frêne ou vice versa. Au-dessus de l'appui des lambris, il y avait d'autres panneaux, répartis à travers les murs tapissés de vert. Divers paysages encadrés de moulures de stuc y étaient représentés – une église campagnarde, une tour ronde – et tous comportaient des essences d'arbres connues du seul artiste amateur, leur auteur, aussi inculte en botanique que brutal dans sa facture, et qui était mort, espérait le Grec.

"Ils font du zèle quand ils sont dans la merde, dit Finbar qui parlait toujours des responsables de l'ordre public. Il surveillait l'expression du visage du Grec. C'est pas des manières de reluquer comme ça chez les gens."

Le Grec déposa son chapeau derrière sa canne sur le rebord de la cheminée. Sur le manteau de celle-ci, figurait quelque chose qui ressemblait fort à une autre scène pastorale, de la même main que les autres. Cette fois, c'était une chaumière au bord d'un lac, dans un paysage de tourbières – mais invisible sur le tableau –, du genre qui a de tous temps poussé la paysannerie irlandaise au suicide, mais cette fois la scène était plus fouillée et comportait des personnages. Le Grec se pencha plus près, souhaitant ardemment que le personnage de gnome planté à l'angle de la maison ait été en train de soulager sa vessie.

— Quoi ? dit Finbar, en chuchotant, impatient de voir le Grec s'asseoir et s'entretenir avec lui.

— Parfaitement incongru tout cela, dit le Grec. Et se déplaçant à travers la pièce, il en fit le tour complet sans la moindre pause pour examiner le plafond : De ce qui était autrefois pure élégance, ils ont fait une porcherie, dit-il sans aucune trace d'humour en pénétrant dans la salle de bains.

Finbar, assis sur sa chaise, n'en menait pas large. S'il était venu dix fois dans toute sa vie à l'*Imperial Hotel*, c'était bien tout : et voilà qu'à présent il était en train de prendre un verre dans une chambre d'apparat de l'étage. Il nota le manque d'isolation phonique de la salle de bains, le Grec y semblant relativement insensible, et se demanda s'il n'y avait pas d'autres toilettes sur le palier.

— Te voilà donc ! Il pivota sur son siège, se penchant en avant comme pour se lever, pour se rasseoir plus tendu encore. Tu n'as pas traîné !

Vera était remontée avec une carafe pleine d'eau.

Dans ce décor, il trouvait difficile de croire qu'il avait couché avec elle à sept reprises. Elle avait l'air – comment déjà ? – appétissant. Elle était ravissante. Des fourmillements lui parcoururent tout le corps et plus particulièrement la plante des pieds.

— Et la tête, comment ça va ? dit-elle en évitant de le regarder.

— Eh ben ! Elle versait les boissons avec concentration : difficile de dire si son fin sourire était une façon polie de lui pardonner de l'avoir frappée ou si cela signifiait l'inverse. Eh ben, c'est que... dit-il en tâtant son crâne. Sa blessure restait douloureuse au toucher. C'est la première fois que ça m'arrive. Il eut envie d'ajouter qu'il était désolé, et de le dire tout haut, mais il rata le coche.

— Jésus, Jésus, c'est-y pas Dieu possible ! Qu'est-ce que vous en faites une belle paire, tous les trois ! dit le Grec, en faisant irruption de la salle de bains.

Ils éclatèrent de rire.

Et l'instant d'après, il fut de nouveau en mouvement, faisant le tour de la pièce à grands pas, lançant les bras vers les décors, évitant habilement les meubles bien qu'il gardât constamment les yeux fixés sur Vera.

— Ça te plaît ? Puis, s'étant immobilisé et ayant pris son verre, A ta santé, donc ! dit-il, sobrement.

— Cul sec ! dit Finbar. Ah Jésus, que c'est bon !

Ils rirent de nouveau. Finbar s'était inondé de liquide. "Mon manteau des dimanches ! dit-il. Ah Jésus, voilà que je remets ça !" Son rire était inextinguible. Il en avait le visage douloureux.

Il se rendait compte qu'il dépassait les limites, qu'il était le dernier à s'arrêter de rire, si tant est qu'il en eût été capable, et qu'enfin – ayant recouvré ses esprits – il lui fallait absolument se sortir de ce mauvais pas. Alors il rivalisa avec le Grec.

— C'est de l'époque des George ? dit-il en roulant la tête d'un côté sur l'autre pour leur faire comprendre qu'il parlait de l'hôtel tout entier. C'est bien ça ?

Vera n'en savait rien.

— D'époque Queen Anne, dit le Grec. Mais difficile à imaginer maintenant. Au début, ce n'était qu'une ferme au milieu d'un champ – une grange, vous savez-t-y pas. En mil sept cent sept, je crois, les Locke l'ont acquise pour bâtir un douaire à l'intention d'une certaine Maria Locke, une grand-tante à moi à la puissance $n$.

— Non ! dit Finbar en se signant, vieille habitude destinée à faire croire qu'il était impressionné. Non, tu ne parles pas sérieusement !

— Si si !

Le Grec s'embarqua alors dans un historique du douaire et raconta comment, petits bouts par petits bouts, celui-ci avait fini par devenir une ville.

Les femmes de la famille, en particulier celles qui ont habité ici, ont été de solides gaillardes de protestantes. Toutes, jusqu'à Lou, ma bienfaitrice, à l'exception de ma mère, ont été capables de dévaler le plus bel escalier sans renverser une seule goutte de leur verre.

Il faisait les cent pas. Il riait quand il ne le fallait pas et devenait sérieux quand il plaisantait.

— Elles sont arrivées et reparties sous la pluie, se sont enfuies silencieuses – avec quarante mille autres de leurs semblables au cours de notre histoire – et personne ne leur a demandé de rester.

— Personne ne leur a demandé de partir…

— Personne ne leur a rien demandé, dit-il en s'adressant à Finbar. Sur ce, il éclata de rire. Mais elles ont toutes disparu à présent et la mer ne peut plus rien pour elles, pauvres créatures. Pourtant, viens donc là, et attends un peu, attends un peu que j'te raconte : ce serait pas qu'on en aurait vu des fois, deux de celles-là, y a d'ça un mois, qui chassaient le bison au fond de la vallée !

Il fascinait Vera. Les gens paraissaient si sûrs d'eux. Impossible de dire s'il parlait sérieusement ou non. Le Grec, elle en avait l'impression, n'en savait rien lui-même. C'était parfaitement excitant.

Elle buvait son champagne à petites gorgées et les deux hommes faisaient peu à peu un sort à la bouteille de whiskey.

Il y eut une pause plus longue. Nullement à cause de l'embarras de Finbar. Vera comprit ce qui se passait, elle but une gorgée de son verre puis retournant silencieusement à sa place, elle s'adossa au bord du lit.

"Rapproche donc ta grosse pierre du foyer", dit le Grec, avec un accent du terroir moins prononcé, dans une sorte de soupir. Il s'était levé et installé le dos au feu. Il se balançait sur ses talons et à chaque mouvement ascendant, il plissait les yeux pour les inviter à examiner le plafond ou le mur derrière lui.

— Ça te plaît, Vera ? Dis-moi ? dit-il, en continuant à se balancer, les yeux plissés.

Elle regarda le plancher en souriant.

— Alors ?

— Oh je ne sais plus trop maintenant, dit Finbar qui voulait exprimer un avis favorable sur le décor du manteau de la cheminée, pensant que c'était ce à quoi faisait allusion le Grec.

— Bon, dit le Grec, marquant un arrêt, laisserons-nous l'alcool décider à notre place ou veux-tu te prononcer dès maintenant sur celui de nous deux que tu comptes t'offrir ?

Un sourire flottait sur les lèvres de Vera, elle s'amusait beaucoup. Puis elle leva les yeux. Les sourcils et la tête relevés, il attendait toujours une réponse à sa question. Posément, elle tourna la tête vers Finbar. Celui-ci, qui n'avait pas quitté son pardessus, était comme dans un état second, les yeux dans le vague.

— C'est mon anniversaire ! dit-elle.

Elle fut surprise de constater que ce qui l'effrayait la veille ne lui arrachait pas la moindre pensée aujourd'hui. Elle se sentait heureuse. Sans doute cette impression ne durerait-elle pas. Qu'allait-elle faire à partir de maintenant, elle n'en avait pas la moindre idée pour l'instant. Réfléchir à ce qu'elle ferait d'elle-même et de son héritage viendrait en son temps, en admettant qu'elle s'y mette. Pourquoi se gâcher le présent et se faire du souci prématurément ?

Aujourd'hui, c'était le jour de son trente-huitième anniversaire, il fallait qu'elle en profite à fond parce qu'il allait encore durer une vingtaine d'heures, et même au-delà, jusqu'à dimanche si elle le voulait. A certains moments de la soirée, elle aussi, s'était mise à arpenter la pièce – s'était surprise à le faire – avec de grands gestes et des roulements d'épaules. Elle célébrait son attirance pour le sexe, l'attisait. Mais cela ne se réduisait pas à une simple affaire de sexualité. Si les deux citoyens qui participaient à sa fête et pour qui elle avait de l'affection pensaient que tout ne se ramenait qu'à une histoire de fesses, eh bien elle leur souhaitait bonne chance, si c'était ce qui leur faisait plaisir. C'était leur affaire. Elle se sentait autre. Elle se sentait délivrée. Elle ne s'était pas maquillée. Au cours de cette dernière journée, elle avait perdu quelques illusions, s'était débarrassée des entraves du passé et, ici, chez elle, elle goûtait enfin à la légèreté et à la liberté que l'on éprouve à devenir soi-même.

Elle était désormais ailleurs. Beaucoup de choses s'étaient effacées. Il faudrait sans doute trouver autre chose pour les remplacer. Elle était entièrement seule. Il y avait des moments de pause au milieu de sa joie. Mais elle se sentait revigorée. D'une certaine façon, elle avait l'impression d'être nue.

Elle éclata de nouveau de rire, ne sachant d'ailleurs pas trop pourquoi, mais sa voix sonnait franc. En cet instant précis, elle aimait Finbar et faisait confiance au Grec. Pourquoi ? Inutile de le lui demander. Quelquefois son cerveau fonctionnait trop vite et lui soufflait des choses dont elle ne saisissait pas le sens. Quelquefois elle comprenait de travers. Elle se rattraperait plus tard.

Il était plus de quatre heures du matin. Finbar parlait à Vera d'une voix pâteuse. Il arborait un sourire niais, sûrement à cause de l'alcool, et cela lui donnait l'air sinistre. A l'inverse de Finbar, le Grec paraissait de toute évidence retrouver peu à peu une certaine sobriété. Pour l'instant, il faisait semblant de dormir.

— Je vais t'en raconter une autre, enchaînait Finbar.

Une jambe du Grec jaillit de dessous lui.

— Je te demande pardon, dit-il à Finbar et il resta en alerte. Il se rendait compte que Vera s'amusait beaucoup avec lui.

— Je t'en prie ! répondit Finbar. Vera, écoutemoi ça ! Imagine que ta femme te donne cent livres pour acheter cent bêtes à la foire. Les bêtes valent respectivement cinq pence le mouton, une livre la vache et cinq livres le cheval. Tu sais que tu dois en ramener plusieurs de chaque, pour un montant total de cent livres et – attends, attends ! – il ne doit plus rien te rester des cent livres, après ça.

Le Grec battit des paupières.

— Mais qu'est-ce qu'il raconte ?

— Combien de bêtes de chaque devra-t-il ramener à la maison ? Finbar couvait Vera des yeux.

Vera secoua la tête.

— J'te file un tuyau, Vera, faut y aller d'abord par multiples de vingt.

— Finbar, ça suffit ! dit le Grec avec sévérité. Comme tu vas là, tu fais dans le sexe oral à l'irlandaise.

Vera, qui avait ramassé les deux bouteilles, riait comme une folle en sortant de la pièce.

— Vera ! Finbar la poursuivait de ses appels. Puis, l'air éperdu : Où est-ce qu'elle est partie ? chuchota-t-il au Grec.

— A propos, et tes chiennes ? demanda le Grec.

Il fallut un moment de réflexion à Finbar. Puis il se mit soudain en colère.

— Dis, tu m'as pas vu tout à l'heure au *Shamrock*, en train de donner ma clé avec un billet d'une livre au petit Flaherty, le joueur de foot, pour qu'il les sorte et leur donne un peu à manger ?

— On ne peut pas compter sur lui, dit le Grec, avec détachement. Un sportif de dix-sept ans qui boit autant que lui, inutile de compter dessus !

— Mais je suis pas marié, moi !

Finbar était de nouveau furibond, et parfaitement exaspéré. Il s'était senti crevé toute la soirée et cachait l'amertume que celle-ci avait fait naître en lui : cette façon qu'avait le Grec de vouloir s'imposer, de faire du charme à Vera et – il le sentait, sans en être totalement certain – celle qu'avait Vera de l'aguicher. Carrément de l'inceste. C'était dégueulasse. Vera était son coup à lui.

— Je te demande pardon ? demanda le Grec, tendant l'oreille. Tu me dis que tu n'es pas marié ?

Finbar éluda la question d'un geste, la mine mauvaise, en effet, il avait beaucoup de choses à dire. Mais voilà, seuls le Grec et les gens de sa catégorie avaient le droit de s'exprimer, mais quand il s'agissait des autres : bernique.

— Qu'est-ce que tu racontes ?

— Rien ! dit Finbar. C'est toi qui vas me dire *à moi* ce que je raconte !

Ah, mais c'est vrai qu'il n'avait pas tout dit. Saloperie d'inceste. Ça minait le pays. Les frères avec les sœurs, les pères avec leurs filles, les frères qui sodomisaient les gamins pour mieux les cogner ensuite, les curés qui traînaient en Volkswagen pour sauter les jeunettes et qui s'envoyaient leurs gouvernantes. Et puis il y avait le viol. Et puis les jeunes et les vieilles qui étaient enceintrées et qui priaient des conneries de statues pour qu'elles y changent quelque chose. Il n'y avait pas d'amour. Le pays était pourri par le sexe, parce que c'était la seule chose à laquelle on vous apprenait à penser.

Finbar aurait aimé être plus grand.

Le Grec était assis à la renverse sur sa chaise et réfléchissait. Il ouvrit la bouche pour parler, mais la referma et regarda ailleurs. Difficile de confier quoi que ce soit à Finbar.

Finbar, les mains dans les poches, le surveillait.

Le Grec baissa les yeux et réfléchit de nouveau. Puis il dit "affaire familiale", et il tapota sa veste. Il ouvrit sa veste pour révéler le haut d'une enveloppe brune qui pointait de sa poche poitrine :

— Il faut que je discute d'une affaire avec elle.

Les yeux de Finbar s'ouvrirent tout ronds.

— Tu es soûl ou quoi !

— Le suis-je ?

— Il est quatre heures et demie du matin !

— Je le suis ! Le Grec était très fier de sa prouesse de buveur.

— Il faut que j'y retourne, dit Finbar, et il quitta la pièce.

Il avait utilisé deux fois les toilettes messieurs du rez-de-chaussée au cours de la nuit. Il n'avait nul besoin d'y retourner mais il espérait retrouver Vera en bas ou la rencontrer dans l'escalier et lui dire son fait. Il buvait avec le Grec depuis une heure et demie la veille, il tenait à peine sur ses jambes mais il admettait que tout s'arrangerait s'il s'allongeait, à condition de garder l'œil ouvert. Il se sentait fondre de concupiscence. Juste une nuit de plus avec elle, c'est tout ce qu'il demandait – une seule, une seule, juste une seule – et après elle pourrait s'en aller faire toutes les cochonneries qui lui chanteraient. A l'inverse de Florrie Delaney, qui avait été élevée à la tripe et à l'oignon, Vera avait grandi dans le luxe.

Des principes de justice se bousculaient dans la tête du Grec. Celui qui recourt à la justice doit se présenter les mains propres : il les avait propres, sa conduite était irréprochable d'un point de vue éthique puisqu'il recherchait une justice naturelle dans la situation où il se trouvait. Là où il y a égalité devant la justice, c'est l'antériorité qui confère la primauté : au premier arrivé, donc, ce qui pesait en faveur de Finbar sur le plateau de la balance. Mais lui, à l'inverse de Finbar, tenait l'alcool : la justice est également affaire de pondération. Et, attendez ! s'il avait maintenant l'avantage sur Finbar, la faute en revenait entièrement à ce dernier, personne ne le forçait à boire : la justice n'aide pas celui qui agit en toute connaissance de cause. Ainsi, lorsque Vera revint avec une autre bouteille de whiskey – il n'en attendait pas moins d'elle –, deux verres de plus liquideraient Finbar et, les mains nettes, le Grec la poursuivrait de ses honnêtes assiduités.

Il sortit une flasque de son pantalon et but à même le goulot tout en se dirigeant rapidement vers la porte afin de guetter les bruits extérieurs. En vérité c'est que le souvenir de son père qui, après tout, était mort depuis vingt-quatre ans, commençait à s'estomper. A travers Vera, par Vera, en Vera, qui était une vraie pro, rien à voir avec une quelconque grue de rencontre à Newcastle, il surpasserait son père et trouverait ainsi et enfin le repos de l'âme au sein de la famille.

Sa belle-sœur s'était immortalisée en ville le jour même, et vivre une aventure avec elle, au cœur de cette même ville, lui apporterait une gloire durable à lui aussi. C'était une idée tellement lumineuse qu'il en était, chose possible, déjà tout amoureux d'elle. Son comportement était remarquable. Il l'avait détaillée franchement, les paupières mi-closes, toute la nuit et si elle avait dû avoir le moindre défaut, autre qu'une carrure un peu forte, un soupçon trop haute, comme rehaussée par des épaulettes – ce qui n'était pas le cas –, il s'en serait aperçu. En dehors de ça, qu'avait-il à ajouter en dehors du fait qu'il était sevré d'affection ?

Vera était en train de lui préparer un lit dans une des chambres. Elle venait d'en faire autant dans la chambre voisine et avait sorti des serviettes de toilette à l'intention de Finbar. Intuitivement, elle se reconnaissait une certaine fraternité avec le Grec. Elle l'avait évidemment rencontré une centaine de fois auparavant mais, ce soir, ç'avait été comme de retrouver un vieil ami pour la première fois. Elle en était très heureuse. Mais elle trouvait tout de même que leur fête tournait en eau de boudin. Deux hommes, une femme. Ce serait dommage de tout gâcher. Elle leur dirait, comme le faisait sa mère, "Demain, vous aurez toute la journée devant vous" et les flanquerait au lit. Ou plutôt, "Demain, nous aurons toute la journée devant nous", car elle allait leur proposer de partir tous trois en virée, peut-être même de passer la nuit quelque part. Ils s'amuseraient énormément.

De toute façon, elle ne souhaitait que sa seule compagnie pour le restant de la nuit. Comme elles avaient été étranges, ces vingt-quatre heures qui venaient de s'écouler. Elle avait l'impression d'être sur le point de rattraper son cerveau et elle était prête à découvrir jusqu'où il était allé.

— Entre.

Il était six heures dix. Elle l'avait entendu traverser le hall à pas feutrés de sa chambre à la salle de bains une ou deux fois dans le silence de l'heure qui avait précédé. A présent, il venait de frapper à sa porte. Elle écrasa sa cigarette.

— Entre.

Il avait retiré son faux col et il était en manches de chemise. Des bretelles retenaient son pantalon à rayures sombre qui, elle l'avait déjà remarqué à propos de la veste, tournait au vert. Il était nu-pieds et il tenait à la main quelque chose qu'il dissimulait derrière son dos.

— J'avais oublié, dit-il, en sortant une lettre de derrière lui. On m'a chargé de te remettre ceci. Il paraissait très hésitant, attendant apparemment ses instructions. C'est de la part de ton frère, Tom, et de ta sœur, Mary Jane. Puis, comme si l'impassibilité de son visage le questionnait en quelque sorte sur l'absence du nom de Marcia, il ajouta, Marcia. Il ne pouvait pas lui avouer que, dans toute cette affaire, Marcia ne comptait que pour du beurre. Il haussa une épaule, l'écartant en tant que quantité négligeable. Ils se servent d'elle, dit-il.

Elle inclina la tête en direction de la table de nuit, il s'en approcha pour y déposer la lettre.

— Si j'étais toi, je ne me donnerais pas la peine de la lire. Je l'ai décollée à la vapeur. C'est un tissu d'horreurs.

Son regard s'attardait sur la lettre, elle ne la quittait pas des yeux. Son frère par l'esprit émettait des ondes de solitude. Son sourire exprimait une douloureuse vulnérabilité.

— J'ai épousé la sœur qu'il ne fallait pas.

Elle approuva d'un sobre hochement de tête. Puis elle leva les yeux vers lui et lui demanda :

— Puis-je t'entretenir de quelque chose ?

Le Grec fit mine de prendre un siège.

— Non. Je parle de lundi matin.

— Bien sûr. Elle l'intriguait.

Elle le regarda de nouveau.

— Si nous partons nous promener demain, est-ce que nous n'allons pas nous retrouver à la porte au retour ? Elle le vit entrouvrir les lèvres. Elle continuait à le regarder d'un air candide : ignorait-il qu'elle avait du sens pratique ?

— C'est bien possible.

Elle prit la lettre, le regard toujours fixé dessus.

— Eh bien, re-bonsoir.

Il s'en fut, la tête basse, et s'en retourna vers sa chambre.

Ce qu'elle avait toujours su à propos du Grec, c'est qu'il s'était trompé de sœur. Et Mary Jane n'aurait jamais dû épouser Declan Mansfield.

Il n'avait pas décacheté la lettre, alors elle n'allait pas l'ouvrir non plus. Elle la laissa échapper de ses doigts sur le plancher parce que, quel qu'en soit le contenu, cela ne changerait rien à ce qu'elle avait en tête.

Et d'une. Le week-end dont il fallait profiter. De deux. Finbar, pour le sexe. Elle se sentait en mal d'enfant. Quelle conclusion plus appropriée à cette insolente aventure de Roméo et Juliette, entamée vingt-quatre ans plus tôt, qu'un bébé pour Juliette ? Sans que Roméo en sache quoi que ce soit, bien entendu. Et de trois. Le Grec avait la réputation d'être une sorte de saint Jude dans sa profession. Il était le défenseur des causes perdues. Il la conseillerait.

## 2

— Henry a dormi ici ?
— Je pense.
— Il est levé ?
— Je n'en sais rien, dit Vera, je vais voir.
Il était onze heures et elle était venue réveiller Finbar.
— Tu veux une tasse de thé ?
— Je suis incapable de boire du thé noir. Il fit la grimace à cette idée.
— Je suis sortie acheter du lait.
— Bon alors, si tu veux. Au moment où elle s'apprêtait à s'en aller : Tu me la montes ou je descends ?
— Lève-toi ! lança-t-elle du hall. Et prends un bain !
Pour autant qu'elle ait pu en juger – parce qu'elle ne s'était pas donné la peine de les regarder – les gens qui fréquentaient la place le

samedi matin ne lui avaient prêté aucune attention quand elle l'avait traversée une heure plus tôt. Aujourd'hui, le ciel matinal était morne et gris. Elle avait acheté le journal local, du lait, du pain de campagne et un paquet de rasoirs jetables chez Lynch et, chez Clancy, à côté, deux serrures semblables à celles de la porte de l'hôtel. Pour elle, ce ne serait qu'un jeu d'enfant de les changer. Les deux vendeurs de chez Clancy s'étaient rapprochés l'un de l'autre au moment où elle avait quitté la quincaillerie. C'était tout.

Le petit déjeuner fut à l'image du ciel, en dépit des efforts de Vera. Mais elle n'avait jamais été très forte en matière de conversation. La fête et les rires de la nuit précédente ne lui laissaient qu'un vague souvenir, peut-être qu'après tout rien ne s'était passé. Un matin après rien.

Le Grec ne parvenait pas à se dérider et il balayait la table d'un regard absent, comme s'il cherchait un souvenir ou un soutien. Ses mâchoires luisaient du parfait rasage de l'alcoolique. Vera n'allait pas remettre de bouteille sur la table. Elle était cloîtrée à la maison depuis lundi dernier et s'il était question de boire, il faudrait que cela se passe en dehors de l'hôtel.

— Nous sommes samedi, c'est ça ? dit le Grec.

— Toute la journée, dit Finbar. Il avait déjà avalé plusieurs tasses de thé, s'en versait une autre et maintenant qu'il avait mangé son toast, il s'attaquait à celui que le Grec avait laissé intact. Il y a une course de lévriers, ce soir, à Newcastle.

— C'est une bonne idée, dit Vera, mais allons tout de suite quelque part.

Une certaine animation, à défaut d'enthousiasme, se manifesta au cours de la brève discussion qui suivit, sous la forme d'un intérêt feint pour un déjeuner à Newcastle, une balade au bord de la mer, une soirée aux chiens ou tout ce qui pourrait se présenter.

"Laissons faire les circonstances", dit le Grec. Ce qui reflétait parfaitement l'état d'esprit de Vera. L'avenir restait ouvert à l'aventure.

On décida du moyen de transport. La voiture de Vera ne fut pas mentionnée. D'abord, parce qu'elle faisait partie d'un ensemble de problèmes dont elle ne voulait pas entendre parler jusqu'à lundi matin, ensuite – tous trois en furent tacitement d'accord – elle était garée trop près des réalités du foyer du Grec.

"Mettez vos montres à l'heure, dit Finbar. Je reviens vous chercher à douze heures."

Il savait que ce serait plus près de treize heures mais ne désirait pas que le Grec puisse penser qu'il disposerait d'autant de temps seul avec Vera. Il partit emprunter la camionnette à John-John McNulty et, pour son propre compte, engager temporairement un maître-chien pour Cleo et Tina.

C'était l'allure que prenait la noce qui ne collait pas. Ainsi, le Grec raisonnait-il à propos de son état présent de futilité. Le tempo n'était pas de son goût, en eût-il été responsable. Les idées qu'il s'était faites à propos de Vera la nuit dernière étaient complètement idiotes. Enfin, presque. Quelque chose en subsistait. Une petite musique de l'âme. Mais qu'avait-il l'intention d'en faire, ou plutôt qu'avait-il l'intention de faire avec elle, à la minute même ? Elle avait semblé très attirante la veille. Sans doute l'était-elle tout autant maintenant, mais comment le savoir ou en juger ? Son corps, du moins les parties de son corps bougeaient davantage ce matin, sous le twin-set de laine de couleur fauve qui leur prêtait un côté maternel. Peut-être qu'au fond elle ne l'intéressait que d'un point de vue œdipien. Quoi qu'il en soit, cela tombait mal. Et c'était probablement injuste vis-à-vis de Vera. Et cela en valait-il la peine ? Qu'est-ce qui valait la peine ?

Vera monta à l'étage chercher un manteau à se mettre. L'atmosphère était loin d'être détendue, en bas. Le Grec fuyait son regard, mais elle savait qu'il l'observait. Déjà, il comptait en tant qu'ami, elle en avait décidé ainsi. Mais il y avait quelque chose qui le turlupinait, et elle ne voulait pas ajouter à son trouble. Les complexes de Finbar lui suffisaient amplement. Bon bon bon, comme tu veux – ils allaient s'offrir du bon temps. Nom de nom ! Elle était résolue à ce que ses plans pour le week-end aboutissent. Youpi ? Youpi ! Tchac !

Finbar tardait. Ils abandonnèrent prématurément la cuisine pour aller s'asseoir quelque temps dans l'espace peu accueillant de la salle à manger. Dans la cuisine, elle pouvait au moins faire semblant de s'occuper. Ils attendirent dans le hall et elle s'efforça de lire le journal local mais le reposa quand elle tomba sur l'annonce de la mise aux enchères de l'hôtel. Le Grec le ramassa. Le manteau qu'elle avait choisi n'allait pas avec le twin-set, elle remonta et l'échangea contre la robe bleue.

Finbar n'arrivait toujours pas, par désœuvrement, elle jeta un coup d'œil sur les lettres qui s'étaient accumulées à la réception. Parmi celles-ci, il y en avait une pour elle.

"Concernant les biens de votre défunte grand-mère, Winifred Sarah Lally, nous vous serions obligés de vous présenter à nos bureaux dès que possible, au jour et heure qui vous conviendront."

Il y avait quelque chose de bizarre dans tout ça. L'adresse ? Buffer's Lane, à Newcastle. Elle datait d'il y a deux mois et portait la signature d'un certain Pádraig Ó Síadhail, qui se parait du titre de *dlíodóir*, ce qui manifestement voulait dire notaire. Mom possédait quelques centaines de livres sur un livret postal et l'avait laissé, du moins en partie, à Vera. Sans doute était-ce de cela qu'il s'agissait. Elle remettait ça aussi à la semaine prochaine. Allez !

La sonnette retentit et un chuchotement théâtral suivit à travers la boîte à lettres. "Finbar !" Vera commençait à s'énerver.

Dans l'espace confiné du vestibule, le Grec lui prit gauchement la main et l'embrassa. Elle resta contre lui un instant parce qu'il tremblait et qu'elle en était troublée.

La camionnette destinée à l'escapade avait été reculée presque jusque sur le trottoir et Finbar en ouvrait les portes arrière au moment où ils sortirent. Le Grec monta derrière, ce qui n'était pas ce qu'aurait souhaité Finbar. Il n'avait pas envie d'avoir Vera plantée à côté de lui à l'avant pendant qu'il traverserait la ville, mais elle s'y installa tout de même. Le Grec était à genoux sur le matelas qui était à l'arrière de la camionnette, cramponné aux dossiers des sièges avant.

Ils mirent du temps à partir. La circulation était intense. On était samedi, le jour où les gens de la campagne montent à la ville. Les piétons marchaient au beau milieu de la chaussée et se comportaient en maîtres des lieux, ils ne s'écartaient pas pour laisser le passage. "Ça, ils l'ont appris de leurs vaches", dit Finbar.

En descendant la populeuse High Street, ils aperçurent la silhouette massive de Marcia qui arrivait en sens inverse. Elle paraissait soucieuse et s'essoufflait à manœuvrer sa voiture d'enfant au bord des trottoirs, au milieu de toute cette foule. Elle ne les vit pas. Vera la regarda comme si elle lui avait été parfaitement étrangère. Façon de se protéger. Le Grec se détourna et s'assit sur le matelas. Il n'aurait jamais pensé rougir comme ça et ressentir tristesse, culpabilité et rancune, tout ça en même temps. Il sortit sa flasque bien qu'il sache qu'elle était vide.

Avant de tomber sur Newcastle Road, Vera leva les yeux en direction de la maison de Tom, à Cnoc Mhuire. Lorsqu'il était chez lui, sa voiture était garée devant la maison. Il était absent.

— On fait une station au *Relais*, les enfants ?

— Oui, répondirent en chœur Vera et le Grec.

La campagne s'ouvrait devant eux.

"Mais qui c'est donc que c'te grande belle femme ?" Ils éclatèrent tous trois de rire. Au *Relais*, Vera et Finbar prirent une pinte de Guinness chacun, le Grec, une blonde et, avant de partir, il fit remplir sa flasque de Bushmills par Mrs Folan. "Et à qui donc c'est de vous deux qu'elle est, c'te belle femme ?" demanda Mrs Folan.

Le bruit de casserole de la camionnette était doux comme une musique aux oreilles de Vera. Des rhododendrons, mêlés de fuchsias et d'ajoncs, entrecoupaient les haies. En longues trouées de part et d'autre de la route, des étendues de tourbières partaient à l'assaut des collines. Vera descendit la vitre. Le Grec fit passer sa flasque à l'avant. Elle souriait, elle hochait la tête, les yeux clos, humant la tourbe et la bruyère. "Je ne dis pas non, moi !" dit Finbar.

Sur les arbres, des affiches annonçaient des concerts dans les pubs et des panneaux sur pied faisaient de la publicité pour des hôtels.

Ils approchaient de Newcastle. "Oh ! Regardez, dit Vera, un cirque !"

Ils ne se rendirent pas compte que Tom les surveillait. Ce dernier était sur le point de monter dans sa voiture et de rentrer chez lui quand il avait vu la camionnette se garer sur l'aire de stationnement. Il avait fait un brusque plongeon pour se cacher. (Son beau-père et sa belle-mère possédaient une grande et belle maison à Newcastle et il leur rendait régulièrement visite. A cette occasion, justement, il était venu leur annoncer qu'il viendrait le mercredi suivant reprendre les enfants qu'ils avaient en garde. Tom aurait besoin d'eux pour la vente aux enchères du jeudi.) Il les regarda descendre du véhicule. Sauf erreur de sa part, sa sœur portait une des robes de sa mère. En tout cas, c'était sûrement son manteau. Il les vit traverser le parking et entrer à l'hôtel *Griffin* par-derrière. Sa sœur semblait se donner en spectacle, s'esclaffant et s'affichant à un point qui le fit mourir de honte pour elle, sans compter que ça n'avait pas l'air de la gêner du tout. Mais il devait maintenant rentrer à Grange pour retrouver Tommy Martin, son notaire, à trois heures et quart, en compagnie de Mary Jane, qui se conduisait vraiment comme une sale vipère.

Le Grec commanda une omelette nature. Ils avaient demandé qu'on leur apporte le menu au bar. Finbar déclara qu'il ne voulait rien, mais Vera dit "C'est moi qui paie" et elle commanda un steak pour lui et un ragoût de mouton pour elle.

Les têtes s'étaient retournées à leur entrée dans la salle à manger. Le Grec remporta un certain succès de curiosité avec son costume à l'ancienne, sa canne et son chapeau noir dont il venait de se coiffer, on ne sait pas trop pourquoi, pour la première fois aujourd'hui. Redevenu disert, il s'étendit en long et en large, non sans une certaine érudition, sur acupuncture et liquide céphalorachidien. Les gens des autres tables échangèrent des regards.

Finbar mangeait goulûment, le visage pratiquement à deux doigts de son assiette. Le comportement de Vera qui avait tant impressionné le Grec la veille était des plus étranges. Elle ne semblait pas s'apercevoir qu'elle copiait tout ce que faisait Finbar jusque dans ses plus mauvaises manières. Alors que le Grec se contentait d'une unique tranche de pain blanc sans beurre avec son omelette, Finbar, lui, affirmait qu'il était vital pour le buveur de tout éponger, elle parut trouver ça – de même que tout ce qu'il raconta – extraordinairement drôle.

Des enfants les entourèrent sur le chemin du terrain de foire. Certains d'entre eux crurent que le Grec faisait partie du cirque et, à l'extérieur du grand chapiteau, la plus hardie, une petite fille, courut vers lui pour le toucher.

Vera était enchantée du spectacle. Elle était assise entre Finbar et le Grec. Quand ce dernier lui présentait sa flasque, elle disait non merci en souriant, et quand il tendait le bras pour l'offrir à Finbar, elle lui murmurait "Non, pas pour lui", sans quitter la piste des yeux à aucun moment. A l'occasion, plongée dans le ravissement, elle applaudissait silencieusement.

Le Grec était stupéfait de son émerveillement puéril.

— Tu n'as pas envie de les plaindre ?

Vera secouait la tête, souriante, au spectacle des lions. Et puis, comme si elle réalisait enfin ce qu'il venait de dire, son visage devint grave et ses yeux firent un bref aller et retour entre lui et les bêtes.

— Ils ont l'air bien soignés, bien nourris, ils ne s'ennuient pas. Elle regarda Finbar et bien qu'il continuât de sourire, totalement fasciné par les animaux, il confirma :

— C'est juste, c'est pas juste.

Le Grec regretta d'avoir parlé et d'avoir ainsi provoqué son inquiétude.

Mais arriva le numéro suivant. Deux petits, un lama et un chameau, se tenaient au centre de la piste, jouant de leurs longs cils de stars tandis que leurs parents – une paire de chameaux et une paire de lamas – exécutaient leurs parades. Vera montra les bébés du doigt tout en faisant un signe de tête pour attirer l'attention de Finbar et du Grec sur eux. "Les animaux ne se reproduisent pas quand ils sont malheureux." A présent, elle penchait de nouveau la tête vers Finbar, ayant retrouvé son enthousiasme.

Le Grec se réjouissait énormément d'être en leur compagnie.

Le meilleur de tout fut les clowns. Leur entrain dépassa toute imagination. Ce fut merveilleux. Tout le monde partit content.

"Voyez, voyez ces deux clowns qui entrent", racontaient Finbar, Vera et le Grec par les pubs et les rues, au cours de leurs pérégrinations à travers la ville, expliquant à qui voulait les entendre les raisons de leur hilarité.

"Regardez, regardez, ils arrivent les deux clowns ! Tiens ! Ils transportent quelque chose. Une grosse boîte ! Ils la donnent à un troisième. Ah mais qu'est-ce qu'il y a là-dedans ? Jésus, Marie, Joseph ! Voilà un diable qui en sort, ouille, ouille, les bras en bataille pour boxer les oreilles des autres ! Regardez, regardez-les. Tiens, ils se vengent ! Et voilà qu'il sait plus quoi faire, le pauvre ! Jésus, Marie, Joseph ! Jésus ! Et puis… et puis… ouille ! Les coups qui pleuvent, aïe raté ! pan ! Et que je t'esquive ! Et que j'te balance des crochets ! Quels quiproquos !

Regardez, regardez les clowns qui arrivent !"

Les lévriers furent une catastrophe côté finances.

— On mise sur les favoris, j'imagine ? demanda le Grec.

— Pas ce soir, pronostiqua Finbar, en expert.

Il était ivre de lui-même et ivre – autant que d'alcool – de l'attention que lui portaient Henry Locke-Browne et Vera O'Toole. Tellement fier qu'il ne leur accordait même pas un regard quand ils lui adressaient la parole ou quand il leur répondait. C'était à eux de le regarder. Il s'était également rendu compte qu'il y avait plusieurs voiturées de gens de son quartier venus assister à la course, et qu'ils le découvraient dans toute sa gloire. Il s'en réjouissait car il n'y en avait pas un dans tout le pays qui vaille un clou. Le regard fixé à mi-distance, il recevait sans aucun doute des messages par la pointe de son billet d'entrée roulé en cornet qu'il s'était fourré dans l'oreille. En effet, il annonçait des trucs dans le genre : "Madame X a un solide démarrage et si elle arrive à soulever la trappe et à prendre son virage en quatre secondes cinq, et elle en est bien fichue, tous les autres ne lui verront plus que les fesses", ou encore, "Regardez-moi ce Stanvasia, il a été élevé dans la pourpre, avec Mersey Dote et Brylcrem comme parents, il est bien placé au numéro 6 parce qu'il court ample, va falloir faire une croix sur Jules César".

"Pour moi c'est du gallois", répétait sans arrêt le Grec, et Vera riait, admirative, tout en ratifiant les choix de Finbar et ils perdaient.

Vera s'en moquait bien.

Ils reprirent le chemin de l'hôtel et elle s'arrangea pour retenir deux chambres pour la nuit. Elle attrapa Finbar par le bras et lui chuchota qu'il vaudrait mieux de ne pas s'attarder trop longtemps à boire au bar, qu'il serait préférable de filer à l'étage.

Il avait horreur que les femmes se jettent à son cou. Il dégagea son bras du sien, s'installa sur la banquette, sortit de sa poche pièces et autres objets par poignées et les déposa sur la table. Tout ça c'était parfait pour Miss O'Toole et Mr Henry Locke-Browne, quant à lui, il était raide comme un passe-lacet. Les trois billets de cinq livres qu'il conservait dans sa poche-revolver, il se garda bien d'en parler.

Le bar ferma et le salon se vida peu à peu jusqu'à ce qu'ils fussent les seuls en dehors d'un groupe de rougeauds, dont deux curés et une bonne femme en anorak qui fumait cigarette sur cigarette, qui chuchotaient dans un coin. Finbar les ayant pris en grippe, il fit des commentaires sur eux à mi-voix. Vera les reconnaissait, elle les avait aperçus à la course de lévriers. Le jeune portier de nuit qui allait chercher des boissons sur un plateau ne lui plaisait pas non plus. Avec sa chemise blanche, son pantalon noir et son plastron vert, il aurait mieux fait de se rendre à un festival et d'aller danser à une de ces conneries de *feis*. Et cette Vera qui lui collait de nouveau aux basques, et le Grec, son beau-frère, qui tenait la chandelle, il n'y avait pas assez de place peut-être pour qu'elle s'autorise à se vautrer comme ça sur lui ?

"Mon séducteur", lui murmurait-elle à l'oreille.

Mon séducteur, je t'en foutrais, moi, du mon séducteur ! C'était dégoûtant de voir une femme se tenir comme ça en public.

Le Grec s'était lui-même posé des questions sur l'attitude de Vera au cours du déjeuner. Maintenant, elle semblait perdre complètement la tête, on avait l'impression qu'elle procédait à un rite d'accouplement. Toutes les deux secondes, elle posait la tête sur l'épaule de Finbar, elle pressait son bras contre son flanc, se frottait contre lui, se recroquevillait pour se tendre, l'instant d'après, redressée, grandie, et se ramasser de nouveau de manière à poser ses seins sur la table comme sur un plat, pour les offrir à Finbar. C'était très curieux. Le Grec avait le sentiment qu'il aurait fait un Hérode Antipas tout à fait convenable devant cette Salomé, quant à Finbar, on aurait dit un saint Jean Baptiste revêche privé de son auréole, tombée malencontreusement derrière son imperméable.

Le groupe des rougeauds et de la fumeuse au teint blême s'en fut, le jeune portier entreprit de débarrasser.

La main de Vera se baladait sous la table.

Le Grec tenait sa dernière coupure de dix livres à la main. Il avait tenté d'encaisser un chèque tout à l'heure, mais le jeune homme lui avait annoncé que tout était sous clé et qu'il ne pouvait servir de boissons que contre espèces sonnantes.

"Jeune homme !"

Le jeune portier fit semblant de ne pas avoir entendu la sommation. "Il mériterait le fouet", dit Finbar. "Le fouet", jaillit comme un glapissement, un petit cri de douleur. "Eh toi, le gamin !" Il bondit en l'air, faisant trembler les verres sur la table. Il était en rage mais ne sachant s'il pouvait se permettre de crier, d'une voix sifflante il poursuivait le jeune homme de ses vociférations.

"Réponds quand on te parle ! Allez, obéis !" Ensuite, il devint tout à fait incohérent. "On n'est pas des Noirs, eh toi, le petit con ! On n'arrive pas non plus du Connemara, dis donc ! On n'est que des emmerdeurs de clients !" Il jeta un coup d'œil au Grec et se rassit. "C'est pas vrai qu'on est des emmerdeurs de clients ?" demanda-t-il sur un ton plus raisonnable, quêtant l'appui du Grec et son approbation dans cette affirmation de leurs droits.

Le Grec leva la main pour demander la parole. "Oh je vois, dit Finbar, se relevant, je vois, le Seigneur est mon berger !" Il ne savait plus trop ce qu'il racontait tout en voulant dire qu'il se croyait absolument seul et sans ami.

Le jeune portier continuait calmement à débarrasser les tables. Il ne travaillait ici que depuis quatre mois, mais il avait déjà dans l'idée qu'au moins la moitié des gars du coin étaient aussi tarés que ce grand couillon qui se dirigeait maintenant vers les toilettes messieurs. Comment ils en étaient arrivés là, il n'en avait pas la moindre idée.

Sur le chemin des toilettes, Finbar vit une chaise par terre, il s'arrêta pour la remettre debout. "Bon Jésus ! dit-il en s'adressant à la chaise, n'importe comment, c'est pas des frères chrétiens, ni des curés qu'il les tient ses bonnes manières !"

Le Grec glissa un mot au jeune homme et réussit à lui faire remplir sa flasque pendant que Finbar était aux cabinets. Les clés de la camionnette étaient sur la table et il les ramassa. Avant de partir, il lança à Vera : "Quoi de plus futile que de chercher à se distraire. Allez, bonne nuit."

# 3

En se promenant ici, la veille, Vera avait dit qu'elle aimait bien la brise mais qu'elle avait peur de la mer rien que d'y penser. Finbar avait approuvé. La mer, c'était… énorme.

Le Grec arpentait de nouveau le front de mer. D'habitude les petits enfants poussent des hurlements la première fois qu'ils voient l'océan, disait sa mère, mais lui, il avait ri quand, tout bébé, elle l'avait amené ici même à Newcastle. Si la mer ne lui inspirait toujours aucune crainte, il était devenu néanmoins plus réaliste en grandissant.

Il pensait aussi à Marcia et aux enfants. Que faisait-il à traîner sur une promenade déserte, un dimanche matin, à vingt-huit miles de chez lui ? Il se savait spécial mais cette particularité était plus qu'une curiosité ou qu'un anachronisme et il ne parvenait pas à la définir. Où aurait-il dû se trouver ? Le soleil tentait de se montrer derrière les nuages, alors il découvrit les dents en une sorte de rictus comme le faisait son père. Les pères ne sont vraiment pas indispensables. Que représentaient donc sa femme et ses enfants pour lui, et lui pour eux ?

Machinalement, il se tâta plusieurs fois le menton. Il avait bien envie de se raser. Il se sentait sale après la nuit passée dans la camionnette, mais, à choisir, il se serait rasé séance tenante. Il y avait encore une heure à attendre de toute façon avant que quoi que ce soit n'ouvre, avant de pouvoir retourner au *Griffin*.

Un de ses compagnons d'études avait plié bagage un beau jour, pour s'engager comme simple matelot dans la marine marchande. A récurer les ponts, c'est ainsi que le Grec se l'imaginait, mais il existait sûrement des machines pour ce genre de corvées, même à l'époque. Il avait reçu une carte arrivée du diable vauvert de l'apprenti philosophe de naguère, son ami le marin. Le message offrait une vision archisimplifiée de la vie, mais ô combien séduisante. "Le problème du marin c'est de se rendre d'un point à un autre. Il le résout en prenant le bateau."

Le revêtement de la chaussée qui passait par les quais était inégal, c'est pourquoi il marchait sur la bordure de granite, près de la jetée, le long de remorqueurs rouillés et des péniches. On aurait dit que les navires étaient collés plutôt que posés sur l'eau. Il leur tourna le dos ainsi qu'aux mouettes affamées qui tournoyaient et il dénombra cinq tours d'église d'un genre ou d'un autre qui dominaient la ville. Il se remit en route, cette fois le long d'une étroite ruelle d'entrepôts misérables. Il y avait une autre église quelque part, plus haut.

Il n'avait pas communié depuis le matin de son mariage, treize ans plus tôt. Il l'avait fait en toute bonne conscience. La veille de la cérémonie, il y avait eu une soirée mixte, à Elm Park, car il avait horreur de ces sorties typiques entre mâles, et il y avait eu beaucoup de beau monde, à l'exception de Marcia qui, par superstition, avait refusé d'être vue en compagnie de son futur la veille de leurs noces. A un moment donné, il s'était éclipsé discrètement pour s'absenter pendant presque deux heures. Où s'était-il rendu pendant ce laps de temps, cela restait encore son secret. En proie à une émotion soudaine, il s'était fait conduire en taxi à Newcastle et avait demandé au chauffeur de l'attendre dans Main Street toute la durée de son entretien avec un père bénédictin compréhensif qui lui avait accordé absolution et bénédiction. Il l'avait fait non pas parce qu'il était croyant mais parce que beaucoup de ses invités et la totalité des invités et amis de Marcia l'étaient et qu'en recevant la sainte communion avec eux, le lendemain matin, il se sentirait la conscience nette, sachant qu'il ne leur ferait pas injure, non plus qu'il n'irait contre les habitudes des leurs. Du moins, c'est ce qu'il s'était dit. Extraordinaire. Il avait une folle envie de récidiver, ce matin.

— Le Seigneur soit avec vous, dit le célébrant.

— Et qu'il soit avec vous, répondit l'assemblée. Que Dieu vous bénisse vous et vos œuvres. Stop.

L'église était comble. Un tas de gens s'étaient tirés du lit, étaient sortis de chez eux : quand le sabbat avait-il cessé d'être un jour de repos ? Le célébrant fit une pause au cours de la cérémonie le temps de vider ses narines dans un mouchoir. Stop, stop, stop. "Michel, guide la barque jusqu'au rivage", chantait la chorale, dans son enthousiasme à vouloir charmer les oreilles des anges. Stop, se dit-il, stop. La chorale est convenable, elle est parfaitement adaptée et ce devait être une église de pêcheurs autrefois, le cantique est sans doute ce qu'il faut.

"La veille de sa passion, il prit du pain", psalmodiait le célébrant. Le Grec le devança en latin : *"Accepit panem in sanctas ac venerabiles manus suas, et elevatis oculis in coelum ad te Deum Patrem suum omnipotentem."*

Ils avaient viré la sombre incantation latine, largué Michel et sa barque en pleine mer. "Car ceci est mon corps", et *"Hoc est enim corpus meum"* avait sombré dans une mince remontée de bulles pour toute manifestation. Stop. Mais il était incapable de s'arrêter. *"Hic est enim calix*

214

*sanguinis mei.*" Il y avait quelque chose qui ne tournait pas rond chez lui – Connais-tu le tourment ? – pour que partout il ne vît que laideur ? Il en avait assez de lui-même, profondément assez. Il savait qu'il suffisait qu'on lui dise "pomme de terre" pour qu'il réponde "patate". "Haut les cœurs !", "Haut les seins !". Allons, n'en parlons plus. Comme dans la chanson.

Au lieu de ça, il rejoignit la longue file qui attendait les espèces. Il s'aperçut qu'il avait la frousse. Ça devenait grave. Peut-être allait-on le renvoyer. Difficile d'en vouloir à qui que ce soit si cela se produisait. Il rajusta ses traits afin d'arborer une expression plus appropriée, témoigner d'une ardeur aussi vive l'aurait trahi.

Autrefois, la communion offrait une occasion idéale de reluquer jeunes vierges et matrones, toute quincaillerie dehors, dans leurs allées et venues à la table de communion.

Son tour arrivait. Le type à sa droite avala une gorgée du calice dont le célébrant essuya le bord là où s'étaient posées les lèvres. Le Grec regarda le célébrant dans les yeux et sut qu'il ne serait pas évincé. Il but une gorgée et le calice passa à une dame coiffée d'un foulard, sur sa gauche. On ne distribuait plus d'hosties – il y avait un petit côté orthodoxe grec là-dedans –, il choisit un petit morceau de pain dans la corbeille que lui tendit l'acolyte. Une bien meilleure idée que l'hostie, pensa-t-il, en retournant à sa place. Mais il ne se résolut pas à l'avaler et le garda dans le creux de la main. Puis ne sachant plus qu'en faire, il le mit dans sa poche.

Les gens continuaient à défiler devant l'autel pour recevoir le pain et le vin.

Il y a quatre ans, à Londres, on lui avait fait cadeau d'un billet pour la finale de Wembley.

Chelsea contre Leeds. Le football ne l'intéressait pas. Ces rugissements de fauves de soixante mille fans qui hurlaient avant le jeu... Puis l'orchestre avait entamé le *Seigneur, sois avec moi* à la mi-temps, et en quelques secondes, les soixante mille prédateurs qui avaient entonné l'hymne s'étaient transformés en victimes apaisées. Ç'avait été tellement beau qu'il en était resté touché au-delà des mots. Et puis aussi, ce frère et cette sœur du nom de Carlos qui dansaient le flamenco dans un cabaret, à Madrid. La danse ne l'intéressait pas, mais il avait attendu le numéro d'après, un peu plus tard dans la soirée, était revenu le lendemain soir et, à chaque fois, le rituel qu'avaient observé les jeunes gens en dansant l'avait ému aussi au-delà des mots. Hier, rire si fort devant les clowns – rire – avait provoqué le même effet sur lui, de même que sur Vera et Finbar, pensait-il.

"Mon frère bien-aimé dans le Christ."

Le Grec se redressa sur son siège. "Ne laissez pas vos cœurs tomber dans l'affliction." "Vous connaissez la voie qui conduit là où je vais." L'évangile du jour qu'il avait écouté, un peu plus tôt pendant la messe, avait retenu son attention. Le prêche, il l'espérait, en développperait le thème. "Je suis la Voie, la Vérité et la Lumière, disait l'évangile. Si vous me connaissez, vous connaissez mon Père, alors comment pouvez-vous dire, «Voyons le Père» ?"

"Mes chers frères dans le Christ, disait le prédicateur, bien que le Christ ne soit pas physiquement présent comme il l'a été pendant son existence sur terre, il accomplira «de plus grandes choses encore», comme nous l'annonce l'évangile, à travers son Eglise. Et le message que nous devons retenir aujourd'hui c'est que nous avons tous à jouer un rôle dans celle-ci. Le Christ s'est révélé la pierre angulaire de notre sainte Eglise catholique, nous en sommes les pierres vivantes. Nous sommes tous – aujourd'hui plus que jamais – un sacerdoce royal, une nation consacrée, un peuple désigné pour chanter les louanges de Dieu et accomplir son Œuvre bénie sur terre. Quels sont les actes que nous posons pour vivre à la hauteur de cette vocation ? Revenons aux paroles mêmes que le Christ a prononcées dans l'évangile. «Je suis la Voie, la Vérité et la Lumière», a-t-il dit." Le Christ n'était pas idiot. "Je suis la Voie, la Vérité et la Lumière." Le Christ ne parlait pas sans réfléchir. Il choisissait ses mots avec soin et sagesse, trois mots. Retenons-en trois autres. Contraception, divorce, avortement.

"Ce sera pour les oiseaux, dit le Grec. Il jeta un coup d'œil à sa montre. Il faut que je me lève et que j'y aille."

Et c'est ainsi qu'il se leva et quitta l'assemblée. Et parce qu'il lui restait encore du temps à perdre avant de regagner la ville, il se rendit auprès des flots pour les contempler une fois de plus. "Etes-vous dans l'affliction, êtes-vous las ?" Ainsi s'adressa-t-il à haute voix aux oiseaux, car tant de choses pesaient si lourd sur sa conscience. Et les oiseaux – dont une mouette – lancèrent leur "ouais" par trois fois, car pour toute la semaine ils n'avaient eu qu'un chiffon imbibé de cambouis et trois minuscules gouttes de plancton à se partager. Un grand silence s'installa parmi eux tandis qu'ils l'observaient de tous leurs yeux. Et l'homme rompit le pain sorti de sa poche et en répandit les miettes au-dessus des eaux. Et tous les oiseaux, dont une mouette, s'abattirent sur la mer pour voir ce qu'il en était. Et constatèrent qu'aucun miracle ne se produisait et à quel point leur portion était congrue, "Ben vrai, on dirait que les affaires ne s'améliorent pas !" déclara la mouette en chef dont le nom était Seth. Alors tous les oiseaux, dont une mouette, prirent le vent et s'enfuirent à tire-d'aile vers les terres de Grande-Bretagne et d'Amérique ainsi qu'aux dix-sept coins de la terre où ils transportèrent leur tristesse. Ensuite le soleil sembla faire signe à l'homme de l'Attique. Et le soleil reconnut l'homme et l'homme reconnut le soleil. Et l'homme quitta les eaux d'huile et de sel car il avait compris que sa fin surviendrait dans des eaux douces.

4

Si possible, Vera voulait être présente, non seulement physiquement mais mentalement, au moment de la conception, être unie corps et âme dans le plaisir de l'acte de procréation et ne pas se contenter seulement des mécanismes de chair et d'os au-dessus d'elle, en compagnie de quelqu'un qui vidait son sac. Un homme qui la tringlait, ça c'était le métier. Quelle bonne idée de faire un bébé, elle y était plus que jamais résolue. Elle mettrait tout en jeu pour cela. Elle s'y était appliquée trop laborieusement la nuit d'avant. Avec trop d'empressement, du moins pour le genre de type qu'était Finbar. Entre autres choses, il en avait été gêné pour elle. La nuit dernière, cela avait demandé un temps infini, elle avait manœuvré longtemps – elle aurait préféré s'y prendre autrement – jusqu'à ce qu'enfin il la pénètre.

Ils étaient tous deux assis dans le hall de l'hôtel *Griffin*, Finbar et elle, et ils attendaient. Elle feuilletait les pages de son journal de façon à le surveiller du coin de l'œil. Il était toujours fâché contre elle.

"Les partis achoppent sur la contraception", "Hésitations du gouvernement", "Ce mercredi, rencontre prévue avec le gouvernement sur la question, si Dieu le veut. L'évêque." Tout cela dépassait Vera.

Etrange, quand on y pensait, mais elle n'avait jamais connu qu'une seule relation sérieuse et adulte (avec Wally le Suédois). Ce lien intime et son amourette d'enfance avec Finbar avaient été les seules affections qui avaient compté dans sa vie. Et cela lui semblait déjà énorme. Beaucoup d'hommes auraient souhaité entretenir une liaison avec elle mais elle leur avait dit non. C'était d'autant plus bizarre qu'elle avait toujours eu besoin de tendresse. Sans doute que pour elle, comme pour Finbar, c'était quelque chose de difficile à accepter ou à vivre. Finbar, arrivé maintenant à l'âge d'homme, se révélait incapable de connaître un attachement durable avec qui que ce soit. Il était célibataire dans l'âme, égoïste, et elle était pareille, destinée à vivre seule et y tenant absolument. Allez !

"Les députés s'opposeront à toute proposition d'autorisation de vente libre de contraceptifs aux personnes non mariées." Parfois quand elle se renseignait sur un client, elle lisait le journal ou une revue pour voir si elle serait capable d'en retenir quelque chose par cœur, afin de rémédier à son manque de conversation. Maintenant, elle se demandait si elle oserait questionner Finbar sur ce qu'il pensait de la distribution des préservatifs : valait-il mieux les vendre ouvertement ou sous le manteau, histoire de briser la glace entre eux. Elle décida de garder le silence. Ce n'était pas un sujet dont il aimerait s'entretenir avec une femme en temps ordinaire, encore moins le matin, et quand il était sobre par-dessus le marché.

Il était fâché contre elle parce qu'elle ne l'avait pas réveillé pour le petit déjeuner. Elle l'avait laissé dormir parce qu'il avait l'air épuisé.

"Pourquoi ne m'as-tu pas réveillé ? lui dit-il. Il était très énervé. L'heure du petit déjeuner était passée. Et c'est comme ça qu'ils se font leur beurre ! dit-il. Je peux te déballer tout et le reste sur ces Griffin ! Ha ! tu leur en as donné pour leur argent ! Ah ! c'est ça leur chambre *avec* petit déjeuner !"

Elle lui lança de nouveau un coup d'œil. C'est qu'elle l'aimait vraiment beaucoup. Et il l'amusait. Elle lui en avait fait voir de toutes les couleurs la nuit dernière. Elle s'amusait et elle avait bien envie de rire. Ce soir, ils feraient magnifiquement l'amour. Mais, cette fois, elle s'y prendrait autrement.

On entendit le bruit de quincaillerie des volets que l'on remontait dans le bar au moment où le Grec emprunta la porte à tambour qui menait dans le hall.

"Jésus ! s'exclama Finbar. Alors toi, tu tombes à pic !"

Le Grec éclata de rire à la vue de Finbar, le montrant du doigt, il faillit se casser la figure. Finbar se mit à rire aussi. Il était si content de revoir le Grec. Quel accueil ! Ils s'étreignirent.

"Bonjour, Vera !"

Le Grec encaissa un chèque à la réception et ils se rendirent au bar. Il n'était pas très riche. Il devait gérer avec prudence ce que lui avait laissé sa tante et compter avec l'ingéniosité de Marcia pour arriver à faire vivre la famille.

— Qu'est-ce que tu prends, Vera ?

— Une Vierge Marie.

— Et toi Finbar ? Il se remit à rire en voyant l'allure de Finbar et le prit par les épaules. Le gouvernement de tes boyaux en appelle à ta miséricorde ! Qu'est-ce que tu prends ?

— Une vodka, Henry, une double si possible.

Le Grec pouffa de rire devant cette folie et il passa commande. Il ne prendrait rien pour l'instant, il devait d'abord faire un brin de toilette. Il sortit un rasoir de sa poche et se dirigea vers les toilettes messieurs.

Ils rejoignirent la camionnette. Il y avait un pub à l'autre bout de la ville dont Finbar avait entendu parler sans y avoir jamais mis les pieds, ils s'y rendirent. Vera prit de l'eau minérale. Les hommes restèrent sur leur soif – quatre verres – et à deux heures et demie pétantes, ils étaient de nouveau dehors, à battre la semelle à côté de la camionnette. Le dimanche, le règlement était franchement inhumain. Les pubs ne rouvriraient pas avant cinq heures. Il leur tardait de boire sérieusement : où allaient-ils bien pouvoir passer les deux heures et demie à venir ?

"A la maison ?"

Le Grec fit non de la tête à cette suggestion et Finbar la dévisagea : est-ce qu'on lui demandait son avis ? il lui en voulait aussi de n'avoir rien bu d'alcoolisé.

Elle trouvait que Finbar n'avait pas l'air très brillant et elle se conduisait de manière protectrice envers lui.

"Ramène-nous donc à Main Street", dit le Grec. Il avait une idée : le pub de Bob Tierney.

Ils entendirent que des gens se faisaient servir chez Boxer mais ils eurent beau cogner, sonner et taper différents codes sur la vitre avec une pièce de monnaie, ils ne furent pas invités à entrer. Ils reprirent la voiture pour se rendre au *Rancho Mick*. Mick, en ceinturon clouté et bottes de cow-boy, vint en personne répondre à la porte. "Merde, vous avez qu'à retourner où que c'est que vous avez bu toute la matinée", leur déclara-t-il. La journée souffrait d'un manque évident de préparation. Dans les pubs, les patrons n'apprécient pas beaucoup les clients qui s'amènent juste aux heures sacrées et qui boivent chez les autres le reste du temps autorisé.

— Si on allait manger quelque chose ? demanda Vera.

— Je croyais qu'on était venus pour rigoler un peu ? dit Finbar sur un ton de défi.

Ils firent le tour des rues de Newcastle dans l'espoir d'être enfin accueillis dans un pub. Ils tournèrent en rond, retombant indéfiniment sur les mêmes rues. Le Grec avait bien sa flasque mais Finbar détestait boire du whiskey par-dessus la vodka. Dans une des rues, il y avait un bâtard de chien de berger tapi aux aguets et qui, à chacun de leurs passages, leur bondissait dessus, courait après la camionnette en mordant les pneus. Finbar, qui s'amusait à le provoquer, faisait exprès de revenir dans la rue, accélérant et freinant pour exciter davantage la colère du chien, monopolisant son attention sur les roues de la camionnette pour faire en sorte qu'il perde la tête et aille se jeter contre les voitures garées un peu plus haut.

"Henry, tu peux me passer à boire ?" demanda Vera.

Dans la pénombre, à l'arrière du véhicule, le Grec essayait de déchiffrer un article du journal dénonçant les menaces qui pesaient actuellement, en Irlande, sur les valeurs sacro-saintes et sur la qualité de la vie. Il referma le journal et s'assit dessus. "Grotesque, bizarre, dit-il en allongeant le bras pour lui tendre la flasque. Ce n'est pas croyable !"

Finbar ne réussit à rien avec le chien mais faillit provoquer une catastrophe pour la camionnette. Le gnon que le capital de John-John McNulty venait tout juste d'éviter lui clarifia les idées et de sa peur rétrospective jaillit l'inspiration.

"Ça y est ! dit-il. Je sais où on peut aller ! Mrs Folan est sacrément bonne pâte. Je suis sûr qu'on va se dégotter à boire au *Relais.*"

Mrs Folan se montra pleine de bonté à leur égard. Ils arrivèrent au *Relais* à quatre heures cinq et ils en repartirent à minuit dix le même soir. Elle leur servit du chou au lard. Vera le dévora de bon appétit. Le Grec toucha à peine à son assiette et s'en excusa auprès d'une patronne compréhensive. Quant à Finbar, il mangea gloutonnement tout en se disant qu'il faisait une bêtise. Mrs Folan, d'après lui, ne rinçait pas ses choux – mais il avait besoin de fer – et en plus, elle essuyait ses couteaux sur le dos de son chien.

Le Grec n'avait jamais conduit. Ils aidèrent Finbar à grimper à l'arrière et c'est Vera qui prit le volant au retour. Au cours du trajet, il poussa quelques gémissements. Vera se concentrait sur sa route. Il y avait de temps en temps des nappes de brouillard et elle avait l'impression d'avancer lentement au milieu des nuages sans avoir rien d'autre qu'un volant auquel se raccrocher.

Le Grec, à la place du passager qui avait été la sienne, semblait prendre un peu plus de hauteur à chaque mile parcouru et il était raide comme un piquet quand ils se rangèrent sur la place, à Grange. Entièrement dégrisé, il restait, immobile, à contempler fixement la réalité devant lui : c'est-à-dire rien. Vera frappa des deux mains le volant qu'elle cogna de son front et se mit à rire intérieurement, soulagée en quelque sorte. Le moteur tournait au ralenti.

— Vous voulez entrer ?

— A la maison ! Un gémissement montait de l'arrière de la camionnette. Je t'en supplie !

Vera renversa la tête en arrière et se mit à rire comme une folle. Puis elle se mit en route pour le Quartier neuf.

Finbar était comme aveugle, il pagayait des mains tout autour de lui et, repoussant régulièrement celles de Vera quand celle-ci venait à son secours. On aurait dit qu'il avait la jaunisse. On aurait juré une chiffe passée à la lessiveuse, pensa-t-elle. Et elle se remit à rire. Le Grec descendit de la camionnette uniquement parce que le moteur avait cessé de tourner et il resta planté là. Finbar se dirigeait vers son portail, les mains toujours derrière, repoussant toute aide, repoussant l'humanité tout entière.

— Qu'est-ce qu'on fait de la camionnette ? demanda-t-elle, les clés à la main.

Finbar ne voulait plus entendre parler de rien. Il avait assez de mal comme ça à garder le cap jusqu'à la porte, il secoua la tête sans se retourner.

— Bon ! dit Vera quand Finbar eut refermé sa porte, et elle remonta dans la camionnette.

Le Grec suivit comme un automate, et ils démarrèrent.

— Je peux entrer ?

— Bien sûr. Un dernier avant de se coucher ?

Dans la cuisine, elle lui fit signe qu'elle se contenterait d'un petit verre en sa compagnie. Il leva le sien. Puis, après réflexion, il haussa les épaules, ne sachant que dire. Elle hocha la tête et prit un air grave pendant quelque temps. Il avala une gorgée, haussa de nouveau les épaules, cette fois pour lui, rien qui vaille la peine d'être dit.

"Eh bien !" Elle descendit son verre d'un coup et se leva. Elle lui indiqua le plafond pour lui montrer que sa chambre était là-haut, s'il le voulait et quand il le voudrait. "Bonne nuit !"

Elle l'entendit se lever quand elle sortit. Elle n'eut pas besoin de se retourner pour savoir qu'il s'inclinait devant la table en disant : "Encore une fois, bonne nuit !"

Il l'inquiétait et lorsqu'elle redescendit une demi-heure plus tard pour voir où il en était, il était encore debout devant la table, tournant le dos à la porte. Des deux mains, il élevait la bouteille à hauteur tout en faisant des signes et en chuchotant.

*"Hic est enim calix sanguinis mei novi et aeterni testamenti."*

Il prit conscience de sa présence, reposa la bouteille sur la table, et s'assit, les mains ouvertes, écartées, abandonnées sur la table, preuves de sa docilité.

L'attitude de moindre résistance n'est pas toujours une mauvaise chose, quelquefois c'est la meilleure conduite à tenir, alors elle vint se placer derrière lui. Elle lui posa la main sur l'épaule et il se mit à pleurer, elle lui caressa le visage et essuya ses larmes. "Allez, viens."

## XII

## LA PAUVRE MARTYRE

Toute cette semaine-là, garée sur l'harmonieuse place en demi-lune de Elm Park, la Mercedes gris métallisé visible de la fenêtre de la salle de séjour de chez le Grec fut un véritable crève-cœur pour Marcia. Elle ferma souvent les yeux dans l'espoir qu'en les rouvrant la voiture aurait disparu et elle passa sa haine de Vera sur les enfants. Le mercredi, en effet, elle empêcha les trois aînés – Norman, Winnie et Belinda – de se rendre à l'école. Elle n'avait revu son mari qu'une seule fois depuis le vendredi.

Il arriva enfin le lundi, à trois heures de l'après-midi, et il monta directement se changer. "Bonjour bonjour !" fut tout ce qu'il trouva à dire et c'est à Joan et Mary Frances qu'il s'adressa, uniquement parce qu'elles jouaient dans l'entrée et qu'il lui avait fallu les enjamber. Pas un mot ni à bébé Carol ni à elle. Si bien que lorsqu'elle l'entendit monter à son bureau au dernier étage, elle se précipita dans la chambre avec la petite Carol dans les bras pour renifler ses vêtements. Le bébé était sage comme une image, quant à Joan et Mary Frances, elles s'occupaient si gentiment en chuchotant tout bas qu'elle éprouva des remords de les avoir prévenues avec tant de sévérité de ce qui les attendrait si elles se conduisaient mal : elle aurait voulu que les petites pleurent à sa place. Bien entendu, elle n'était sûre de rien, et elle retournait tout ça indéfiniment dans sa tête, "non, ce n'est pas dirigé contre moi, non, ce n'est pas dirigé contre moi", mais alors qu'est-ce que cela pouvait être d'autre ? Vera voulait tout, voilà.

Dans le silence presque total de la maison, elle l'entendit s'entretenir avec quelqu'un au téléphone, elle redescendit pour savoir de qui il s'agissait. Il fixait un rendez-vous à Tommy Martin. Il le prenait de la part de Vera. Ensuite, il téléphona à la National Bank pour demander un prêt, pas pour lui, pour Vera. Après ça, il appela Dublin, les gens de Hertz, au sujet de cette voiture vagabonde. Et c'est au cours de l'appel suivant, à Martin A. Costello, que le bébé régurgita sur le récepteur au moment où Marcia lâchait ce dernier pour essuyer les larmes qui lui coulaient du nez.

Il est certain qu'elle ne lui aurait strictement rien dit, lui en eût-il donné l'occasion. Elle lui avait tout de même concocté un bon petit repas froid en réserve dans le frigidaire.

"Tu t'en vas encore ?" lui demanda-t-elle lorsqu'il passa devant la porte de la salle de séjour sans entrer et, le temps de trouver le courage de lui courir après et de lui crier "quand est-ce que tu reviens ?" il avait déjà parcouru la moitié de la rue. C'est à peine si son dos bougeait. Les ronds de cuir qu'elle lui avait cousus aux manches avec amour disparaissaient du quartier. Ce fut bouleversant.

Six fois de suite, le lundi soir, elle mit son manteau et le retira dans l'intention de se payer de culot avec eux. Il y avait des choses que Henry aimait bien, au lit, et cela rendait Marcia malade de penser que quelqu'un d'autre pût les lui faire à sa place. Tant de fois il lui avait dit que c'est toute nue qu'il la préférait. Alors elle téléphona à l'*Imperial*. Dans sa poitrine, son cœur était comme une pointe de clou rouillé. Vera répondit au téléphone dans un grand éclat de rire comme pour se moquer du désespoir de Marcia. Lentement, elle reposa le récepteur, la bouche agrandie dans un hurlement silencieux.

Ensuite, il devait être autour d'une heure du matin quand le téléphone se mit à sonner. "Mais qu'est-ce, mais enfin qu'est-ce qui se passe ?" C'était Mary Jane, sans aucun préambule, avec sa brutalité habituelle. Ce fut plus qu'elle n'en put supporter, Marcia éclata en sanglots.

"Comment va !" Tom se présenta en personne, le mardi matin. Elle lui dit qu'elle ne savait plus où elle en était, mais la seule chose qu'il voulait c'était la cuisiner à propos de Henry. Ensuite il téléphona à Mary Jane et ils eurent une conversation à trois, Mary Jane étant au milieu représentée par le téléphone. Seuls des motifs purement personnels les guidaient, et pour autant qu'ait pu en juger Marcia, ils ne s'intéressèrent pas plus à elle qu'au chat. Les liens et les valeurs de la famille ne furent que vains mots. Tout tourna autour de l'hôtel, de la vente aux enchères, des *Wool Stores.* "La seule chose que je veuille, c'est que Henry rentre à la maison", mourait-elle d'envie de leur dire. Puis une dispute éclata. Mary Jane enguirlanda Tom. "Pourquoi, pourquoi, pourquoi ne me tient-on pas au courant de ce qui se passe ? Hein, hein, hein ?" Tom avait juste dit que Henry menaçait de faire enquêter sur Tommy Martin lequel avait suggéré qu'ils – Mary Jane et lui –, franchement, se mettent à la recherche d'un autre notaire.

Un court instant, Marcia reprit espoir. Elle se mit à prier. Si toute cette affaire tournait autour du bois professionnel, moral et mondain dont Tommy Martin était fait, et non autour de ce qui lui trottait dans la tête, la vie reprendrait son cours normal et tout irait de nouveau bien une fois que Henry aurait fait rayer ce type de l'ordre des notaires. Marcia n'oublierait jamais le soir où ils avaient invité Tommy Martin à boire un verre à l'époque où il venait juste d'emménager dans le quartier, non loin de chez eux, trois maisons plus bas. Son père n'était qu'un vulgaire tireur de corbeaux chez les Locke-Browne, un truc dans le genre. Mais Henry l'avait tout de même invité afin de lui souhaiter la bienvenue. Avant de partir, ce soir-là, il avait eu le toupet de leur proposer de racheter la maison et les meubles. Marcia était certaine que Henry ne l'avait jamais oublié.

Mais alors pourquoi n'était-il pas non plus rentré le mardi soir ?

Le mercredi – que pouvait-elle faire d'autre ? – elle annonça aux trois aînés qu'ils auraient le droit de se lever, oui, mais qu'ils n'iraient pas à l'école. Et qu'ils resteraient là-haut toute la journée. Le bébé pleurait par terre dans la cuisine. Marcia avait mis la bouilloire en route pour préparer un biberon. C'est en attendant que l'eau bouille qu'elle traversa la grande pièce dans toute sa longueur, de la cuisine à la fenêtre de la salle de séjour, afin de jeter un vague coup d'œil au-dehors. Vague, seulement en apparence car, malgré ses sens émoussés, elle sentit trembler ses poings dressés à hauteur de ses oreilles, pour se protéger des hurlements de la petite Carol. Du moins c'est ce qu'elle pensa tout d'abord. Puis elle réalisa ce qui se passait : Vera arrivait dans la rue, dans les vêtements de sa mère, en balançant son sac. Ils lui allaient bien. On les avait promis à Marcia, mais à quoi bon, il aurait fallu les recouper. Cette Vera, décidément, elle voulait tout. Marcia tourna le dos à la fenêtre. Des yeux elle fouilla la pièce de fond en comble, puis la suivante, se demandant ce qu'elle cherchait jusqu'à ce qu'elle trouve enfin. Puis elle sortit, la bouilloire fumante à la main.

Elle faillit presque atteindre Vera. Celle-ci se tenait à côté de la voiture, un genou levé, son sac posé dessus, en train de chercher ses clés. Elle s'immobilisa à la vue de Marcia. Puis s'enfuit, tout en essayant de retenir son sac qui pendait grand ouvert. Marcia la poursuivit sur toute la longueur de la rue jusqu'à Newcastle Road, et plus loin. Vera, en tentant de traverser, faillit se faire écraser. C'était l'heure du déjeuner ; la circulation était dense. Mais les voitures s'arrêtèrent au moment où Marcia traquait Vera jusqu'au milieu de la chaussée. Elle réussit à s'échapper par High Street, si bien que Marcia resta plantée là, la bouilloire à la main, la tête basse, en larmes.

Une fois revenue à Elm Park, une rage soudaine la saisit de nouveau à la vue de la Mercedes gris métallisé et elle se rua dessus, brandissant la bouilloire telle une arme. Elle vit le couvercle s'échapper. Une vive sensation de brûlure lui remonta tout le long du bras. Douleur qui cessa un instant pour revenir lentement, alors elle leva la bouilloire une fois de plus et se versa sur l'autre bras toute l'eau qu'elle contenait encore. La vie était injuste, elle n'avait pas son dû, elle méritait mieux.

Winnie, Belinda et Norman avaient assisté à la scène depuis la fenêtre de l'étage. Elle les vit et leur fit signe de reculer. Elle entendait les cris de bébé Carol venant de la cuisine. Elle se demanda ce que fabriquaient Joan et Mary Frances. Elle se baissa pour ramasser le couvercle et sentit sa tête se congestionner sous l'afflux de sang. Elle resta penchée, dans l'espoir que son crâne exploserait et que tout serait terminé une fois pour toutes : cet esclavage, cette servilité, cette déchéance, la honte et le désespoir de sa vie.

Une fois rentrée, elle fit couler de l'eau froide du robinet sur ses bras mais la souffrance n'en devint que plus intense. Ils étaient gourds, enflés, ulcérés par l'eau bouillante. Elle ne savait plus trop quoi faire alors elle s'assit et se mit à contempler sa petite Carol. Dans sa frustration, le bébé se mit à hurler en retour.

Norman, Belinda et Winnie étaient descendus et se tenaient ensemble dans l'encadrement de la porte. La première, Belinda, suivie de Norman, entra dans la pièce. Winnie, sur le seuil, les soutenant moralement. Belinda se mit à chantonner un air de son invention, prit le bébé dans ses bras, se mit à tourner en rond avec elle et, tout doucement, en dansant elle l'entraîna hors de la pièce. Norman déclara à sa mère :

— S'il te plaît, je téléphone au Dr Kelly.

Elle secoua la tête.

— S'il te plaît. Cette fois, elle l'entendit, réfléchit et accorda la permission d'un signe de tête.

— Commence par appeler ton oncle Tom, lui dit-elle, et ensuite ta tante Mary Jane.

Elle savait désormais comment river son clou à Vera une fois pour toutes.

# XIII

## LA VENTE AUX ENCHÈRES

L'hôtel avait servi de cadre à de nombreuses ventes en son temps, cette fois-ci on le préparait pour être vendu à son tour. Difficile d'expliquer exactement pourquoi, mais Finbar avait le sentiment qu'il y avait une menace qui planait dans l'air. En principe, il n'aurait pas dû se trouver là, si on ne lui avait demandé de faire ce qui l'occupait à présent : le Grec l'avait chargé de préparer la salle à manger et il était en train de disposer le mobilier comme pour un concert, ayant déjà dressé une estrade de fortune pour Mike le Marteau afin que tous puissent le voir.

Toutes ces dernières journées avaient été délirantes, Finbar, promu chauffeur du Grec, ayant sillonné toute la campagne et différentes villes, parfois à plus de soixante miles de là, pour coller des affiches, déposer des prospectus à certains endroits et on ne sait quoi encore. Et à biberonner pendant et entre ces diverses tâches. Jésus, Marie, Joseph, dans cette affaire le Grec n'était pas non plus le dernier !

Le Grec lui-même avait placardé sur toutes les fenêtres de l'hôtel des affiches qui annonçaient la mise aux enchères. Tom O'Toole et Tommy Martin, son notaire, n'auraient certainement pas fait autant de battage, leur en eût-on laissé le choix. En plus, Tommy Martin, d'après ce qu'on disait maintenant, n'était plus dans le coup.

L'esprit de détermination que montrait le Grec dans toute cette histoire laissait Finbar perplexe. Finbar savait bien entendu que ce dernier sautait Vera à la moindre occasion, mais ce n'était pas uniquement pour cette raison qu'il montrait tant... d'ardeur. Peut-être avait-il en tête de se faire la belle avec elle une fois que l'argent serait là, sitôt la vente aux enchères terminée. Mais, encore une fois, cela n'était guère probable ; il y avait quelque chose dans son allure qui ne collait pas avec un hypothétique enlèvement, en outre, le Grec n'était pas vraiment intéressé par l'argent. Bien sûr, à une certaine époque l'hôtel avait appartenu aux Locke, du côté maternel, et peut-être y avait-il un rapport. Peut-être seulement : le Grec ne donnait pas l'impression d'être particulièrement aigri ou rancunier. A moins, bien sûr, qu'il n'ait été plus habile à dissimuler ses sentiments que ne l'appréhendait l'intellect de Finbar. Comment ça ? Mais non. Il n'était pas aussi faux jeton. Pourtant il semblait animé d'une sorte de feu intense, bien qu'il eût malgré tout l'air un peu perdu. On aurait dit un homme poussé à combattre pour d'excellentes raisons mais qui ne se rappelle plus lesquelles. Finbar était sûr que le Grec lâcherait très bientôt maintenant, Jésus, Marie, Joseph, alors il faudrait bien qu'il s'allonge !

De toute façon, la séance allait bientôt commencer.

Le Grec, le Marteau et Martin A. Costello tenaient un ultime conciliabule dans le couloir. Il était deux heures moins vingt à la pendule. Des ombres bougeaient de l'autre côté des fenêtres dehors et, à l'occasion, un visage, les mains en œillères, tentait de voir à l'intérieur. La porte avait été fermée et il n'était pas question de l'ouvrir à qui que ce soit, sur ordre du Grec, avant moins cinq.

— Au cas où l'offre serait trop faible, disait le Grec au Marteau, il faudra la traiter avec tout le mépris qu'elle mérite. Martin A., à votre avis ?

Martin A. approuva d'un signe de tête, en vieillard solennel qu'il était.

— La dignité de l'hôtel et celle de sa vende-resse ne doivent en aucun cas subir d'atteinte, dit le Grec.

— Plût au ciel, dit Mike le Marteau.

Ces gens auxquels le Marteau avait affaire n'étaient pas faciles. Ils étaient tatillons en ma-tière de principes. La rumeur courait qu'à eux tous ils en savaient assez sur Tommy Martin pour l'épingler au moins six fois pour pratiques délictueuses, de sorte que le Marteau avait inté-rêt à prendre des précautions. Quant au vieux Martin A., n'eût-il été que cela, il était foncière-ment honnête ; d'une honnêteté légendaire. Le Marteau n'en aurait peut-être pas dit autant du Grec.

Mais il n'éprouvait aucune sympathie pour Tommy Martin, non plus que pour Tom O'Toole d'ailleurs. Il avait plusieurs fois eu à traiter avec ces deux-là. Pour le *Sacré-Cœur*, par exemple : il le leur avait offert sur un plateau et au lieu d'en être récompensé, il avait dû se battre bec et ongles pour récupérer ses maigres deux et demi pour cent. Il avait obtenu à Tom O'Toole un rabais sur une exploitation agricole, des plus intéressants, très bien, mais quand il s'était agi de sa commission, on la lui avait rabattue aux trois quarts elle aussi, et encore il avait dû attendre quatorze mois avant de la toucher.

Ainsi, le mardi après-midi, lorsque le Grec s'était présenté chez le marchand de bonbons et lui avait dit, "Si vous voulez vous charger de cette vente aux enchères, oubliez toutes les consignes qu'a pu vous donner Tommy Martin ou toute autre partie, car c'est moi qui m'en occupe désormais : cela vous pose-t-il problème ? Sur quoi, il avait répondu sur-le-champ "Aucun", car il était ravi. C'était enfin pour lui l'occasion de se faire payer correctement.

— Aucun, répondit-il immédiatement au Grec. D'ailleurs je ne vois pas comment Tommy Martin peut intervenir en même temps au nom de Miss O'Toole la venderesse, et de Mr O'Toole, l'acquéreur. Comment cela se peut-il ? Il y a contradiction dans les termes. Une erreur sûrement.

— Sommes-nous *censés savoir*, dit le Grec, qui est le futur acquéreur ? Le sommes-nous vraiment ?

— Non.

C'est alors qu'il lança les noms de deux autres acquéreurs possibles, et qu'il acheva de se racheter, selon lui, en abordant un problème auquel le Grec n'avait pas pensé.

— Dites, lança-t-il au Grec, la cuisinière Aga ne fait théoriquement pas partie des biens immobiliers. Vous le saviez, ça ? En tout cas pas ici puisqu'il existe un autre appareil de cuisson dans la cuisine. Quoi ? Le Grec l'ignorait ? Je suppose, enchaîna le Marteau, que vous n'avez aucune idée du prix que cela peut coûter aujourd'hui ? Hein ? Même pas du prix d'occasion ? Le Grec lui fit signe de poursuivre, de préciser son point de vue. Vous savez, Henry, le contenu de cette maison vaut une véritable fortune, une véritable fortune, et faut-il vraiment que nous le bradions avec l'immeuble, comme le souhaiteraient Mr Martin et Mr O'Toole ? Vraiment ?

Ce sont les Hollandais, raconta-t-il au Grec, qui sont dans le vrai. En Hollande, quand on met sa maison en vente, on ne laisse rien, pas même un siège de cabinet. C'est comme ça.

— Je parle ici d'une valeur de vingt-cinq mille livres de marchandises. Que dis-je ? Plus. Peut-être même trente mille, avec l'aide de Dieu.

Ce fameux mardi, le Grec se frappa donc le front car il n'avait pas jusqu'alors réfléchi un seul instant au mobilier de l'hôtel. Ce que les gens pouvaient être bizarres parfois.

— Eh bien, voilà, dit le Grec. Il lança un coup d'œil à la pendule, et se leva. Jetons un dernier regard sur la salle. Je suis très confiant.

Le Grec avait peut-être prévu un acquéreur bidon : le Marteau priait le ciel que ce fût le cas. S'il avait pu leur parler franchement, pour sa part il aurait bien aimé qu'il y en eût deux dans la salle afin de faire monter suffisamment les enchères. "Plût au ciel", se dit-il, en ramassant ses papiers.

Pour changer, dehors, le temps était résolument beau, le soleil brillait et il faisait très bon. En dépit de cela, certaines des femmes s'étaient trop couvertes et, pour un après-midi, les plus âgées s'étaient trop maquillées. Les gens se rassemblaient par petits groupes et la famille O'Toole – trois voiturées, à cause des enfants – s'était garée sur le South Mall.

C'était bien entendu la curiosité qui motivait en grande partie tout cet intérêt. La reprise des hostilités parmi les membres de la famille O'Toole depuis le retour de Vera des Etats-Unis était de notoriété publique, tout autant que l'étaient les événements spectaculaires relatifs à son occupation de l'hôtel. On avait également appris que le Grec était devenu son conseiller juridique et peut-être plus encore, et qu'il avait engagé Martin A. Costello pour agir en ses lieu et place, et conjointement avec lui. En outre, la veille, certains de ceux qui faisaient maintenant le pied de grue devant l'*Imperial* avaient aperçu Marcia en train d'essayer d'ébouillanter Vera en pleine rue.

Lorsque la porte s'ouvrit à deux heures moins cinq, ceux qui le souhaitaient entrèrent, l'assistance comptait plus de soixante-dix personnes, en dehors des enfants. Ils commencèrent à prendre place. Le Marteau et Martin A. se tenaient tout à l'avant de la salle, à côté de l'estrade. Le Grec se cantonnait, pour l'instant, le long du mur de l'entrée, à côté de Finbar. Il ne voulait pas regarder Marcia en face, il en était incapable. Tout ce qu'elle demandait, il le savait, c'est qu'il lui sourie, il souffrait de ne pas être fichu d'y parvenir.

Il la vit, de dos, pénétrer dans la pièce, avec les enfants et les autres. Tom, Caitriona, Mary Jane et Declan. Il les vit s'asseoir autour des deux premières tables, toutes les chaises orientées vers l'estrade. Ils y restèrent isolés.

Caitriona jeta un coup d'œil autour d'elle à un moment et croisa le Grec du regard. Elle était agitée, mais avait l'air vif – elle n'était plus sous traitement –, elle lui sourit. Elle portait la petite Carol dans les bras, à la place de Marcia. Le Grec fit mine de ne pas la voir, il fronçait les sourcils à la vue des dos bien droits, bien nets, des enfants assis. On aurait dit qu'ils se trouvaient à l'église. Norman, Belinda, Joan, Winnie, Mary Frances, Martina, Joe, Aisling.

L'assistance choisit de s'installer dans la première moitié de la salle, de plus en plus nombreuse à partir du centre jusqu'au mur de l'entrée. Celle-ci était bondée, et il y avait d'autres gens dans l'allée qui se contentaient d'attendre là pour entendre les comptes rendus et l'issue de la vente dans une semi-obscurité.

Martin A. se mit en devoir de faire la lecture des divers documents et donna des explications quand cela s'avéra nécessaire. Le Grec abandonna Finbar et se dirigea sur la pointe des pieds jusqu'à une chaise située au milieu de la pièce qu'il orienta de manière à pouvoir observer ce qui se passait devant comme derrière, l'épaule de biais par rapport à la verrière.

Finbar resta fidèle à son poste dans l'angle du fond, celui qui faisait face à la porte. Il lui convenait de ne pas être vu. Il y avait une certaine tension dans l'air, il faut le dire.

"Elle est là ?"

Mrs Kelly se dressait sur la pointe des pieds, devant Finbar, les doigts posés sur l'épaule de son époux pour ne pas perdre l'équilibre. "Elle est là ?" lui chuchota-t-elle à l'oreille. Il aurait pu aussi bien s'agir de Vera que de Marcia.

Le Dr Kelly, son époux, homme très placide, qui regardait droit devant lui, ne répondit pas à la question de sa femme. Lui non plus n'aurait pas dû se trouver là – ce n'était pas son genre – et là encore il y avait quelque chose qui intriguait Finbar. Le Dr Kelly était un homme dévoué. Consciencieux, aurait-on pu dire aussi. Il portait un intérêt paternel à ses patients. Il avait eu des enfants, ainsi qu'un père et une mère, en leur temps. Il était né en Argentine. Il remuait les lèvres en permanence, on aurait dit qu'elles battaient sous l'effet d'un pouls. Finbar était perplexe.

Hier soir, ils se trouvaient dans la cuisine, Finbar, Vera et le Grec, quand la sonnette avait retenti à la porte, et Vera avait demandé à Finbar d'aller répondre. C'était le Dr Kelly. "Puis-je voir Vera, Finbar ?" avait-il demandé, surmontant sa timidité. Sa voix n'était guère plus qu'un chuchotement. Mais Finbar reconnut en lui quelqu'un de déterminé à accomplir son devoir quoi qu'il arrive. Mais lorsque Vera en eut terminé avec lui, ce qui ne prit guère plus d'une minute, et revint à la cuisine, Finbar ne se sentit pas le droit de demander la raison de sa visite,

— Qu'est-ce qu'il voulait ? demanda le Grec.

— Il a dit qu'il souhaiterait que je subisse une analyse, dit Vera.

— Quel genre d'analyse ?

— Il n'a pas précisé.

— Qu'est-ce que tu lui as répondu ?

— J'ai dit que je voulais bien subir toutes les analyses qu'il voudrait à condition que tout le monde, en ville, en fasse autant.

L'entrevue s'était limitée en tout et pour tout à cela, car, selon toute apparence, le Dr Kelly s'était contenté de la regarder attentivement une minute durant, avait hoché la tête et était reparti. Le Grec avait poussé un petit gloussement en entendant ce que Vera avait répondu au médecin puis était revenu à l'objet des conseils qu'il lui prodiguait avant cette interruption, cependant Finbar n'était pas entièrement rassuré. Il faut en effet se souvenir que Finbar avait été naguère embarqué et mis sous les verrous, alors en disant "Je subirai toutes les analyses que vous voudrez à condition que tout le monde en ville en fasse autant", Vera venait peut-être de subir un test.

Vous voyez ce que je veux dire ? C'était peut-être la pire des réponses qu'elle puisse faire.

Ce n'était pas que Finbar doutât que le Dr Kelly fût un brave homme – bien au contraire : il était plein d'admiration pour l'homme qui était un saint et qui raisonnait comme l'airain, mais s'il y avait eu matière à litige sous l'arbitrage du Dr Kelly, disons, l'individu n'aurait pas eu la moindre chance face à la famille.

En ville, on avait surnommé "Infos" la femme du médecin. "Est-ce que Vera est là ?" chuchotait-elle.

Le docteur était quelqu'un qui détestait naturellement l'indiscrétion, mais il se sentait obligé de témoigner d'un certain respect vis-à-vis de la mère de ses trois enfants qui avaient tous bien réussi. Il fit non de la tête.

Vera, il est vrai, avait quitté la ville pour la journée sur les conseils du Grec. Injonction judicieuse pour la venderesse d'un tel bien : il était plus digne de ne pas se cacher dans un placard, sans doute à l'étage, ou de ne pas traîner dans les environs en attendant, la langue démesurément pendante. Le Grec lui communiquerait les nouvelles par téléphone après la vente aux enchères.

— Y a-t-il des questions ?

Martin A. en avait terminé pour sa part et le Marteau se fit son interprète pour demander à la ronde si de plus amples éclaircissements sur un point quelconque étaient souhaités.

— N'y a-t-il pas de cendriers ? demanda Mrs O'Driscoll qui assistait à la plupart des manifestations de la ville et qui n'avait pas peur de dire ce qu'elle pensait. On est devenus des Américains ou quoi ? dit-elle. Est-ce qu'on est censé ne pas fumer ?

Le Marteau chercha le Grec, des yeux à travers la salle. Le Grec, en tant que chef des opérations, avait donné ses ordres, jusque dans les moindres détails.

Le visage du Grec demeura imperturbable.

— Il y a des cendriers, dit-il, avec une indifférence mesurée, puis il jeta un coup d'œil par-dessus son épaule par la fenêtre et esquissa un bâillement sans vraiment bâiller.

Au même instant, chacun dans la salle put entendre Marcia étouffer un sanglot. Comme la voix de son époux avait perdu de son entrain ! Comme il était devenu indifférent vis-à-vis d'elle en l'espace de moins d'une semaine ! La rapidité avec laquelle la vie pouvait changer était effrayante. Toutes les femmes mariées de la salle étaient aux côtés de leur mari, à l'exception des veuves et de Marcia. Elle regrettait maintenant de s'être brûlé les bras, parce que, en ce moment même elle éprouvait le besoin de tenir son bébé contre elle. Elle se mit à se balancer sur sa chaise.

— Arrête, lui dit Mary Jane d'un ton cinglant en lui appuyant sur le bras.

— Ouille ! dit Marcia, en grimaçant de douleur.

— Pardon, dit Mary Jane. Mais-tiens-toi-tranquille !

Quelle idiote ! Mary Jane n'était pas d'humeur à supporter qu'on l'agace. Elle en avait par-dessus la tête d'eux tous. Tom, Marcia et Vera, cette chienne en chaleur – ou je ne sais quoi d'autre – offraient un beau spectacle d'elle et d'eux-mêmes. Pourquoi mais pourquoi, elle qui était de nature à ne pas traîner en affaires avec les gens, s'était-elle embarquée dans ce cirque ? Pourquoi n'avait-elle pas, il y a six mois, un an de ça, offert quatorze mille livres à Tom en échange des *Wool Stores* ? Quinze, seize mille livres ! Tant de temps et d'efforts gaspillés en vain ! Maintenant, il la tenait. Si, désormais, elle n'entrait pas dans son jeu, il serait fichu de vendre à un étranger plutôt qu'à elle – même si elle lui en offrait dix-sept mille cinq cents. Mary Jane se voyait mal partie, à bord d'un véhicule dont quelqu'un d'autre tenait les commandes.

Mary Frances et Joe entreprirent de se faire des farces. "Dehors, emmène-les dehors !" chuchota Mary Jane, furieuse, à Declan, son mari. "Emmène-les donc dehors et achète-leur une glace !"

Declan s'exécuta docilement, accompagné des deux gamins incriminés.

— Eh bien si tout le monde a été fourni en cendriers, dit le Marteau, puis-je continuer ?

— Qu'en est-il du mobilier ?

— Très bien. Merci, dit le Marteau à la personne peu avenante qui venait de parler. J'étais sur le point d'en faire mention dans les conditions de vente.

Tom sentit son cœur défaillir à cette question, première menace à la propriété qu'il considérait déjà comme la sienne, mais il ne se retourna pas pour voir qui l'avait posée. Son sourire s'élargit encore pour se figer de nouveau. Il était vautré sur sa chaise, tout en étant raide. Une fois de plus son cou avait disparu. Il serrait les poings, l'un au fond d'une poche de son pantalon, l'autre à la Robert Emmet, ce patriote bien connu. Seuls ses yeux demeuraient mobiles, on aurait dit qu'ils flottaient au-dessus du masque de son visage. Lorsque le sens moral prend la poudre d'escampette, tout peut arriver.

Les gens tendaient le cou pour apercevoir la personne peu amène qui venait de parler et se demandaient qui elle était. Elle leur était inconnue. Le Marteau, lui, la connaissait, avec sa bouche en bouchon de bouillotte. Parfait.

Il brandit une liasse de papiers. "Nous avons ici, dit-il, un inventaire complet de l'ensemble du mobilier de l'hôtel." Pour sa part, il l'évaluait à deux mille cinq cents livres approximativement. A charge de cinq pour cent pour la venderesse, de cinq pour cent de l'acquéreur. Mais selon toute vraisemblance, il ne serait pas vendu aujourd'hui. Sans doute pas. "Après la vente de l'hôtel, le moment venu, nous verrons si nous pouvons négocier en priorité avec la personne qui aura remporté l'enchère. Je vous remercie."

Il fit mention de quelques autres conditions de vente puis conclut : "Enfin, chers amis, il n'existe pas de prix de réserve pour cette magnifique propriété. Elle sera donc vendue aujourd'hui même. Je vous demanderai donc, lorsque j'ouvrirai les enchères, de faire tous preuve de la même civilité, confiance et dignité que celles dont la venderesse vous témoigne en vous abstenant de faire des offres ridicules." Il considéra qu'il s'était plutôt bien tiré de tout ça. "L'acquéreur devra effectuer un dépôt de vingt-cinq pour cent avant de quitter cette salle et signer ce contrat. Je vous remercie. L'hôtel est désormais en vente et sera adjugé au coup de marteau."

Il mit de l'ordre dans ses papiers et, baissant les yeux vers l'assistance, la considéra un moment comme pour rassembler ses pensées en une silencieuse prière. Il adorait cet instant précis de la vente aux enchères, même de celles dont il savait d'avance qu'elles ne seraient qu'une perte de temps. Il se sentait comme un prêtre, à la messe, au moment de la consécration.

Et la foule des fidèles aurait pu aussi bien se préparer à s'agenouiller. Ils se trémoussaient sur leur chaise, se raclaient la gorge, toussaient et ceux qui étaient debout piétinaient sur place pour trouver la meilleure position : jusqu'à ce que le silence se fît.

"Qui commence ?" demanda le Marteau.

Silence. A la vacuité de leurs regards, on aurait juré que l'humanité, telle qu'elle était représentée par cette petite assemblée, venait d'apprendre que tout espoir était devenu vain.

"Qui entame les enchères ? Qui donne le coup d'envoi ? Mesdames et messieurs, il est deux heures vingt-neuf minutes et trente secondes, vous avez entendu Mr Costello, etc. et ainsi de suite à propos des actes, vous m'avez entendu sur les conditions de vente, tout est bien clair, alors qui envoie la balle le premier ? Je n'ai pas que ça à faire, il faut que je sois ailleurs à trois heures."

Certains de ceux qui étaient présents avaient maintenant un sourire narquois aux lèvres.

Le Marteau fit le tour de la pièce, évitant encore de regarder Tom O'Toole. Il avait le sentiment que c'était ce que désirait le Grec pour l'instant. Il savait que le Grec n'avait aucune confiance en lui. D'accord, lui-même s'était dit un peu plus tôt qu'il n'était pas non plus certain de pouvoir faire confiance au Grec. Celui-ci était loin d'être un imbécile.

Le Marteau connaissait son affaire. Avant que le Grec ne s'adresse à lui le mardi, ce qui était censé se passer c'était que lui, le Marteau, suggérerait une enchère d'ouverture de, disons, soixante mille, au maximum, Tom O'Toole ferait un signe de tête, puis s'ensuivrait la brève formalité d'un regard à la ronde et le marteau tomberait au profit de Tom O'Toole. Mais les règles du jeu avaient changé. Le Marteau avait une belle vente aux enchères sur les bras et il le savait, il le sentait.

"Qui attaque ?"

Il leur raconta une histoire drôle.

Il restait probable que Tom O'Toole emporterait l'affaire – pour un certain prix – mais cela n'était plus absolument gagné d'avance. Il disposait, maintenant, il le savait, de deux autres acheteurs possibles dans la salle. Peut-être davantage, car il avait lui-même répandu le bruit que Tom O'Toole n'était plus intéressé, et que, de notoriété publique, sa femme, Caitriona, "la fille du docteur", était malheureuse à Grange ; comme chacun le savait, elle avait des problèmes assez sérieux ; et toute la famille allait déménager à Newcastle et que si Tom O'Toole se fendait d'une enchère ou deux, ce ne serait que par scrupule ou pour l'honneur ; comment expliquer ça, comment savoir dans des cas pareils ? Les gens raisonnables s'abstiennent de commenter.

Il haussa légèrement le sourcil tandis qu'il examinait la personne revêche qui s'était enquise du mobilier. Une certaine Miss Lamb qui venait de l'un des trois comtés voisins. Mais bigre ! Elle était membre d'une famille qui possédait déjà trois hôtels en Irlande du Nord et on disait que c'était elle qui était derrière le *Dolly*, un restaurant de Newcastle. C'étaient des bâtisseurs d'empires en puissance dans le commerce de la restauration. Peut-être ne s'intéressait-elle qu'au mobilier. Peut-être. Il ne le pensait pas. Son visage était impressionnant. Parfait. Elle était bâtie comme un petit char d'assaut.

Mais il y avait quelqu'un dans la salle dont la présence était plus souhaitable encore : Robert Carney. Crâne de caoutchouc. Il figurait sur les registres du Marteau. En quête d'une propriété qui impressionnerait les foules, il lui avait dit que non seulement il ne ferait pas d'enchère sur l'hôtel mais, qu'en outre, il était peu probable qu'il assiste à la vente. Tiens donc !

Il y avait six mois qu'il était rentré d'Angleterre où il avait fait fortune grâce à un dancing irlandais. Il était revenu au pays avec une jeunette de Cork qu'il avait installée temporairement dans un appartement à Newcastle. Mais il était marié et tout le monde savait qu'il était en train de vivre les affres interminables d'une annulation de la part de Rome, et que la maîtresse, la jeunette de Cork, commençait à se lasser d'attendre, ou du moins le prétendait-elle, et il n'y avait rien de trop beau qu'il puisse lui offrir. Et surtout si la maison était située dans sa ville d'origine, parce que, bien qu'il ne méritât en aucun cas d'être qualifié de m'as-tu-vu – c'était un homme discret –, il semblait raisonnable qu'il voulût montrer aux gens de quoi il était capable. Quand on savait d'où il sortait, Dieu nous en garde ! La pauvreté ? La misère totale, oui !

Il n'avait pas encore quitté l'école qu'il portait déjà une casquette. Une sévère alopécie l'avait laissé totalement imberbe. De même que sa sœur, qui portait un éternel fichu. Il détestait aller à la messe car il lui fallait retirer son couvre-chef à l'église. Mais il y allait tout de même et priait. Trois ou quatre fois par semaine, il se rendait en ville aux abattoirs, afin de boire du sang frais de mouton et de vache. Au cinéma, des gars lui fichaient sa casquette en l'air, ils le trouvaient bête et ils l'avaient surnommé Crâne de caoutchouc. Puis il avait émigré, lui qui était le moins susceptible de réussir en quoi que ce soit. Et voilà qu'il était assis là – le Marteau s'en glorifiait –, les deux mains sur les genoux, la tête baissée, en contemplation d'une parcelle de plancher, lui, l'homme le plus riche de la salle, peut-être même de la ville. On racontait que c'était d'avoir découvert en Angleterre l'existence de la moumoute, portable même à l'église, qui avait tout résolu, et qu'à part le fait d'avoir épousé une Anglaise, il n'avait jamais rien eu à regretter. Bon.

"Ce n'est pas tous les jours qu'on voit une propriété pareille sur le marché – le Marteau poursuivait son boniment – et ce n'est pas de sitôt qu'on en reverra des comme ça à vendre ! Cette superbe propriété, cette propriété historique, magnifique d'une grande valeur, une affaire qui marche, à combien l'ouverture ? A combien, dites ? Il fait si beau dehors !"

En temps normal, à ce stade, le Marteau aurait dû compter les mouches au plafond, des offres imaginaires issues du fond de la salle pour faire avancer les choses. Au lieu de cela, il risqua un bref regard à Tom O'Toole. Celui-ci replia la jambe qu'il avait étendue, comme si cela pouvait l'aider à s'éclaircir la gorge. Le Marteau vit le Grec soudain sur le qui-vive. Le Grec avait surveillé les moindres faits et gestes du Marteau, maintenant il observait son beau-frère avec l'acuité d'un faucon.

"Eh bien en voilà une assistance timorée", dit le Marteau.

Il était temps de regarder Tom O'Toole droit dans les yeux, jugea-t-il, ce qu'il fit sur-le-champ. Tom vira au cramoisi, puis se mit à se remonter sur sa chaise comme sous l'effet d'un cric. Au même instant, le Grec fut debout, se tournant vers la cloison vitrée pour ouvrir un des panneaux du haut et, tandis qu'il s'y appliquait, une voix venue de l'autre côté de la pièce déclara, "Cent mille livres".

Le visage de Tom se défit puis se recomposa en un large rictus de frousse. Caitriona lui adressa un sourire de compassion. Elle ne cessait de sourire. Ce mari des poids et mesures qui était le sien la rendait complètement cinglée. Comment arrivait-elle à le supporter ? Un traitement médical de plus, des retrouvailles avec la bouteille, à la maison ? Quelle insupportable solitude, quel ennui de boire tout seul chez soi ! Marcia avait l'air encore plus affolé que son frère et, à part quelques plaques blanches, son visage n'était pas moins coloré que le sien. Elle était en nage. Elle portait un manteau parce que c'était le seul vêtement aux manches suffisamment larges qu'elle ait trouvé dans l'entrée pour dissimuler les pansements de ses bras aux yeux du public. Elle s'éventait avec un bout de papier, s'interrompant quand elle se souvenait que ça agaçait Mary Jane. Mary Jane fusillait du regard le jeune homme qui avait lancé l'enchère d'ouverture.

"La voiture s'emballe", se dit-elle.

On connaissait ce jeune homme et on connaissait également très bien son père. Le père avait travaillé comme un fou pour compléter la bourse qui lui avait permis d'aller à l'université. Une modeste ferme, d'environ trente acres, à quatre ou cinq miles de la ville. Le jeune homme était novice dans le notariat, son diplôme datant seulement de l'année précédente et, depuis un an, il courtisait une fille d'ici, une des Heneghan, Assumpta. Mais il la négligeait déjà au profit de la fréquentation de ses aînés, des gens comme le Grec, singeant indûment leur style de vie et leurs manières. Il s'imaginait être doué d'urbanité, et lui aussi donnait dans la citation, mais on prévoyait que cette précocité ne serait pas le meilleur gage d'une fin glorieuse. En surface, il ressemblait davantage à un avocat avec tous ses grands airs. Après tout le mal que s'était donné son père, celui-ci ne savait trop comment le prendre.

Le jeune homme était ravi de l'attention qu'on lui accordait. Il s'exprima d'une voix hachée, autoritaire, totalement dénuée des intonations locales et secoua la cendre d'une cigarette russe sur le plancher. Pour l'instant, il avait le pouce croché dans la poche de son gilet. La seule personne à ne pas sembler s'intéresser au jeune homme était Robert Carney : il aurait été en mesure de le faire mais il ne leva même pas la tête, et pour cette raison, et parce que le jeune homme avait été aperçu la veille au soir trinquant en sa compagnie au *Shamrock*, "Ha ha ! se dirent les gens qui détenaient l'information, il agit pour le compte de Crâne de caoutchouc". Faux.

"Ha ha ! se dit le Marteau en son for intérieur, le Grec, cette salope, l'a engagé comme compère. Parfait. Enfin… peut-être."

— C'est parti, c'est parti ! dit le Marteau. J'ai ici une enchère de cent mille livres, cent mille livres, je prends – cent dix mille, cent dix mille ? Allons c'est une propriété de grande valeur – qui m'en donne cent dix mille ? Je ne dirai pas qu'on a commencé au bas de l'échelle parce que je ne suis pas gourmand, donc ça je ne le dirai pas – personne à cent dix ? Nous avons démarré à peu près à la moitié du prix et je pense qu'à partir de maintenant chaque barreau de l'échelle vous coûtera dix mille au minimum, alors pour ne pas gâcher cette belle journée qui s'annonce

– cent dix mille ! – après les temps incertains qu'on a connus. J'ai une enchère à cent mille livres qui dit mieux, cent dix mille, personne ?

Tom était en train de se rendre compte que ce qui avait toujours fait sa force devenait sa faiblesse : il faisait trop facilement confiance aux autres.

— Cent un mille, dit-il.

— Combien ?

— Cent un mille.

— Je prends. J'ai une enchère de cent un mille livres – ici, au centre. Je prends – qui dit mieux ? Le Marteau bichait de se trouver dans une telle position de puissance. Qui dit mieux là-dessus ? Allons, ne ratez pas cette occasion d'entrer dans le jeu, celui qui ne risque rien n'a rien !

— Cent onze, dit le jeune homme.

— J'ai une enchère de cent onze mille livres – ici à ma gauche – cent onze mille, dit le Marteau, espérant que, grâce au ciel, il avait vu juste, que ce jeune homme était bien un compère du Grec, et qu'il ne se laisserait pas entraîner trop loin. J'ai ici une enchère de cent onze mille livres – voilà qui est mieux, car c'est une occasion unique. Qui dit mieux ? Le tourisme est florissant – le bâtiment a juste besoin d'un petit coup de peinture ou si l'acquéreur nourrit d'autres ambitions, il peut obtenir des subventions gouvernementales auprès du Bórd Fáilte.

— Et mille, dit Tom.

— On m'offre… dit le Marteau.

— Vingt, dit le jeune homme.

— Je ne vous suis pas, dit le Marteau.

— Vingt mille, dit le jeune homme. J'annonce huit de plus sur cent douze mille. Il avait désormais sa cigarette entre les dents, ce qui lui donnait un sourire confiant. Sa veste était retroussée et il avait les mains à plat sur ses reins, à la façon des officiers allemands sur les photos.

— Je vois, dit le Marteau. On m'offre cent vingt mille livres à ma gauche.

— Et mille.

— Mille au centre. J'ai une enchère de cent vingt et un mille livres.

— Huit mille.

— J'ai une enchère de cent vingt-neuf mille livres – à ma gauche.

— Et mille.

— J'ai une enchère de cent trente mille livres.

— Neuf mille.

— J'ai une enchère de cent trente-neuf mille livres.

— Et mille.

— J'ai une enchère de cent quarante mille livres au centre. Quelqu'un veut-il encore entrer dans la danse ?

— Six mille, dit le jeune homme.

— Cent quarante-six mille livres, à ma gauche.

— Mille.

— Cent quarante-sept mille livres.

— Quatre mille.

— Cent cinquante et un mille livres.

— Mille.

— Cent cinquante-deux mille.

— Six mille.

— Cent cinquante-huit mille.

— Mille.

— Cent cinquante-neuf mille.

— Neuf mille

— Cent soixante-huit mille.

— Mille.

— Cent soixante-neuf mille livres au centre.

— Mille.

— Mille ? Cent soixante-dix mille livres, à ma gauche.

— Mille.

— Cent soixante et onze mille livres.

— Huit mille.

— On m'offre cent soixante-dix-neuf mille livres.

Et le Grec, qui se tenait debout depuis le moment où il avait ouvert la fenêtre et celui où le jeune homme avait ouvert les enchères, s'assit arrivé à ce stade.

— Et mille, dit Tom.

— Cent quatre-vingt mille au centre.

Le jeune homme laissa tomber son mégot de cigarette par terre et il entreprit de l'écraser avec soin de la pointe de son soulier.

— J'ai une offre à cent quatre-vingt mille livres, au centre, dit le Marteau.

Le public, en haleine, attendait. Ceux qui étaient au fond s'étaient dressés sur la pointe des pieds.

Cent quatre-vingt mille livres, c'était bien payé pour un immeuble comme l'hôtel, d'après le Marteau. C'était le chiffre qu'il avait indiqué le mardi quand le Grec lui avait posé la question à ce sujet. Il ne doutait plus que le jeune homme eût été un compère. Le Grec s'était assis pour lui signaler de ne plus pousser les prix, de se retirer des enchères.

— On me dit cent quatre-vingt mille livres, qui dit mieux ? Il s'efforçait de ne pas regarder le jeune homme.

Ce dernier avait maintenant les mains posées sur le sommet du crâne, les doigts entrelacés, et fixait le plafond des yeux.

— Ahum ! dit-il avec un petit quelque chose qui rappelait le Grec.

Le froncement de sourcils du Grec s'accentua.

— Et quatre, dit le jeune homme.

Alors, le Grec tout comme le Marteau réalisèrent que le jeune homme perdait complètement la tête.

— Ici, j'ai une offre de cent quatre-vingt-quatre mille livres, à ma gauche, dit le Marteau.

— Et mille. Tom se devait d'être le dernier enchérisseur au risque de perdre la maison. (Qu'il n'avait aucune intention de payer à ce prix.)

— J'ai une enchère de cent quatre-vingt-cinq mille livres, dit le Marteau.

Le jeune homme se cala une nouvelle cigarette russe entre les dents. Il frotta une allumette – cinq mille – qui s'enflamma.

— Et cinq – et cinq – j'ai une offre à cent quatre-vingt-dix mille livres.

— Et mille.

— Cent quatre-vingt-onze mille livres.

— Et cinq mille.

— Cent quatre-vingt-seize mille.

— Et mille.

— Cent quatre-vingt-dix-sept mille.

— Et deux mille.

— J'ai une offre à cent quatre-vingt-dix-neuf mille.

— Et mille.

— J'ai une offre de deux cent mille livres.

Le jeune homme secoua les cendres de sa cigarette, puis il baissa les yeux pour voir où elles étaient tombées.

— J'ai une enchère à deux cent mille livres, répéta le Marteau.

Le jeune homme souleva les jambes de son pantalon, pour épousseter le bout étincelant de ses boots marron. Puis il leva les yeux, remit la cigarette dans sa bouche et fit non de la tête.

Le Marteau demanda dans la salle qui disait mieux que deux cent mille livres, mais il n'y eut pas de réponse. "Adjugé !" Au coup de marteau, le bien fut adjugé à Tom O'Toole, au centre.

Tom n'éprouva jamais autant de honte vis-à-vis de sa ville qu'à ce même instant. Il en aurait pleuré toutes les larmes de son corps, mais il attendrait d'être chez lui. Là, il pourrait sangloter tout son soûl.

L'autre enchérisseur, le jeune homme, fut le premier à venir le féliciter. Tom se redressa brusquement et faillit le boxer. Tom se surprit lui-même. Il avait la tête de quelqu'un qui va faire une rupture d'anévrisme. Il tourna les talons et se trouva nez à nez avec le Marteau qui descendait de l'estrade, avec contrat et stylo.

— Mais enfin qu'est-ce que c'est que ça ? dit Tom. Il n'y a pas le feu ! Bien qu'il s'adressât à lui-même, il parlait tout haut, parce que l'autre moitié de son cerveau s'efforçait de penser. Arrêtez ! On essayait de l'avoir. Signer un contrat de deux cent mille livres, c'est ça, et un chèque, en plus, d'un montant de vingt-cinq pour cent de cette somme ?

— Mon Dieu, mon petit Tom ! C'était le père Billy, tout sourire et larges épaules, qui se présentait avec ses félicitations. Le père, arrivé en retard, était resté coincé dans l'entrée et n'avait pas osé interrompre les événements en traversant toute la salle sur la pointe des pieds pour rejoindre la famille O'Toole à l'avant, comme il avait promis de le faire.

— Mais, père, vous déraillez complètement !

— Je ne comprends pas ce que tu veux dire, dit le père Billy, interloqué. En effet, il fut blessé un court instant.

— Il y a du boulot à faire en Irlande de nos jours, dit Tom, s'attaquant au père Billy, pour sauvegarder les principes catholiques ! et sur ce, il tourna les talons. Il savait à peine ce qu'il racontait pour le moment. Malgré tout, à sa façon, il ne faisait qu'exprimer les inquiétudes de la majorité.

Le père Billy était d'une humeur exceptionnellement bon enfant, l'instant d'après il frappait dans ses mains, et riait avec une bande de vieilles dames.

Il y eut force gesticulations.

Le Marteau, poussé par le Grec, s'était jeté à la poursuite de Tom et le coinçait de nouveau. Tom s'en prit au Marteau. "Martin A. n'a pas fait mention de la servitude de passage de la banque sous notre porche, dit-il, et il n'y a jamais eu de permis de construire pour l'annexe, et – ET ! – la vente a commencé avec douze bonnes minutes de retard !"

Tout ceci fut débité au Marteau, à la fois sous le coup de l'emportement et de la confidence. La pensée de Tom était encore confuse, mais il était sur le point d'y voir clair. La vente était terminée, il était certes le vainqueur, mais il ne signerait rien. Il y avait une autre façon de procéder.

C'est alors que Marcia perdit connaissance. A cause de la chaleur, du manteau, de cette misérable affaire qu'était devenue son existence.

D'une chiquenaude, Tom envoya promener les papiers que le Marteau tenait à la main. "Vous voyez donc pas que ma sœur est par terre !" dit-il.

Declan était revenu et il prêtait main-forte au Dr Kelly pour traîner Marcia sous le porche, puis dans la cour. Tom ouvrait la voie, l'air important, transportant une chaise. Mary Jane suivait avec une autre chaise, les enfants et Caitriona.

Mary Jane n'eut pas besoin de la calculatrice de poche de Declan pour réaliser que, d'après son accord avec Tom – un rapport de 13 à 1, ainsi que la clause qui l'obligeait à payer ses taxes d'enregistrement –, les *Wool Stores* lui coûteraient désormais vingt-sept mille cinq cents livres, plus six pour cent de cette somme pour ses propres taxes si le marché était passé honnêtement. Pour un vulgaire entrepôt ! Intérieurement, elle fulminait. Ces O'Toole ! Depuis le temps qu'elle se disait qu'il fallait soustraire de sa vie ce qui n'y ajoutait rien !

Seul des enfants, Norman était resté. Il se tenait tout contre son père. Le Marteau faisait face à ce dernier et lui tendait des papiers.

"Ça va, dit son père. Je suis parfaitement confiant."

Norman aurait bien aimé comprendre pourquoi la famille était en bisbille.

"Tout marche selon le plan", poursuivait son père.

Norman n'avait pas l'impression que tout marchait si bien que ça car son père n'avait pas l'air de se rendre compte qu'il lui écrabouillait la tête contre sa hanche. Ensuite son père demanda au Marteau d'attendre l'oncle Tom sur place pendant qu'il allait passer un coup de fil.

Finbar avait entrepris de remettre les meubles en place. Jésus, Marie, Joseph, quelle mélasse ! Pas étonnant qu'il y ait eu de la bagarre dans l'air.

Norman sortit dans la cour où sa mère avait été installée sur une chaise. Le Dr Kelly était assis sur l'autre, en face d'elle, et la regardait reprendre des couleurs. L'oncle Tom, tata Mary Jane, l'oncle Declan, tata Caitriona, ses sœurs et ses cousins attendaient tous en silence.

## XIV

## UNE TERRE SELON SON CŒUR

Vera se rendait en voiture de Newcastle au village de Glenora. Cela aurait pu se réduire à ça. Mais non. Des larmes se prenaient lentement dans ses cils ; incapables de couler ; il lui fallait en écraser les grosses lentilles pour distinguer de nouveau la route. Elle inspirait profondément, silencieusement, mais oubliant de souffler, elle sentait son sternum prêt à se rompre. D'elle-même, sa tête dodelinait d'un côté sur l'autre jusqu'à temps que, brusquement contrariée par un nid-de-poule, elle se mît à piquer du nez, alors Vera pensa que si on avait pris le volant à sa place, elle aurait aussi bien fait de pendre cet objet, sa tête, à la lunette arrière.

Tout était de nouveau remis en question. Pire. Elle avait comme un pressentiment. Pire que ça. Voilà qu'elle roulait sur la route de Newcastle en direction du village de Glenora et que, moins d'une demi-heure plus tôt, on lui avait annoncé la meilleure nouvelle de son existence. Jusqu'à il y a une demi-heure encore, elle ignorait connaître un désir aussi profond. Et non seulement elle venait de le découvrir, mais en plus il se réalisait ! Malgré tout, au lieu de s'en extasier, elle se sentait le cœur brisé. L'histoire de la bouilloire d'hier ? Un enfantillage.

Elle avait une fois de plus le cerveau encombré d'une foule de pensées et d'émotions complexes dont aucune n'était assez claire ou assez forte pour s'imposer d'elle-même, toutes menaçaient de la paralyser. S'il y avait quelque chose qui les rapprochait, c'était un sentiment d'angoisse. Elle récita les prières qu'elle adressait enfant à son ange gardien, vers qui d'autre aurait-elle pu se tourner tant qu'elle ne verrait pas Mom ?

"O ange du Seigneur, mon cher gardien, toi à qui l'amour de Dieu m'a confiée ici-bas, reste à mes côtés ce jour, afin de m'éclairer et de me protéger, de m'instruire et de me guider. Amen."

La confusion commença à se dissiper, à se réduire à une sensation de froid autour de son cœur.

La même sensation l'avait envahie par moments au cours de la semaine. Celle de quelque chose d'invisible, de froid. Elle ne cessait d'essayer de s'en débarrasser. Elle en avait pris conscience au réveil, le lundi matin. Jamais l'hôtel n'avait été aussi silencieux. On aurait dit qu'il n'y avait même plus un seul fantôme et ça n'allait pas, car s'il en était ainsi c'est que quelque chose d'autre était entré. Les bruits habituels montaient de la place. L'unique son audible dans cette atmosphère angoissée était celui de la respiration du Grec, à côté d'elle. Ah c'était donc cela ? Le Grec ? Pour l'amour du ciel ! Elle s'était levée car elle avait à faire, beaucoup à faire. Elle n'allait pas se laisser dominer par des états d'âme, non, pas à ce stade. Le Grec était un homme comme un autre. Elle l'avait pris dans son lit parce qu'elle pensait qu'il était suicidaire, c'est tout. Elle écarta les rideaux pour laisser entrer la lumière.

Elle laissa entrer la lumière et ouvrit les fenêtres parce qu'elle attendait justement cette
semaine comme jamais il ne lui était arrivé de
le faire auparavant. Sa vie était en train de basculer de façon remarquable. Elle ressentait
comme une impatience au fond d'elle qui lui
intimait d'aller jusqu'au bout de ce qu'elle avait
entrepris. Elle était à la veille de connaître une
aventure extraordinaire, d'atteindre un ailleurs
vierge qui, elle le sentait maintenant, l'avait
toujours attendue. Elle allait rompre avec tout
ça définitivement, couper tout lien susceptible
de la rendre de nouveau prisonnière et de la
ramener en arrière. Cela signifiait qu'elle devrait
prendre des distances par rapport à sa situation :
en clair, s'attaquer à cet héritage indésirable,
s'en débarrasser de manière objective, juste et
équitable.

Elle réveilla le Grec.

"Vera ?"

Oui, c'était bien elle, elle lui dit de s'habiller.

A son expression elle vit qu'il se demandait
s'ils l'avaient fait et, profitant de ce trou de mémoire, elle fit non de la tête.

"Donc, pas de dégâts", dit-il.

Contre toute raison, elle ramassa un des vêtements qui gisaient par terre, l'approcha de sa
main tendue, il la saisit par le poignet et l'attira
sur le lit. Oh ! Pour l'amour du ciel ! Pourquoi
toujours vouloir s'excuser de faire ça ! Pour
autant qu'elle le sache, la race humaine entière
était suicidaire. Puis il se mit à danser devant la
fenêtre.

Il parut surpris quand elle lui annonça qu'elle
voulait vendre l'hôtel, il aurait cru que l'idée
d'être propriétaire lui plaisait. Elle se garda de
lui dire que le passé qu'incarnait l'hôtel était

révolu à jamais. Elle ne lui avait pas tout dit. Elle ne voulait que lui demander conseil, mais :

"Alors, la vente aux enchères va avoir lieu, dit-il. Ça me plaît. Je me charge de l'affaire. Ceux qui croyaient que nous n'allions pas nous battre en seront pour leurs frais."

Elle nota l'emploi du "nous". Elle tiendrait bon, non pour se battre, mais pour faire affaire. Pourtant, elle hochait la tête. Elle écoutait attentivement tout ce qu'il disait et se contentait surtout d'approuver d'un signe de tête.

"La meilleure façon de défendre les intérêts des autres c'est de commencer par défendre les siens, si j'étais toi je ne leur dirais rien tant que la vente n'aura pas été conclue de manière satisfaisante."

Il organisa tout. La seule chose dont elle ne le chargea pas fut la lettre du notaire de Newcastle – du *dlíodóir*, Pádraig Ó Síadhail – à propos de ce qu'elle supposait être un petit legs de Mom. C'était un peu bizarre et ça ne regardait qu'elle.

— Qu'est-ce que tu penses d'un chiffre rond ? lui demanda le Grec. Deux cent mille livres pour le bâtiment et le mobilier.

Elle approuva d'un signe de tête.

— Je pensais que cela te dériderait ?

Non, parce qu'elle réfléchissait à ce qu'elle allait faire de tout cet argent.

— J'aimerais bien que ce soit mon frère qui ait l'hôtel, dit-elle. Puis elle ajouta, si possible.

Elle calculait ce qu'elle ferait de l'argent. Quand l'hôtel serait vendu, elle le répartirait en quatre parts : un quart pour chacun, pour elle, Tom, Marcia et Mary Jane. Si Tom achetait l'hôtel, son quart lui serait déduit de la somme qu'il aurait versée. Et si possible aussi, elle trouvait qu'il serait bien qu'ils se réunissent tous et prennent un verre, le dimanche soir, pour se dire au revoir. Question de civilité.

Elle suivit le conseil du Grec et s'absenta donc de la ville pour la journée. Le jour même.

Elle était en route pour le village de Glenora pour voir Mom. Enfin… pour "voir" Mom. Et elle était pleine d'appréhension.

La poursuite à coups de bouilloire ? Quel choc ç'avait été. Mais au moins la guerre avait été franche, on pouvait s'en accommoder. Il fallait prendre ses jambes à son cou, comme à New York. Un jeu d'enfant comparé à cette confrontation avec les froides forces de l'invisible. Comment faire dans ce cas-là ?

Vera avait passé la journée à Newcastle. Avait fait des courses, acheté quelques vêtements, un gâteau, réservé son vol pour le lundi matin, déjeuné, déniché à Buffer's Lane l'adresse du notaire, Pádraig Ó Síadhail, puis attendu à l'endroit convenu, à l'hôtel *Griffin*, l'heure que lui avait fixée le Grec pour lui annoncer les nouvelles par téléphone.

L'hôtel était vendu, pas vendu, Tom l'avait acheté, pas acheté, il n'avait pas signé, refusait de signer, quelqu'un allait signer, quelqu'un allait l'acheter. Parlons donc du caractère irrévocable de la coupure franche et nette qu'elle avait prévue ! Elle était maintenant dans un état bien pire qu'auparavant.

Bien pire. Le cauchemar ne faisait que commencer. Elle était en train d'écouter quelqu'un lui annoncer qu'elle héritait d'une *autre* propriété.

Elle était assise dans la petite étude de Buffer's Lane, non loin de l'ancienne halle aux grains de Newcastle, il était quatre heures, et ce petit monsieur aux coquettes moustaches et au chignon de boucles, vêtu de tweed du Donegal, était en train de lui apprendre qu'elle héritait de la ferme de sa grand-mère. C'est impossible, lui répondit-elle. Il devint tout rouge, se fâcha. Il avait le testament en main. C'était pourtant le moment de pleurer de joie d'être vivant dans un monde qui avait un sens, finalement. Elle restait assise là, comme assommée. En aucune façon, ce ne pouvait être impossible, lui dit-il, et il attendit guettant la moindre parole qu'elle prononcerait ensuite pour lui tomber dessus.

— Mais c'est mon frère qui en a hérité !

— C'est absolument faux ! Il n'en a pas hérité. Il la contredisait avant même qu'elle ait fini de parler.

Le petit homme était très fâché, elle le voyait bien, il l'avait accueillie en gaélique à son arrivée et parce qu'elle n'avait pu lui répondre que par un sourire béat, elle pensait l'avoir blessé. Mais cette rage qui le faisait changer de couleur était incompréhensible.

— Mais mon frère a déjà…

— Il n'en a pas hérité ! Votre grand-mère, Winifred Sarah Lally, qui avait la tête sur les épaules, a rédigé ses dernières volontés et son testament ici même, dans cette pièce, assise sur la chaise même où vous êtes assise, sans crainte ni conseil de qui que ce soit, hors de toute influence, de toute présence de tiers penché sur son épaule !

Une folle envie de rire la prit, mais il la foudroyait du regard.

Qu'est-ce que je vous ai donc fait ? eut-elle envie de lui demander.

— Mais, mais… lança-t-elle.

— Non et non ! martela le *dlíodóir*, Pádraig Ó Síadhail. Je sais fort bien, Miss O'Toole, qu'il existe deux testaments, mais – je vous le certifie – celui-ci est le dernier qu'elle ait établi. Il le brandissait. Et voilà qu'il se penchait en avant et baissait le ton de sa voix pour indiquer sa détermination : Et je-veillerai-à-ce-qu'il-soit-exécuté-dans-ses-moindres-détails, selon les instructions reçues, comme j'en ai l'obligation en tant qu'exécuteur testamentaire !

— Mais il a déjà mis ses bêtes à la ferme !

— Eh bien, il devra *déjà* commencer par les enlever !

Pourquoi ce notaire se montrait-il aussi agressif vis-à-vis d'elle ? Parce que lui aussi était honnête. L'Eglise lui devait de l'argent et bien que n'ayant aucun idéal politique, il s'était lancé dans l'étude du gaélique. Il était fier de sa race sans l'être de l'actuelle génération et lorsqu'il découvrait que les principes étaient bafoués, cela le rendait fou.

"Il devra quitter les terres ! dit-il. Ce sera la plus belle surprise de sa vie ! Nous le traînerons en justice s'il le faut !"

Instinctivement, elle tendit le bras pour se saisir du document qu'il tenait en l'air, comme si en s'en emparant, elle allait pouvoir maîtriser cette nouvelle et inquiétante situation. Il en frappa son bureau d'un coup sec : "Ceci va tout droit au bureau d'homologation des successions !"

Toute envie de rire l'avait quittée, la surprise lui faisait monter les larmes aux yeux et elle baissa la tête.

Pádraig Ó Síadhail vit trembler sa lèvre inférieure, vit une larme s'écraser de l'autre côté de son bureau et comprit qu'il s'était laissé emporter. La prochaine fois qu'il adresserait la parole à cette femme éplorée qui lui faisait face, il changerait de ton. Il saisit la clochette qui était sur son bureau et il l'agita sans nervosité.

La personne discrète, d'un certain âge, sa réplique vêtue d'une jupe du même tweed que son costume, celle-là même qui avait fait entrer Vera, arriva. *"Dein cóip de seo, mais, é do thoil é"*, dit-il, sans la regarder, en lui remettant le testament. "Veuillez m'en faire une copie, s'il vous plaît." Et puis, elle sortit.

— Vous êtes désormais propriétaire en titre de la maison et des terres, Miss O'Toole. Mmmmoui, ma chère.

— Est-elle venue seule ? demanda Vera.

Vera roulait sur la route qui menait de New-castle au village de Glenora et elle avait le cœur brisé. Sa grand-mère avait parcouru toute cette route, seule et en secret, pour autant qu'elle en ait été capable, deux ans auparavant.

— Il arrive quelquefois, Miss O'Toole, que les vieilles personnes aient à faire deux testaments. Mmm…

Vera arrivait au croisement et allait tourner vers Glenora. C'était là que Mom devait avoir pris le car.

— Vous saviez qu'elle parlait le gaélique ? Mmm, oui.

Tom avait écarté Mom de ses voisins et l'avait rendue dépendante de lui. Il lui apportait des bonbons. Et il l'avait emmenée à Grange chez son notaire, s'était penché au-dessus de son épaule tandis qu'elle rédigeait son testament en sa faveur. Mom était morte à même le plancher.

Vera éprouvait de la sympathie pour le petit homme vêtu de tweed du Donegal mais elle n'entendait presque plus un mot de ce qu'il racontait en attendant son exemplaire du testament. Il était devenu bavard. Elle aurait voulu être sur la route. De terrifiantes idées lui traversaient l'esprit. On était jeudi soir. Elle avait réservé son vol pour le lundi matin, ce qui lui laissait plus de trois jours devant elle. Quelque chose lui disait qu'elle aurait dû avancer son départ, changer de vol si possible, partir tout de suite. Car si ce petit bonhomme aux multiples talents agissait dans l'instant, si par exemple il écrivait maintenant, sa famille serait-elle au courant de son deuxième héritage avant le lundi, jour de sa fuite ? Que fallait-il en penser ? Et que pourraient-ils contre elle ?

— Il faut que je rentre aux Etats-Unis, dit-elle. Faites ce que vous avez à faire.

— *Go deí tú slán !* Puissiez-vous aller en toute sécurité, saine et sauve.

Vera devait absolument voir Mom, la-voir-la-voir-la-voir, la "voir". Deux ans plus tôt Mom avait cheminé sur cette route, parcouru les quatre miles de chez elle jusqu'au croisement, pris le car jusqu'à Newcastle et, on ne sait comment, avait réussi à trouver l'étude de ce monsieur. Peut-être le car s'était-il arrêté devant l'ancienne halle aux grains et avait-elle demandé à quelqu'un de lui indiquer un notaire ? Alors Vera eut honte de ses propres appréhensions. Ses yeux étaient pleins de larmes prises entre ses cils du haut et du bas. Elle dut les chasser en les écrasant. Certains disaient que Mom n'était pas commode, savait-on à quel point elle était timide ? La vie de Mom, à de rares exceptions près, s'était déroulée dans un rayon qui ne dépassait guère plus de sept ou huit miles : à moitié aveugle, à plus de quatre-vingts ans, à la fin de ses jours, elle avait entrepris de faire ce voyage jusqu'à Newcastle.

Elle approchait bientôt de la maison. Sa maison. Oserait-elle y dormir cette nuit ? Non. Déjà quelques mauvaises herbes poussaient sur le chaume. Et il y avait sans doute des rats là-dedans. Elle ne ralentit pas. Mais cela pourrait devenir un endroit magnifique où vivre. Oh oui ! Ah grand Dieu qu'elle en avait assez d'être cette vaste matrone blême, avec tant de chair à soupeser des yeux sinon des mains.

Dix, douze, quatorze jeunes bêtes – des génisses ? – des génisses, qui se tenaient immobiles dans le champ voisin. Les bêtes de Tom. Dans son champ à elle. Le champ d'après c'était celui des Conneeley. Mrs Conneeley allait dans sa cour lorsque Vera passa, elle se retourna sans s'arrêter et leva l'un de ses seaux, bien qu'elle n'eût vraisemblablement pas remarqué Vera ni reconnu la voiture. Le gâteau dans la boîte blanche sur le siège arrière lui était destiné.

La route était sinueuse et au tournant, niché dans le creux au-dessous d'elle, se trouvait le village. La petite église de pierre, le cimetière, et le pub *Melody*. Le gravier crissa sous la voiture, s'échauffant sous les pneus. Vera se gara sur l'aire de stationnement devant l'église.

C'était par un jour d'été comme celui-là que Vera, qui avait huit ou neuf ans à l'époque, était arrivée à pied par la route jusqu'ici avec Mom, et avait escaladé l'échalier de pierre. Mom transportait un bloc de béton, un simple parpaing de maçon, sur la hanche. Son châle mollement drapé en écharpe autour d'elle, à demi enroulé autour de son bras pour le protéger des arêtes coupantes du bloc. Elles avaient parcouru cette allée d'ifs, poison pour le bétail, étaient passées devant les croix de grès aux vieux entrelacs celtes et devant les chevets de granit, et avaient tourné avant d'arriver aux stèles plus modernes, noires, blanches, en granito, jusqu'au coin où était enterré le mari de Mom. La tombe n'était pas marquée.

Le mari de Mom. Vera ignorait tout de lui et jusqu'à ce jour-là, il lui avait été impossible de penser à lui comme à un grand-père. Tout ce qu'elle connaissait de lui se bornait aux détails d'une photographie sépia ; il se tenait très droit sur la photographie, dans son costume marron trop petit pour lui car on voyait ses poignets et le haut de ses souliers ; talons rapprochés, pointes écartées ; des pointes qui rebiquaient un peu, avec un gilet, la chemise sans col mais boutonnée jusqu'en haut, il avait les yeux très pâles, mais cela venait peut-être de la photographie car il en était de même pour le visage, et ses cheveux se redressaient d'un côté, comme s'il n'avait pas réussi à les aplatir. Son bras droit reposait sans naturel sur un piédestal. Il était grand, maigre, très grave et beau, dans son genre, pensait Vera, mais il ne portait pas de moustache ni quoi que ce soit dans le style ; et il était très jeune. Comment aurait-il pu être un grand-père ?

Et puis, en cette belle journée, Mom avait posé son châle et elle s'était mise à creuser à mains nues au chevet de la tombe pour en marquer l'emplacement. "Ce n'est guère qu'un trou, avait-elle dit. Mais c'est qu'ils se trompent des fois, Vera, tu sais. C'est de plus en plus encombré. Il y en a des veuves qui traînent dans le coin et qu'attendent que ça pour venir ici. Qu'est-ce que je deviendrais, moi, de l'autre côté s'ils lui mettaient une autre bonne femme par-dessus lui avant moi ?" Alors elle avait relevé la tête pour sourire à Vera. Le visage exposé au soleil qui brillait à travers ses cheveux, là où ils s'étaient défaits. A cet instant, Vera l'avait replacée aux côtés du jeune homme de la photo et, c'est à ce moment précis que ce jeune homme était devenu son grand-père.

Mom ne parlait jamais de lui, de même que Vera ne parlait jamais de Wally le Suédois à personne.

Le bloc de béton avait disparu, mais Vera savait qu'elle avait retrouvé la bonne tombe : le rectangle de tendres herbes folles, rien d'autre n'avait été dérangé dans le coin depuis des années.

Vera entreprit de désherber le lopin de terre. Sans qu'elle s'en rendît compte, son sentiment de danger se dissipait. Il régnait une certaine paix ici.

Un groupe de trois personnes s'avançaient le long de l'allée centrale vers la partie la plus récente du cimetière. Deux femmes vêtues de couleurs vives suivies d'un homme légèrement en retrait derrière elles et qui souriait, la tête penchée. Il était immanquablement de la région, sa démarche le trahissait. Les deux femmes riaient, avec des mouvements de tête de l'une vers l'autre, jusqu'à se toucher. Chacune d'elles portait une couronne à la main, leurs accents natifs perçaient sous un vernis britannique. Elles ne remarquèrent pas Vera ; elles ne la virent pas.

"Ah, c'est que tu m'es d'une aide précieuse." Vera avait l'habitude de désherber les oignons en compagnie de Mom, d'enjamber les sillons, de remplir les tranchées de pommes de terre, disposées les yeux tournés vers le haut, avec Mom qui suivait avec la bêche pour refermer les sillons, d'enfermer les poules. "Tu resteras toujours avec moi ici, dis ? Oui. Bien vrai, dis ? Oui. Eh bien, tu sais, c'est peut-être là que tu serais le mieux après tout." Mom ne plaisantait pas toujours.

"Je ne t'oublierai pas, Vera."

Vera nettoya la tombe, laissant les margue-rites et quelque chose qui selon elle avait des chances de devenir un coquelicot. Puis elle fit un pas vers la lisière et en arracha de l'herbe à grandes poignées pour s'essuyer les mains. Le trio qu'elle avait observé un peu plus tôt reve-nait de son coin de cimetière vers l'allée prin-cipale. Les deux femmes se tenaient maintenant l'une à l'autre et marchaient du même pas, tête penchée. Elles s'essuyaient les yeux, mais elles riaient toujours plus ou moins. L'homme – leur frère ? –, qui avait une démarche de fermier, était comme au début, en retrait d'un pas, un sourire paisible sur le visage. Puis l'une des femmes ralentit le pas, s'arrêta presque pour s'incliner devant Vera et lui adresser un sourire. Ensuite, ils disparurent.

Ah, quel beau jour, quelle belle soirée ! La gratitude de Vera envers la femme qui l'avait saluée fut à son comble. Elle trouvait qu'elle avait une chance extraordinaire. C'était là qu'il fallait rester, quelle merveille d'être vivante. Et pour couronner le tout, un autre coup de chance. De la pointe du pied, elle sentit quelque chose dans la verdure, et avant même de se baisser, elle sût que ce que son pied délimitait, c'était le bloc de béton. Elle le dégagea de l'herbe et des ronces envahissantes qui poussaient sur le mur et, exactement comme l'avait fait Mom, elle le dressa sur la tombe, pour signifier la fin de quelque chose, d'une vie qui retournait dans son trou.

"Nous y voilà ! Nus que nous sommes en venant au monde."

Le soleil descendait mais sa chaleur s'attardait encore sur ses épaules. Peut-être qu'après tout, il valait mieux revenir à son idée du début : leur faire cadeau de l'hôtel. En avait-elle les moyens ? Si cela pouvait se faire simplement, elle le ferait. Elle s'allongea sur le dos, les bras sous la tête, les chevilles croisées l'une au-dessus de l'autre. Elle avait tout l'espace pour elle toute seule. Et elle contempla le ciel qui passait du bleu au rouge diffus pour se fondre en une large bande de jaune.

## XV

## L'AVENIR

Ce même jeudi, on offrit à Tom une dernière chance d'entrer en possession de l'hôtel : une fois de plus, il refusa de signer. Robert Carney fut contacté dans la soirée, mais il fit un signe de tête pour dire non. Il fut sollicité à plusieurs reprises dans les semaines qui suivirent mais, bien qu'il écoutât toujours avec attention, il finissait inévitablement par dire, "Non merci, je ne suis pas intéressé". C'est Miss Lamb, la petite dame solidement charpentée qui s'était enquise du mobilier le jour de la vente, qui l'emporta. Cent soixante-dix-neuf mille le tout. Mais à partir de ce fameux jeudi, le jour des enchères, la mise à disposition de l'hôtel ne se ferait pas avant sept mois. A ce stade, Vera serait rentrée sans encombre aux Etats-Unis depuis sept mois. Caitriona aurait quitté Tom. Beaucoup d'eau aurait coulé sous les ponts durant tout ce temps. Le Grec serait entré à l'hôpital et en serait ressorti pour une sale histoire de jambes cassées.

Tom avait refusé de signer le contrat car il était devenu indispensable de protéger Vera d'elle-même et de protéger la société de Vera. Elle lui avait déjà pratiquement arraché le nez, en fait, en le coinçant dans la porte d'un petit malin de là-haut, dans le Punjab. On l'avait retrouvée dans un état épouvantable, dangereusement penchée à une fenêtre, et par la suite elle avait tenté de séduire le jeune homme qui l'avait découverte. Elle s'était barricadée dans l'hôtel, la police avait dû défoncer une fenêtre pour pénétrer à l'intérieur afin de voir ce qu'il en était. Sa sœur, une mère de six enfants, avait temporairement perdu l'usage de ses bras à cause d'elle. Tout ça sans parler du reste. Vera n'avait plus toute sa tête. La famille, qui devait la faire admettre dans un hôpital psychiatrique pour lui faire subir un traitement, s'était chargée de l'administration de ses biens.

Les modalités d'internement forcé étaient faciles à mettre en œuvre. Cela arrivait des milliers de fois par an. A des femmes, dans la plupart des cas. Certaines le méritaient, la plupart étaient relâchées dans les six mois, d'autres restaient enfermées à vie. On procédait en vertu de l'*act* de 1945 sur l'internement mental, la signature d'un médecin généraliste suffisait à entériner la chose.

Ainsi, lorsqu'elle revint à Grange ce soir-là, Vera eut comme une sensation de froid. Au début, elle crut que c'était d'être restée allongée si longtemps auprès de la tombe de sa grand-mère, ou parce que la nuit s'était rafraîchie et qu'elle avait passé, quoi, une heure peut-être, dans la cour et les bâtiments des Conneeley, avant d'entrer dans la maison prendre le thé et manger le gâteau. Mais quand elle aperçut la voiture de police qui attendait sur la place tous feux éteints, elle comprit qu'il s'agissait d'autre chose. Et quand elle descendit de sa voiture pour entrer dans l'hôtel, et entendit ouvrir et claquer les portières du fourgon de police derrière elle, elle comprit qu'elle allait avoir des ennuis et que seul un coup de chance pourrait la sauver. L'un des policiers tendit la main pour lui prendre ses clefs, elle les lui remit. Opposer une quelconque forme de lutte ou de résistance aurait été une perte de temps et d'énergie, tout comme elle savait qu'il serait parfaitement déraisonnable de le faire. C'est ainsi qu'ils l'embarquèrent.

Vera eut tout de même de la chance. Elle se plia à tout ce qu'on lui demanda et au bout de trois jours, quand le psychiatre vint enfin la voir, il nota "Sans objet" sur son compte rendu – une sorte de certificat –, disant que retenir Vera plus longtemps n'était pas opportun. Il écrivit qu'il ne la considérait dangereuse ni pour elle-même ni pour les autres. Qu'il fallait la laisser sortir. Il lui en remit une copie.

Donc, quand on la ramena le dimanche soir suivant et qu'elle les trouva – Tom, Marcia et Mary Jane – qui l'attendaient dans le couloir de l'hôtel pour l'accueillir, on ne s'étonnera pas que la première surprise passée, elle eût été frappée à plusieurs reprises d'être la seule personne de la famille déclarée saine d'esprit.

La voiture avait fait le tour de la place pour la déposer à l'endroit même d'où elle avait été ramassée le jeudi soir. La porte de l'hôtel était ouverte et le père Billy Houlihan s'y encadrait. Le calme régnait sur la place. Vera nota que sa voiture avait disparu.

Le père Billy vint à sa rencontre. La prit aux épaules, plia les genoux et leva les yeux vers elle. "Magnifique ! dit-il. Ah Vera !" Puis écartant de la main une foule imaginaire afin de lui ménager la voie, et de l'autre, lui touchant presque – mais pas complètement – les reins, il la fit entrer.

Caitriona aussi était là. Elle était assise sur un fauteuil, une jambe passée par-dessus un des bras, tournant le dos à la porte, et lorsque le père Billy annonça "Regardez qui voilà !" elle leva son verre de Coca-Cola sans se retourner.

Tom, Marcia et Mary Jane étaient debout en rang d'oignons. Un bref instant on eût dit que Tom allait applaudir. Son visage reflétait à la fois enthousiasme et émerveillement. Marcia aussi avait l'air d'être sur le point d'éclater mais chez elle ce n'était qu'un effet de sa pusillanimité habituelle. Mary Jane fut la première à rompre le rang. Mais en dépit de toutes ses mimiques et sourires, Vera fut certaine qu'elle était excédée.

— Comment vas-tu ? dit Mary Jane, avec une légère nuance de surprise ou d'amusement dans la voix, mais en réalité, parfaitement à ce qu'elle faisait. Puis elle lui dit "Comment vas-tu ?" en secouant la main de Vera qu'elle avait prise entre les siennes. Elle fit un pas de côté pour céder la place au suivant.

Marcia s'approchait pour en faire autant quand, au dernier moment, elle se détourna, alla dissimuler son visage derrière Vera et ne fut capable que d'effleurer l'arrière-train de sa sœur du bout des doigts.

— Regardez-moi ça ! dit Tom d'une voix enrouée, incapable d'autre chose tant son émotion était vive. Ce que je suis content, tu peux pas savoir à quel point !

Vera se dirigea vers lui et lui secoua la main. Ils lui flanquaient la trouille mais elle était décidée à ne pas faire de faux pas.

— Quelle championne ! dit le père Billy, ravi.

— Tu veux rire ! lança Caitriona sans quitter son siège d'une voix stridente.

Tom se tourna vers elle. Puis brusquement il se mit à rire de bon cœur, il en tomba presque à la renverse, le doigt pointé sur elle. Sa femme était une petite marrante.

Deux bouteilles de vin débouchées attendaient sur la plus grande des tables basses, ils prirent place autour et levèrent un toast à leur propre santé.

Et ils bavardèrent.

Caitriona restait un peu à l'écart. Le père Billy buvait de l'orangeade. De la viande froide, des salades, des verres et des sodas étaient disposés sur le comptoir de la réception. Dans le salon, une partie du bar avait été ouverte au cas où Vera aurait eu envie d'autre chose. Et quelqu'un avait allumé le feu pour donner un peu plus de chaleur encore à l'occasion.

"Trésor ? lança Tom à un certain moment. Qu'est-ce que tu fabriques ?" Il appelait Caitriona qui les avait quittés pour aller se glisser en douce dans le bar.

Personne, mais vraiment personne, ne connaissait l'étendue du désespoir de Caitriona. Un samedi, à peu près un mois après que Vera fut rentrée à New York, elle avait habillé les enfants de leurs plus beaux atours et les avait emmenés à l'église. Martina, sept ans et demi, avait fait sa première communion et Caitriona lui avait demandé d'aller se confesser. Ensuite, avec Martina, Joe et Aisling assis avec leurs jouets sur le siège arrière, elle avait roulé jusqu'à Newcastle. Elle s'était dirigée vers les quais et n'avait pas tourné là où elle aurait dû le faire mais continué droit devant elle, dans les ornières et sur les pavés jusqu'au bout du débarcadère, pour se jeter dans la mer. C'est le hurlement de Joe qui l'avait arrêtée net. Il s'était rendu compte de ce qu'elle faisait et était parvenu à ouvrir la portière sans réussir à sauter : il était resté suspendu au-dessus de la chaussée, agrippé à la portière, les pieds coincés dans la voiture.

"Rien !" répondit Caitriona en revenant dans l'entrée, toute souriante.

Le père Billy eut un aparté avec Vera. Vera approuva, songeuse, tout ce qu'il disait. C'était un homme gentil, un peu innocent. Il avait une certaine douceur dans les yeux qui vous touchait. Les gens l'exploitaient. Ce qu'avait fait Tom en obtenant de lui qu'il vienne lui parler ainsi. Le roux de ses cheveux avait presque disparu. Vera était sûre qu'il était en secret un adepte du bodybuilding, mais qu'il avait laissé tomber ses exercices ou s'apprêtait à le faire : c'est qu'il allait sur ses soixante ans. Elle l'aimait bien.

Il ne se sentait pas totalement à l'aise de s'entretenir ainsi avec elle, bien qu'il lui eût confié que c'était son devoir. Elle le complimenta sur l'écharpe de soie blanche qu'il portait constamment et dont voyait un petit bout qui dépassait de ses revers et de son col. De plaisir, il se leva en riant, bombant le torse et se rassit immédiatement. Elle se mit à rire avec lui. Il lui demanda si elle connaissait Esther Williams, s'il lui arrivait de voir l'un ou l'autre de ses films. Esther Williams était sa vedette préférée.

*Traversons la Manche...* "Un film de Charles Walters, je crois, tourné en 1953, et dans lequel Esther traversait la Manche à la nage. Elle s'appelait Annie dans l'histoire – Annie Higgins, ou quelque chose dans ce goût-là, il me semble. Je me demande si elle n'était pas censée jouer le rôle d'une Irlandaise, là-dedans ? Mais il y avait aussi une autre fille, une Française, Denise Darcel, qui disait à Esther avec un accent épouvantable : «Vous allez traverser la Manche et peut-être que vous remporterez la médaille, mais c'est pas ça qui vous tiendra chaud au lit.» Vous l'avez vu, alors ? On n'en entend plus beaucoup parler maintenant, je me demande bien pourquoi ? Une femme qui savait trop bien nager, sûrement !"

Un peu plus tard, Tom l'appela.

— Tu ne viens pas manger quelque chose Vera ?

— Si !

Elle le rejoignit devant le comptoir de la réception où était disposé le buffet froid. Elle n'avait pas faim mais elle mastiqua consciencieusement sa nourriture et avala tout ce qui était sur son assiette.

— Je n'ai pas vu ma voiture dehors.

— Ecoute, étant donné les circonstances, dit Tom, on a pensé qu'il valait mieux les prévenir. Il hocha la tête en direction du tableau, des clés suspendues aux anneaux de la réception. Ils viennent la chercher demain dans la matinée.

Il partit dans un coin et elle comprit à son mouvement d'épaule qu'il voulait qu'elle le suive. Ils restèrent ensemble, tournant plus ou moins le dos à la salle.

— C'était comment ? dit-il calmement, l'œil fixé sur son assiette.

— C'était bien, dit Vera. C'était affreux.

— Ah bon ? dit-il, intéressé que ce fût, enfin… que ce fût bien.

— C'était bien.

Il sourit tristement en lui-même et secoua la tête. Il la regardait, avec l'espoir qu'elle le comprendrait et de façon qu'elle voie les larmes qu'il avait dans les yeux. Le comprenait-elle ? Les yeux baissés, elle hocha la tête lentement, trois fois.

— Tu sais ce que je vais te demander ? lui dit-il. Elle ne le savait pas. Est-ce qu'on peut se voir un petit moment demain ?

— A quelle heure ?

— N'importe quand, sûr et certain, à l'heure qui te convient, ma belle !

— Au déjeuner ?

C'est à grand-peine qu'il contint sa joie à l'idée de cet arrangement, il avait sacrément envie de tuer le veau gras. "Un peu de sincérité", c'est tout ce qu'il demandait. Il se dirigea vers le milieu de la pièce, fit une pause, changea d'avis, fit demi-tour, s'approcha du piano, mais cela ne sembla pas le satisfaire non plus. Il ne parvenait pas à décider ce qui serait assez bien pour elle, ou pour les autres, en l'occurrence. Il leva un doigt – la sonnette venait de retentir – il y reviendrait plus tard – et fonça tête baissée vers la porte.

C'était le Grec. Finbar retraversait la place dans l'autre sens. Le Grec avait passé les trois dernières nuits chez Finbar, sur un fauteuil. Tom leur avait refusé l'accès de l'hôtel le jeudi soir. Mais ce soir tout était différent. C'était une soirée de réconciliation des familles. Il fallait voir Marcia, la pauvre créature, plantée là sur sa chaise, le cœur brisé ! Et quant à Vera, il allait pouvoir faire aussi quelque chose pour elle ! Tout ami de sa sœur serait assez bien pour lui, alors il se précipita sur la place à la poursuite de Finbar. Sûr qu'il pleuvait, on dirait ?

Le Grec était quelqu'un qui savait imposer le silence et, en entrant, il ne regarda ni à droite ni à gauche mais se précipita directement devant le miroir et resta debout, à se regarder fixement.

"Mmmm", dit-il à son reflet, sur un ton sibyllin.

Il n'était pas rasé et il avait une barbe de trois jours, en fait.

Marcia émit un faible son. Henry avait une allure épouvantable, on aurait dit un clochard, vraiment c'était de l'autodestruction. La main qu'elle tendit vers lui resta en suspens. Elle n'osa pas se lever. Vera eut le sentiment que le Grec avait eu son compte, elle fut surprise de découvrir à quel point il avait l'air vieux. Caitriona se leva afin de lui céder le fauteuil quand il se retournerait. Des quatre femmes présentes, seule Mary Jane trouvait qu'il en faisait un peu trop pour se sortir de ce mauvais pas : il n'était rentré chez lui qu'une seule fois en l'espace de dix jours.

Le Grec s'assit et commença par écarter ce qui était devant lui sur la table pour dégager l'espace. Puis, comme si quelque chose lui revenait soudain à l'esprit, il leva les yeux et dit, "Comment allez-vous !" à trois reprises, sur le même ton, à chacune d'elles, à Mary Jane, Marcia et Vera. Il ne semblait pas conscient de la présence de Caitriona, sans doute parce qu'elle était debout. Il leva la main pour demander quelque chose à boire.

Le père Billy revenait des toilettes messieurs. Le Grec le dévisagea, intrigué. On aurait dit qu'il le prenait pour le barman. Et puis, réalisant son erreur, il se dit à lui-même : "Le voilà qui arrive avec son ail et son crucifix."

Le père Billy n'y comprenait plus rien. L'assemblée était silencieuse. Quand il l'avait quittée une minute plus tôt, elle était joyeuse.

— Où est-il ? demanda le Grec. Puis, bizarrement, il pointa le doigt vers le plafond, *Lui*, dit-il dans un murmure. Peut-être voulait-il parler de Dieu.

— Je ne vois franchement pas de quoi tu parles, dit le père Billy, l'air affolé.

Mais Tom, au même instant, faisait entrer un Finbar pour le moins réticent.

— Dis donc, il paraît que tu as des dons pour la chansonnette, Finbar.

— Ah ! le petit Tom ! dit le père Billy, soulagé. Alors comment vas-tu, mon grand ?

Tom fit le tour de la table, en traînant une chaise derrière lui.

— Quel embobineur, celui-là, dit-il en installant la chaise à côté de Vera. Viens donc t'asseoir par ici, l'ami !

Il se frottait les mains. Puis, soudainement, il desserra sa cravate, défit son dernier bouton de col, sortit son portefeuille et le lança adroitement sur la table.

— Y a-t-il quelqu'un ici qui verrait un inconvénient à ce qu'on organise une petite fête ?

On servit du whiskey au Grec et de la vodka à Finbar.

— Chic ! dit le Grec, les yeux clos et la tête renversée en arrière.

Il réfléchissait au futur, aux semaines – aux mois ? – à venir, au temps qu'il lui faudrait – quelle barbe ! – pour débarrasser l'esprit fureteur de Marcia de ses soupçons, pour l'amener à jouer le jeu honnêtement avec lui. Presque toutes ses précédentes bringues s'étaient produites à Dublin ou à Newcastle, et ses aventures féminines avaient le plus souvent eu lieu en cachette. Après tout, elle lui en avait fait voir : comment parviendrait-il à la convaincre qu'il n'avait pas couché avec sa sœur ?

Il n'avait strictement aucune envie de retourner à St Pat's pour se faire désintoxiquer. Il avait désespérément envie de son lit. Il était positivement écœuré de trimer, en avait marre de Vera, de son hôtel et des commissaires-priseurs, il ne voulait plus avoir affaire à eux. Il voulait que la maisonnée dont il était le chef rentre dans l'ordre. Et comme c'est souvent le cas à la suite de relations extraconjugales, il n'aspirait en cet instant qu'à faire l'amour à sa femme. C'est l'effet que cela lui produisait. C'était réconfortant l'amour, au lit, avec Marcia. Mais à la moindre occasion, au moindre petit indice, elle était capable de lui garder rancune dans les grandes largeurs.

Oui, en ce moment, elle lui jetait des regards bovins, pleins d'espoir, mais une fois rentrés à la maison, attention. Elle le nourrirait, lui monterait son déjeuner au lit, lui cirerait ses souliers, reprendrait le plateau – Tenez ! elle frappait avant d'entrer dans leur chambre ! Tout ça sans un regard. Elle vaquait à ses activités, à tout, comme une grosse cane triste ! Et lui tournant constamment le dos, elle refusait absolument de lui faire face – pas moyen de la faire bouger, encore moins de la faire monter sur lui, ni de lui faire mettre des oreillers sous sa tête pour qu'elle lui donne le sein. Elle créait une telle ambiance que même les enfants refusaient d'entrer dans la chambre le dimanche pour marcher sur son dos !

"Après l'ennui, la jalousie infondée d'une femme est le pire des tourments qu'un homme ait à endurer !" Il s'était trouvé une fois obligé de crier après elle. Et il avait vu le large visage de Marcia s'assombrir – *au point de ne plus se connaître*. Sans le faire exprès, une femme était fichue de vous poignarder sous le coup d'une émotion. Ah ! saurait-elle seulement le faire proprement ?

Tom s'était mis au piano et chantait un extrait du *Lis de Killarney*.

"Charmant, dit le Grec les yeux toujours fermés. Myles, un paysan qui passe par là au même moment, aperçoit Dany au bord du lac, et le prenant pour une loutre, lui tire dessus."

En dépit de tous les efforts de Tom, la soirée refusait de démarrer et ne démarra pas. Le père Billy resta assis, l'œil brillant, en alerte, n'attendant que son tour pour s'exécuter et prendre congé. Finbar ne prit pas la chaise que Tom avait rapprochée de celle de Vera, mais tira un tabouret et s'installa aux pieds du Grec. Marcia dévorait le Grec des yeux, pleine d'espoir. Quelquefois le regard vacant de ce dernier se posait sur elle sans la voir, s'attardait quelque temps sur elle en se demandant qui elle pouvait bien être. Ses sarcasmes, s'ils étaient du niveau habituel, ne témoignaient pas d'une grande vigueur, il aurait pu tout aussi bien les adresser au mur. Caitriona devenait de fort méchante humeur. Mary Jane, les jambes étendues devant elle, sa chaise tournant le dos à la table, contemplait le piano avec l'air pensif de gens qui regardent la télé. Elle dit "merci" sans se retourner quand on lui remplit son verre. Question mondanités, Vera était la plus stylée de tous.

— Comment va Declan, Mary Jane ?

— Il assure la permanence. Nous sommes ouverts sept jours sur sept.

— Les enfants ! dit Tom. Il venait de terminer son numéro. J'avais une bonne raison de commencer par déblayer le terrain de mon humble participation et je vais vous dire pourquoi, voici : *La Mer, oh la mer*, interprétée par le père Billy ! Il refusait en effet de passer après le père Billy Houlihan qui n'avait pas la réputation d'être un piètre organiste.

— C'est de la vraie pisse, lâcha Caitriona en parlant de son Coca-Cola.

— Cet orgue est une véritable tractopelle à musique, dit le Grec.

— Petit Trésor ? dit Tom en s'adressant à Caitriona, lui demandant par là d'observer qu'il avait le doigt levé.

— Sédimentaire, mon cher Watson ! répondit Caitriona, en posant son verre avec fracas. Quelqu'un ici s'oppose-t-il à ce qu'on me donne quelque chose de buvable ?

Elle parvint à ses fins.

Tom fit un clin d'œil à Vera.

Finbar se gavait.

"La mer, oh la mer ! *grá geal mo crói*, que longtemps ses vagues roulent entre l'Angleterre et moi." Le père Billy se lança dans son pot-pourri. Il agrémenta son interprétation de la ballade d'un arrangement de jazz puis enchaîna sur une chanson, puis dans la même veine, sur *Blue Moon* et *Apple Blossom Time*.

"Henry ? Je suis ta femme, dit Marcia. Tu rentres à la maison ?"

La soirée était terminée. Le père Billy était rentré chez lui depuis une heure. Le Grec se leva et sortit avec Marcia sur les talons. Tom et Caitriona se chargeraient de les raccompagner en voiture. Finbar était déjà dehors, debout sous la pluie, un peu plus bas à quelque distance de la porte. Il ne voulait pas que l'épouse du Grec pense qu'il dévoyait son époux. Qui en était d'ailleurs parfaitement capable tout seul. Impossible de leur faire confiance à ceux-là. Mais il attendait, au cas où, au cas où… on ne sait jamais.

Mary Jane sortit, le salua d'un signe de tête, sauta dans sa voiture et démarra à toute vitesse. Et puis les autres. Caitriona, sur la pointe des pieds, se pendit au cou de Vera et l'embrassa sur la bouche. "Je t'envie", dit-elle.

Et puis, tandis que Tom faisait demi-tour avec sa voiture et les embarquait, Finbar exécuta quelques figures en direction de Dublin Road, se retournant deux fois en agitant la main pour dire bonsoir.

Vera le rappela.

— Je vais te raccompagner.

— Quoi ?

— Viens une minute. Il obéit. Prends ce que tu veux, lui dit-elle, en indiquant les bouteilles et elle monta à l'étage.

Elle fut vite de retour avec son sac et se dirigea vers la réception, où elle mit les clés de l'hôtel dans une enveloppe sur laquelle elle inscrivit le contenu. Puis elle prit ses clés de voiture.

— Prends la bouteille, dit-elle à Finbar. Prends le whiskey aussi.

— Quoi ?

— Nous allons sortir par-derrière.

Finbar ouvrit les vantaux du porche et elle sortit la Mercedes de la cour. Finbar monta à côté d'elle et ils démarrèrent. Prirent la Dublin Road, traversèrent le pont, le tournant à main droite qui donnait dans la rue des maisons de cheminots désertées, pour retrouver le Quartier neuf, et se garer devant chez Finbar. Elle laissa le moteur tourner. La nuit, à la même heure, treize jours plus tôt, elle s'était garée là.

"Rends-nous ce service, dit-elle, en lui remettant l'enveloppe qui contenait les clés de l'hôtel. Dépose-les demain à l'étude de Martin A. Costello. C'est mon notaire." Elle avait préparé de l'argent qu'elle lui fourra dans la main en l'embrassant. "A bientôt !" dit-elle dans un rire, et elle disparut.

Sept mois plus tard, la vente de l'hôtel au profit de Miss Lamb étant conclue, Caitriona, ne supportant plus la vie avec son époux, partit habiter avec les enfants chez son père et sa mère. Sa mère l'accueillit avec joie, son père ne comprit pas mais il en prendrait son parti.

Tom croyait qu'elle lui reviendrait.

Mary Jane et Declan lui remirent vingt et un mille livres en échange des *Wool Stores.*

Marcia eut de nouveau des soupçons sur son état. Elle en était à son septième enfant. Norman espérait bien que ce serait un frère. Marcia était de plus en plus amourachée de son Henry et non sans une certaine perversité, elle s'enorgueillissait de ce qu'elle pensait qu'il avait eu l'intention de faire.

Le Grec, il est vrai, caressait souvent l'idée de suicide. Y pensait, théorisait. Il était enclin à philosopher sur "la porte de sortie toujours ouverte". Il savourait l'intimité de sa propre fréquentation, dressant un inventaire de toutes les façons d'en finir : se noyer en eau douce, par exemple. Mais il n'en avait aucunement envie, ni même de s'esquinter quoi que ce soit. Le Christ l'avait fait et qu'est-ce que ça lui avait rapporté de bon, à lui comme à nous ! Et où trouver de l'eau douce, par ici, avec toute cette boue et ces effluents d'une terre ivre d'engrais NPK. Il est certain qu'il était de fort mauvaise humeur lorsque cela se produisit.

Il parcourait le talus qui longeait le bord de la rivière lorsqu'il repéra le gros fermier qui émergeait d'un taillis ; c'est en voulant prendre la tangente pour l'éviter qu'il fit un faux pas et tomba, se brisant les deux jambes et se blessant aux côtes. Il aurait pu se tuer. C'est le gros fermier qui le tira hors de la rivière.

Le plus curieux de l'histoire c'est que – c'était tout à fait, mais tout à fait remarquable ! – dans le but de rompre avec l'ennui prolongé d'une existence obstinément privée du pardon de Marcia, il avait composé dans sa tête, pendant les trois jours qui avaient précédé l'accident, une lettre de suicide. Exercice qu'il avait trouvé si intéressant qu'il s'était mis en devoir de le coucher sur le papier pour juger de l'effet produit. Même s'il lui était venu à l'esprit de l'exploiter en vue d'améliorer sa vie présente avec Marcia, le jour où il était tombé, il ne lui serait jamais venu à l'idée de la soumettre à l'épreuve de son tempérament suspicieux et rusé de nature, si subtil et crédible qu'en eût été le moyen. La version sur laquelle elle tomba avant sa sortie de l'hôpital disait ce qui suit :

*Marcia chérie,*
*Quand tu liras cette lettre, je ne serai plus. Comment expliquer ce que je ne m'explique pas moi-même ? Je te suis infidèle en m'endormant dans les bras de la mort, mais surtout ne pense jamais que j'aie pu l'être au cours de mon existence avec toi. Toute ma tendresse à Norman et aux filles.*

*A toi que j'aime,*
*Henry*

Finbar reçut, par la poste, un paquet sans indication d'expéditeur. C'était un saxophone. Un objet tellement superbe qu'il ne se résolut pas à le toucher. Il pensa que c'était sans doute une idée de Vera, mais sans pouvoir l'affirmer. Il eut peur que quelqu'un ne se soit trompé et que les flics viennent le reprendre, si bien qu'il le vendit et s'offrit un chiot de bonne race.

Et voilà que Vera était enceinte, allez ! Qu'elle était riche. Elle possédait les vingt-six acres, trois quarts d'arpents et dix-neuf perches de sa grand-mère. Elle ferait retaper la maison de Mom et avant que cette nouvelle année ne se termine, elle rentrerait au pays pour y habiter avec son petit (et avec les cendres de Wally le Suédois qu'elle répandrait dans le jardin). Son enfant aurait le choix entre les nationalités irlandaise et américaine. Et si c'était une fille, elle s'appellerait Winifred. Et si c'était un garçon, il s'appellerait Willie. Mais fille ou garçon, peu lui importait.

# TABLE

Ouvrage réalisé par l'Atelier graphique Actes Sud. Achevé d'imprimer en
mars 1997 par l'Imprimerie Bussière à Saint-Amand-Montrond sur papier
des Papeteries de Jeand'heurs pour le compte des éditions Actes Sud
Le Méjan Place Nina-Berberova 13200 Arles.
Dépôt légal 1re édition : avril 1997.
N° impr. 807